Los
CHICOS
del calendario

- ENERO -

Los
CHICOS
del calendario

Candela Ríos

TITANIA

Argentina • Chile • Colombia • España
Estados Unidos • México • Perú • Uruguay • Venezuela

1.ª edición Junio 2016

Copyright © 2016 by Candela Ríos
All Rights Reserved
© 2016 *by* Ediciones Urano, S.A.U.
    Aribau, 142, pral. – 08036 Barcelona
    www.titania.org
    atencion@titania.org

ISBN: 978-84-16327-21-8
E-ISBN: 978-84-16715-30-5
Depósito legal: B-11.657-2016

Fotocomposición: Ediciones Urano, S.A.U.
Impreso por Romanyà Valls, S.A. – Verdaguer, 1 – 08786 Capellades (Barcelona)

Impreso en España – *Printed in Spain*

*La mitad del mundo no puede entender
los placeres de la otra mitad.*

Emma
Jane Austen

I

Existen dos clases de personas en el mundo: las que viven la vida como si fuera una película y las que, como yo, nos conformamos con imaginarnos dentro de una película cuando vamos al cine o vemos una serie en casa. En mi mente (y en el salón de casa de mis padres) he sido Bella cuando besaba por primera vez a Edward en *Crepúsculo* (nunca he sido Bella en la segunda parte de *Amanecer*, creo que eso debo dejarlo claro ahora mismo), he bailado con Channing Tatum en *Step Up* y he tocado los abdominales de Thor, con permiso de su señora y de sus preciosos niños rubitos. Dejando a un lado que debería ir más a menudo al cine o que, según mi mejor amiga, mi hermana y básicamente todos mis ex profesores de la facultad de periodismo y comunicación audiovisual, tengo un gusto pésimo y anclado en la adolescencia, a mí nunca me suceden cosas de película.

Nunca.

Jamás.

Y la verdad es que me parece bien.

Si alguien me hubiese encañonado con un arma y me hubiese preguntado qué escena me gustaría vivir en primera persona, le habría dicho que cualquiera de *Love Actually* o de *Princesa por sorpresa* me iba bien. Incluso me habría conformado con alguna escena de esas películas de los ochenta o de los noventa que mi hermana mayor se empeñaba en obligarme a ver con ella cuando aún vivía en casa. En realidad, lo más probable es que si un chico se hubiese plantado bajo mi balcón para darme una serenata, yo hubiese salido de la cama y le habría insultado porque no me dejaba dormir.

A mí no me ocurren cosas de película, ni en mi imaginación soy capaz de creer que podrían sucederme. Tampoco sabría elegir qué película me gustaría protagonizar, ¿una de Ryan Gosling? Sí, probablemente esa sería la opción más acertada. Sería ir sobre seguro.

Hoy es casi el último día del año, estamos a treinta de diciembre y soy de las pocas pringadas que está trabajando. En la revista apenas queda nadie y hace una hora mi mayor problema era que no sabía qué ponerme mañana. Hasta que he decidido mirar el móvil y perder unos minutos curioseando por las redes.

Rubén me ha dejado por Instagram.

Por Instagram. Esto no lo he visto en ninguna película. Me está pasando de verdad.

No puede ser.

Rubén es mi novio, o ex novio según el texto que hay bajo la foto que acaba de colgar, una imagen de sus maletas delante de la puerta abierta de mi piso, el piso al que él se mudó hace cuatro meses porque acabó el contrato del suyo:

«Hoy termina una etapa. Voy a perseguir mis sueños. #Elprimerdiadelrestodemivida 🏄 #Surfismylife #NewBeginnings #GraciasCandela 🌙 *#AdiósCandela*».

La foto tiene veinte «me gusta» y cuatro comentarios, todos de sus amigos dándole ánimos para superar este momento y animándole a seguir adelante. Esto no puede estar pasándome, seguro que sigo dormida o que todo se trata de una de esas bromas de Rubén que nunca consigo entender.

El artículo sobre los signos del zodíaco sigue a medio escribir frente a mis narices, tengo que terminarlo antes de las tres si no quiero que el lunes Marisa me persiga; me dijo que lo quería a primera hora sin falta. Aunque dudo que alguien eche en falta «¿Llevas el perfume que mejor encaja con tu horóscopo?» Los perfumes que tienen que aparecer en el artículo están esparcidos por mi mesa y la verdad es que hay uno que me ha gustado mucho y no, no es el que encaja con mi horóscopo según la lista que me ha pasado mi jefa, que, digo yo, está atravesando una fase muy espiritual. Ayer, cuando me dijo que quería el artículo, no le pregunté de dónde había sacado la información; acepté la caja con los perfumes y me la llevé a mi cubículo. Antes de ponerme con los perfumes tenía que terminar dos artículos más, así que salí tarde del trabajo. Cuando llegué a casa, Rubén salía de la ducha y me sonrió, me cogió de la mano y me llevó al dormitorio. No fue memorable, pero estuvo bien; al terminar me dijo que parecía cansada y me dio un masaje en la espalda. No preparó la cena, Rubén está convencido de que morirá si algún día toca una sartén o algo por el estilo, pidió dos pizzas (sus dos preferidas, aunque a mí no me importa) y nos las comimos en el sofá viendo la tele.

No me dijo nada sobre que quisiera irse. Dijo que estaba harto del trabajo (Rubén es programador de videojuegos) y que sus padres tal vez visitarían Barcelona dentro de unos meses. Tampoco me ha dicho nada esta mañana, ni siquiera se ha despertado cuando yo me he ido a trabajar.

Intento seguir con el artículo. Según la lista, si eres libra, eres dulce, romántica y sensual, y te gustan los perfumes afrutados. No sé cómo escribir esto sin que suene a estupidez, por eso he cometido la temeridad de mirar Instagram, porque quería distraerme un poco y ver si así conseguía inspirarme.

Como si hiciera falta inspiración para escribir este artículo.

Tal vez todo ha sido culpa de los perfumes, los he estado olfateando durante más de veinte minutos. Quizá me he mareado y no he leído bien el texto de Rubén.

«Hoy termina una etapa. Voy a perseguir mis sueños. #Elprimerdiadelrestodemivida 🏄 #Surfismylife #NewBeginnings #GraciasCandela 😌 *#AdiósCandela*»

Sigue diciendo lo mismo, pero ahora hay un nuevo comentario de CarmenChicaBoom:

«Me alegra ver que nuestra charla te ha ayudado. Tú puedes, campeón 😍.»

Odio a Carmen. Bajo la pantalla, veo una foto de mi primo y me encuentro con la foto de una bloguera que dice estar superfeliz con sus zapatos nuevos. Dejo de seguirla y vuelvo a buscar la foto de Rubén. Él ha escrito, ha respondido a Carmen:

«Sí!!!!! Gracias, guapísima 😘. De camino al aeropuerto.»

Me tiembla la mandíbula, es de rabia, no voy a ponerme a llorar. Tiene que haber una explicación. Es imposible que Rubén me haya dejado por Instagram. Imposible, aunque una vocecita en mi interior insiste en que es típico de Rubén no dar la cara y utilizar estas tácticas teatrales.

En un impulso, llamo a Rubén y me acerco el móvil a la oreja.

—¡Hola, Candela!

Ha contestado enseguida y parece contento.

—He visto tu foto en Instagram. —Sueno tan atónita como me siento. De hecho estoy tan confusa que apenas tengo voz.

—Ah, bueno, sí. No sabía si colgar esa o colgar una del aeropuerto.

—¿Qué está pasando, Rubén?

—He dejado el trabajo. Me voy a Argentina.

Suerte que estoy sentada.

—¿De vacaciones?

—No creo. Alégrate por mí, Cande. Voy a dejar toda esta mierda atrás, toda esta mediocridad.

—¿Y qué soy yo, una mierda o una mediocridad?

—Ay, nena, no te lo tomes así. No me refería a ti. Mira, tengo que colgar, estoy en la cola de los pasaportes y ya casi me toca.

Me cuelga. Ni siquiera puedo gritarle o insultarlo. No se ha disculpado, no me ha dado ninguna explicación. Dejo el teléfono con tanta fuerza encima de la mesa que lo miro para asegurarme de que no lo he roto, ahora solo me faltaría cargarme el móvil. Suelto el aliento, no voy a llorar, no quiero llorar en el trabajo. Cierro los ojos, el ruido de los teclados de mis compañeros, las conversaciones, las ruedas de las sillas deslizándose por el suelo siempre me ha parecido muy molesto, pero hoy ni siquiera lo oigo.

—¡Candela, oh Dios mío, Candela! —Es Abril que aparece corriendo por el pasillo de la oficina. Lleva el móvil en la mano y tiene los ojos, ya grandes de por sí, abiertos como platos—. ¡Acabo de ver la foto de Rubén! Dime que es una broma. Ese tío no puede haberte hecho un Instabye.

No sé si esa palabra existe o si Abril acaba de inventársela. Me resisto a creer que haya un nombre para que te dejen por Instagram. Es demasiado patético... tanto como para creer que ostento el dudoso honor de ser la primera.

—No es una broma —contesto.

—Voy a matar a ese cabrón con mis propias manos. Hay que ser muy mierda para dejar a tu novia por Instagram. «Adiós, Candela» te suelta. ¿Se puede ser más imbécil? Estás mejor sin él.

Intento sonreírle, Abril es una de las pocas fotógrafas en plantilla de la revista y creo que consiguió esa hazaña porque a los dieciocho años empezó a trabajar para la primera revista del grupo Olimpo y nunca se ha ido. Además, dicen que tiene cierta amistad con la familia Barver, los propietarios, pero ella no me lo ha confirmado. Es lo más parecido a una amiga que tengo. Nos llevamos diez años y creo que en realidad ella siente que me adoptó cuando nos conocimos el primer día en recepción. No sé qué haría sin ella.

—Tengo que acabar este artículo.

—¿Cómo que tienes que acabar un artículo? Tu novio acaba de dejarte por Instagram, tienes que ir tras él y arrancarle los huevos.

Abril consigue hacerme sonreír.

—Está en el aeropuerto. —Miro la hora en la pantalla del ordenador—. Ya ha pasado el control de pasaportes.

Abril coloca las manos en los reposabrazos de mi silla, las pulseras que lleva en el brazo izquierdo casi le llegan al codo y suenan como campanillas. Gira la silla y se agacha hasta que su nariz queda a escasos centímetros de la mía. No dice nada y yo me distraigo observando la ralla tan perfecta de *eyeliner* azul cobalto.

—Acaba el dichoso artículo. Vengo a buscarte dentro de una hora. Nada de excusas. Estamos a treinta de diciembre, joder, casi todo el mundo está de vacaciones. Una hora, Candela.

Me gira la silla hacia el ordenador y se va por donde ha venido con la misma rotundidad con la que ha llegado. Intento concentrarme en las letras de la pantalla cuando noto un escozor en los ojos. No, no puedo llorar aquí.

No voy a llorar aquí.

Me levanto y aprieto el botón para apagar el ordenador.

—¡Abril! —No grito demasiado, el nombre de mi amiga suena fuerte porque apenas hay nadie. Ni siquiera Marisa, mi jefa, esa que dice necesitar este artículo con urgencia, está hoy en la revista—. Tengo que salir de aquí.

—Claro, vámonos ahora mismo. —Abril contesta a mi lado y noto que me empuja suavemente por el codo hacia delante—. Yo te cojo el abrigo y el bolso.

Tengo suerte de tener a Abril conmigo, si no hoy habría roto mi regla sobre no llorar en el trabajo. Rubén ha cortado conmigo por Instagram. ¿Seré la primera a la que pasa algo así? ¿Habrá alguien en el mundo más patético que yo? Ahora que lo pienso, ni siquiera me ha dejado, no ha tenido la valentía de decírmelo... Y no puedo evitar sentirme como una idiota; llevo meses pagando el alquiler e intentando no agobiarlo y apoyándolo en el trabajo.

El ascensor abre las puertas y la música navideña que suena en el vestíbulo me coge desprevenida. Abril me pone el abrigo como si yo fuera una niña pequeña y me coge de la mano para tirar de mí hacia fuera. Quizá todo esto no está pasando, pienso, hasta que una señora me golpea el codo con una caja enorme.

—Perdón —farfulla desde detrás de los paquetes.

—No pasa nada.

Me duele, me ha dado justo en ese lugar que te hace sisear y ver las estrellas durante unos segundos. Pero me ha dado una excusa para soltar una lágrima y por eso no le digo que se fije por donde va. Aunque yo no soy de la clase de chica que dice esas cosas.

No. Yo soy de la clase de chica a quien se puede dejar por Instagram y tratar como si no importase, pienso de repente al recordar los *hashtags* de Rubén.

¿Por qué? ¿Cuándo decidí convertirme en esta chica tan... tan prescindible? Yo no soy así, no me siento así.

—Entra aquí.

Abril abre la puerta de un local precioso que hay cerca de la editorial.

La revista donde las dos trabajamos, *Gea*, ocupa la cuarta planta del edificio de la empresa; estamos entre la tercera, donde se encuentra el departamento contable de todo el grupo, y la quinta, donde están los abogados y el departamento de recursos humanos. Siempre he pensado que no sabían dónde ponernos y que no fueron nada originales al elegir el nombre de la revista. Gea, la diosa Tierra del Olimpo. ¿Cómo la habrían llamado si el grupo en vez de Olimpo se hubiese llamado Macedonia? ¿Fresa? ¿Sandía? No, sandía no, sonaría ridículo.

—¿Qué quieres beber?

La pregunta de Abril me sorprende y de repente veo que estoy sentada en una butaca de cuero. El interior del Boca Grande es tan bonito y apabullante como se intuye desde fuera, aunque a estas horas se encuentra casi vacío.

—Agua.

Abril me mira, abre la boca, la cierra y se dirige al camarero que está de pie esperando junto a nuestra mesa.

—Dos *gin-tonics*.

—Por supuesto, señorita, ¿qué ginebra...?

—Me da igual. Nos da igual. —Abril lo interrumpe y el chico calla algo abrumado. Abril suele producir este efecto, tengo ganas de consolarlo—. La que tú quieras —le sonríe, probablemente para compensarlo por no haberle dejado recitar la carta de ginebras y de tónicas.

—Gracias por sacarme de la revista.

—No digas tonterías, Cande. Dame tu teléfono.

—¿Por qué?

—Porque no quiero que llames a Rubén o que le contestes cuando te llame para pedirte perdón.

—No va a pedirme perdón.

—Tú dame el teléfono.

—Aunque llamase, no le contestaría —me defiendo, pero aun así meto la mano en el bolso en busca del móvil. Abril está tan decidida que es mejor hacerle caso y es obvio que a ella todo esto se le da mucho mejor que a mí. Creo que nunca la he visto llorar por un hombre—. ¿Has estado alguna vez enamorada, Abril?

—Joder, Cande, creía que te pondrías filosófica después de la tercera copa.

—Contéstame.

—¿Lo has estado tú?

Tengo el sí en la punta de la lengua, pero entonces aparece el camarero con nuestros dos *gin-tonics* y me callo. Mientras él le cuenta a Abril qué ginebra y qué tónica ha elegido y le sonríe embobado, me pregunto si de verdad puedo contestarle que sí a Abril. ¿Alguna vez he estado enamorada? Oh, Dios mío, creo que no.

Levanto la copa y bebo hasta vaciarla por la mitad.

—¿Estás bien, Cande? —La cabeza de Abril aparece por el lado izquierdo del camarero que sigue aquí hablando con ella—. ¿Hoy has comido algo, verdad?

—Sí. —Termino el *gin-tonic* antes de ponerme a balbucear—: Quiero otro.

—Por supuesto, señorita.

Ojalá todo fuera tan fácil como pedir una copa.

—Aún no puedo creerme que Rubén...

—No quiero hablar de eso —la interrumpo.

—¿Qué quieres hacer? ¿Quieres que vayamos al aeropuerto? Podemos comprar un billete a cualquier parte, pasar el control de pasaportes y buscar a Rubén dentro.

No está bromeando, lo dice completamente en serio. Eso también sería una escena de película.

—No, no quiero ir al aeropuerto.

El camarero reaparece con mi segunda bebida. La acepto y me la acerco a los labios pensativa.

—Tienes que hacer algo, Cande, no puedes quedarte como si no hubiera pasado nada. Rubén te ha dejado con una foto de mierda en Instagram.

Sé que tiene razón, sé que la estoy asustando, si estuviera llorando histérica o me hubiese subido a un taxi y hubiese perseguido a Rubén hasta el aeropuerto, Abril estaría mucho más tranquila. La cuestión es que Abril no es la única que está asustada, yo también lo estoy, siento tanta rabia que tengo miedo de empezar a soltarla.

Quizá cuando lo haga no podré parar.

—Disculpe, ¿camarero?

El chico, que bien podría protagonizar el anuncio de cualquiera de los perfumes del dichoso artículo que tengo a medias, se da la vuelta.

—¿Sí?

—¿Puede traerme otro?

Él y Abril me miran confusos, será porque la copa que sujeto en la mano aún está llena. Voy a solucionarlo. Me bebo ese segundo *gin-tonic* y dejo el vaso en la mesa.

—¿Puede traerme otro, por favor?

—Claro.

—Que sean dos más —añade Abril apresurándose a terminarse el suyo—. No voy a dejarte hacer esto sola, Candela.

—¿Sabes cuál es el problema de este país? —le pregunto a Abril media hora (y otra bebida cuyo nombre no recuerdo) más tarde.

—¿La crisis? ¿El futbol? ¿Los políticos?—Me pregunta mientras lee algo en el móvil. Quizá debería gritarle y exigirle que me prestase atención, pero si discuto con Abril seguro que me pondré a llorar como una magdalena.

Me resigno y respiro hondo para intentar calmarme. En el rato que llevamos aquí apenas ha entrado gente, me imagino que todo el mundo está ocupado con las compras navideñas o con las preparaciones de la cena de Nochevieja. Abril y yo seguimos en nuestra mesa. Yo estoy en una butaca muy cómoda, es de cuero y cada vez que me muevo hace un ruido que me recuerda a mi abuelo. Me he quitado los zapatos y estoy sentada como una india. Manuel, nuestro amable camarero, me ha mirado raro, pero como le está tirando los tejos a Abril no me ha dicho nada.

—Los hombres. Los hombres son el mayor problema de este país. De hecho, los hombres *son* el problema de este país.

—¿Solo los hombres?

—Bueno, supongo que alguna que otra mujer también, hay mucha zorra suelta, como Carmen, por ejemplo.

—¿Quién es Carmen?

Alargo el brazo hacia la mesa y desbloqueo el móvil para enseñarle el comentario que Carmen ha dejado en la foto de Instagram de Rubén.

—Vaya zorra —afirma Abril—, odio a esta clase de mujeres.

—¿Qué clase?

—Esta clase.

En otras circunstancias insistiría, las teorías de Abril siempre consiguen animarme, pero hoy no. Además, quiero terminarme la copa que tengo en la mesa y seguir con mi discurso. Bebo un poco más, todo lo que me queda, y le hago señas a Manuel para que me traiga otra.

—Como te iba diciendo... —Soplo un mechón de pelo que me cae frente a los ojos. Durante un segundo me molesta comprobar lo liso y castaño que es mi pelo, lo observo como si no lo hubiera visto nunca. Quizá a las chicas con el pelo rizado y color fuego no les pasan estas cosas. No, sacudo firmemente la cabeza, lo que me ha pasado no es culpa mía. No es culpa mía—. Como te iba diciendo, el problema de este país son los hombres.

—Los hombres, ni más ni menos.

—¿Te parece poco? Si no fuera por ellos, todo nos iría de puta madre, Abril. Los hombres tienen la culpa de todo lo que nos sucede. *De todo.*

—Hombre, alguno habrá que se salve, ¿no?

—No, ninguno. Ni siquiera Manuel. —Señalo al camarero que se aleja algo confuso tras dejar mi nueva bebida encima de la mesa—. No se salva ninguno. Todos están tarados, Abril, piénsalo. —No espero a que me conteste y sigo hablando—. El tío que no tiene complejo de Peter Pan, está enamorado de su madre; el que no tiene miedo al compromiso, está buscando una chacha; el otro es tan narcisista que solo se quiere a sí mismo. No existe ni un tío normal, ni uno, te lo digo yo. No estoy diciendo que todos tengan que ser perfectos, pero, bueno, joder, es que no hay ninguno que llegue al cinco.

—Creo que estás exagerando un poco...

—¡No me digas que exagero! Piénsalo bien, Abril. Piénsalo. ¿Cuándo fue la última vez que una de nosotras salió con alguien que nos antepusiera a lo que él quería, a sus necesidades, a sus caprichos? ¿Cuándo? Los hombres son unos egoístas, unos cobardes, unos vagos. Niños que no crecen nunca y, si lo hacen, es para utilizarnos. Mira el marido de mi hermana, por ejemplo, ¿parece buen tío, no? Pues no lo es, ahora a Pedro le ha dado por el *running*, que es salir a correr de toda la vida, pero con nombre idiota, y sale cada noche después del trabajo y mi hermana se queda con las niñas.

—Quizá ellos...

—No me interrumpas. Me imagino que lo han hablado, mi hermana no es tonta, la cuestión es que si Marta quisiera salir cada tarde a hacer algo, él habría montado un circo, habría llamado a su madre y cada vez que nos viéramos nos recalcaría a todos lo buen marido que es por hacerse cargo de las niñas. En cambio Marta lo hace y ya. Punto. No pide ninguna medalla. —Chasqueo los dedos—. Somos unas idiotas. ¿Sabes que Rubén no me pagaba alquiler? Y yo callaba porque no quería agobiarlo porque sabía que no estaba muy bien en el trabajo.

—Cande...

—No, no me consueles. Es culpa mía por no haberme dado cuenta antes de que él era un imbécil. Como todos. Es que no hay ninguno normal. En este país no hay ningún hombre que merezca la pena y si quedaba alguno entre el *running*, el hipsterismo, el veganismo, *Juego de Tronos* o el último videojuego de turno lo han estropeado. Ahora solo nos queda una panda de inmaduros egoístas que no están dispuestos a hacer nada por nadie. Ni siquiera por ellos mismos. ¿Sabes una cosa? —Abril me mira atónita—. Quizá sea mejor ser como ellos. Yo hasta hoy creía en el amor, pero está visto que solo son un montón de tonterías. Es como intentar encontrar un jodido unicornio. Mejor será que lo deje por imposible y que empiece a comportarme como un tío.

»La vida según un tío, eso es, sin complicaciones, sin responsabilidades, yo, yo, y solo yo.

»Aunque dudo que pueda, dudo que pueda ser tan... despreocupada. Esto tiene que ser culpa del ADN. Seguro que la madre naturaleza, a pesar de ser una chica, nos ha jodido el ADN y las mujeres somos incapaces de comportarnos con la estupidez de los hombres. La pobre debió decidirlo así para evitar que la raza humana se extinguiera, pero, joder. Basta.

»Te lo juro, es que ni siquiera saben ser buenos amigos. Fíjate en Rubén, podría haberme dejado, las parejas rompen todos los días, pero ni siquiera me lo ha dicho a la cara. Se ha pasado meses viviendo a mi costa, le he aguantado las inseguridades por su trabajo, las broncas con sus padres, todo. ¿Y él se larga a hacer surf, a encontrarse a sí mismo, sin decírmelo, colgando una mierda de foto en Instagram? Espero que se encuentre y no se soporte. Y no es solo Rubén, en *Gea*, en la revista, todas contamos historias similares. Entras en un ascensor y si hay una chica contigo lo más probable es que termine contándote que su chico, su pareja, su novio ha hecho no sé qué. Y lo aguantamos. Pues yo digo ¡basta! Estoy harta.

»Estoy harta de los hombres, ¿para qué los quiero? ¿Para qué me hacen falta? Para nada. ¿Para el sexo? Ni siquiera para eso son necesarios. Hay sistemas manuales, mecánicos, las pilas no fallan nunca y después no te humillan en las redes sociales.

—Los echarás de menos.

—¿A los tíos? No, qué va. ¿Por qué? ¿Por el sexo? —Me río sin ganas—. Eso es lo más fácil de solucionar y lo sabes.

—No es lo mismo.

—Mira, a pesar del mito, los hombres de este país no son buenos amantes. —Abril se atraganta y le sale bebida por la nariz. No me detengo a ayudarla porque ella lo tiene controlado, aunque en realidad parece más preocupada por el móvil que por salvar la camisa que lleva—. No lo son. Son aburridos, nada imaginativos, sosos. Lentos. Carcas. Vagos. No se esfuerzan en conquistarnos, en seducirnos.

No sé si nos tienen miedo, quizá sea eso. O quizá no les importa satisfacernos en la cama. Total, ya no nos satisfacen en ningún otro lado. Lo peor de todo es que o no lo saben o les da igual. Total, nosotras seguimos aquí, ¿no? Pues yo no, yo lo dejo. Estoy cansada de ser la única que se esfuerza, de buscar el lado bueno de las cosas, de tener ilusión, de intentar enamorarme. Basta. Los hombres de este país no se lo merecen. Ninguno merece la pena, ni dentro ni fuera de la cama. Las pelis y los libros románticos arrasan porque nos hacen soñar, pero en el fondo todas sabemos que nunca, nunca, nunca jamás encontraremos un hombre así. Y no lo encontraremos porque no existen. Punto. Al menos en este país. Y no me refiero a esos multimillonarios absurdos con látigos de pega, esos no. Me refiero a un hombre de verdad, uno con corazón, con cerebro, con agallas, con ganas de... no sé, de vivir, de echarte el polvo del siglo y después abrazarte y hacerte el amor durante horas, de gritar, de correr, de hacer de todo, pero contigo.

»Podría acostarme con un tío cada día, recorrerme el país entero, de norte a sur, de este a oeste, visitar todos los pueblos y ciudades de España y estoy segura de que no encontraría ningún tío normal. Ninguno que valiera la pena. En este país no hay ningún hombre que sepa ser un buen amigo, que sepa escuchar, que quiera escucharte, que esté dispuesto a seducirte y a echarte un polvo salvaje al mismo tiempo. No hay ningún hombre que sepa ser un buen hijo, un buen amigo y al mismo tiempo demostrarte a ti, a su pareja, que eres la única que le importa, que te desea con locura, que se excita solo con verte sonreír. Aquí no existe ningún hombre que sepa hacerte reír y que además te tome en serio. No hay hombres que quieran enamorarse apasionadamente y que estén dispuestos a luchar por ti. No hay hombres valientes, ni honestos, ni sinceros, ni nada de nada. Aquí solo hay niños de mamá, niños egoístas, narcisistas, adultos cobardes y vagos y sin sangre en las venas, ¡solo tienen horchata! No hay ningún hombre en este país que se preocupe más por dar placer a la mujer que está con él que a sí mismo. No hay ningún hombre que no piense primero en sí mismo. Yo no soy el problema, como seguro piensa Rubén en su ridícula cabecita, yo no. Yo soy la solución y por fin veo las cosas claras. Lo dejo. Los hombres de aquí están tarados de fábrica.

—Estás exagerando, Candela.

—No, no estoy exagerando. Es la pura verdad y hasta podría demostrártelo.

—¿Cómo?

—Estoy segura de que si pusiéramos un anuncio o si hiciéramos un concurso buscando a un hombre que valga la pena en este país, no ganaría ninguno. *Ninguno*. —Bebo la copa de un trago—. Porque no existe. En este país no hay ningún hombre que valga la pena.

2

Después de la debacle de Instagram —he decidido llamarlo así— anulé los planes que tenía (ni loca iba a ir a cenar con los amigos de Rubén) y pasé la noche de Fin de Año en casa. Sola. Borracha y comiendo helado. Aún no sé de cuál de las dos cosas me siento más culpable. No, sí que lo sé. Me siento como una idiota por haber cedido a la autocompasión y no haber aceptado la invitación de Abril, y salir de fiesta con ella y sus amigos y me he prometido a mí misma que no voy a permitir que ningún otro «Rubén» me haga olvidar a mis amigos. Si mi familia hubiese estado aquí, seguro que papá y mamá me habrían arrastrado con ellos, o incluso Marta, Pedro y las niñas. Pero no están, papá y mamá han decidido por fin hacer ese viaje de jubilación, ese que llevaban años aplazando, y están en algún lugar del Caribe bebiendo cocos y aprendiendo a bailar salsa, por lo que mi hermana Marta cedió a pasar estas vacaciones en Asturias de donde es originario Pedro.

Minutos después de las doce me llamaron para felicitarme el Año Nuevo, pero solo un segundo porque mis sobrinas estaban desafinando y creando alboroto, así que pude despedirme sin explicarle a mi hermana lo que había hecho Rubén. Ella no lo mencionó y por primera vez agradecí que mi hermana mayor aún no hubiese conectado con las redes sociales. Tarde o temprano acabaría enterándose, y prefería que fuese cuando ya hubiese vuelto a Barcelona.

Los programas de televisión de Nochevieja son tan horribles ahora como cuando era pequeña, acabé cambiando de canal y pasando de una película mala a otra, y bebiendo, y comiendo.

Fin de Año cayó en sábado, típico de mí tener tanta suerte; así que estuve dos días sin tener que ir al trabajo, sin tener que ducharme, con la excusa perfecta para comer cereales a las tres del mediodía y acabarme una botella de Rioja con unas galletas.

El domingo tuve una epifanía.

No estaba enamorada de Rubén, no lo estaba y no lo estoy. Por eso estoy tan enfadada conmigo, porque nunca lo he estado, y porque me he autoengañado para estarlo. Rubén no es el primer hombre de horchata al que le he permitido entrar en mi vida.

Brindé por ello. Identificar el problema es dar un paso hacia delante, no soy una experta en la psicología humana, pero está claro que o no existen hombres que valgan la pena o yo soy incapaz de encontrarlos.

¿Ni uno en veintiséis años?

Imposible.

Aunque yo no me hubiese enamorado de él, de ese hombre perfecto, ni él de mí, habría sabido identificarlo. Lo habría admirado, habría ido tras él y probablemente habría envidiado a su pareja. Pero no, nunca he visto ninguno. Así que, tal como le dije a Abril, no existen.

Brindé por ello otra vez.

Por eso tengo tanta resaca.

Creo que dejé de brindar y de comer ayer a eso de las ocho de la noche, me quedé dormida en el sofá rodeada de revistas, cajas de Kleenex (porque muy a mi pesar había llorado de rabia), cuencos sucios, dos tazas, dos copas de vino (también sucias) y dos botellas.

Es un milagro que no llegue tarde al trabajo. Me he despertado de pura casualidad, los vecinos de arriba han hecho ruido al llegar a casa de sus vacaciones y he abierto los ojos. Lo primero que he sentido ha sido un horrible dolor de cabeza, que aún persiste, y después un ataque de pánico.

No puedo llegar tarde al trabajo.

He entrado en la ducha, no ducharme no era una opción después de estos dos días en chándal, creo que tendré que quemar la camiseta que llevaba. Después de hablar con Marta y con papá y mamá dejé el móvil en la cocina. Apenas tenía batería y no tardó en acabarse del todo. No volví a conectarlo porque no tenía ganas de volver a rechazar a Abril, ella había insistido en que fuese a pasar Nochevieja con ella, o de atender la llamada de los amigos que probablemente me llamarían tras ver la foto de Rubén. Tampoco quería —quiero— volver a hablar con él. Rubén es tan idiota y tan egoísta que es capaz de llamarme desde donde quiera que esté para pedirme algo o para decirme que se ha dejado un jersey en casa y que se lo guarde.

He encontrado un jersey y una camiseta suyos que desde ayer por la mañana son trapos de cocina.

Supongo que hoy tendré que poner el móvil en marcha, aunque esperaré a llegar a la redacción de la revista, así tendré una excusa para no contestar. Me visto a toda prisa, me pongo mi uniforme para días desesperados: unos *leggings* negros, una camiseta blanca con unos labios rojos, mi americana negra y las botas negras, las planas. Con el dolor de cabeza que tengo hoy ni loca puedo mantener el equilibrio en tacones. Antes de salir me veo en el espejo que tengo en la entrada, tengo tantas ojeras que si quisiera tapármelas tendría que encerrarme en el baño dos horas de las que no dispongo, cojo las gafas de sol y salgo pitando.

Hay poca gente en la calle, los colegios aún no han empezado así que supongo que es normal. En días así me gusta ir caminando al trabajo, incluso a veces entro en una cafetería y desayuno un poco. Hoy no tengo tiempo, entro en la boca del metro y corro como una posesa. Sentada en el vagón, bajo la vista hacia mi atuendo, ¿tengo alguna mancha?, ¿he salido de casa con algo raro? Hay dos chicos frente a mí que no dejan de mirarme y no me están tirando los tejos, eso seguro.

Busco las gafas de sol, suelo reírme de la gente que las lleva puestas en el metro, pero cerraré los ojos y fingiré que estoy sola en el sofá. Oigo el nombre de mi parada, solo hay dos de mi casa a la sede del grupo Olimpo.

—Perdón. —Choco con una chica al abandonar el metro y ella levanta las cejas y me mira como si me conociera, aunque tal vez lo único que sucede es que está tan aturdida como yo. Al fin y al cabo es el primer día laborable del año y las dos tenemos la mala suerte de estar trabajando.

—No pasa nada —farfulla apartando la vista.

Será que le recuerdo a alguien, me habrá confundido con otra persona, razono mientras subo la escalera que conduce a Paseo de Gracia. Dos minutos más tarde cruzo la puerta de la editorial y sonrío al ver a Paco, de todos los guardas de seguridad que tenemos es el más amable.

—Feliz Año Nuevo, Paco.

—Ah... —¿Paco se está sonrojando? ¿Por qué me mira así?—. Feliz año, señorita.

Paco rozará los sesenta y es muy formal y educado, pero ahora mismo tengo la sensación que tuve cuando mi abuelo nos pilló a mí y a mis primos inspeccionando su cajón con viejas películas eróticas (unas cintas de vídeo que ya no funcionan en ningún aparato, pero que él guarda como recuerdo).

En la planta de la revista aún no hay nadie, puedo instalarme en mi mesa y retomar el dichoso artículo de los perfumes zodíacos. Si me doy prisa tal vez pueda terminarlo antes de la hora de comer, seguro que Marisa, en el caso de que hoy se presente a trabajar, lo hará por la tarde. Enchufo el cargador del móvil y lo conecto sin ponerlo en marcha para que se cargue, quiero aprovechar estos minutos de silencio que me quedan. La redacción de *Gea* será muchas cosas, y silenciosa no es una de ellas.

—¡¡¡Candela!!! Menos mal que estás aquí. —Abril aparece de repente—. ¿Dónde diablos te has metido este fin de semana? Te he estado llamando.

Corre hacia mí, lleva el pantalón de cuero rojo que se pone siempre que tiene una reunión importante.

—En casa. Tenía el móvil apagado.

No entiendo a qué viene tanta preocupación, ella me vio el viernes y antes de que me acompañase a casa le dije lo que tenía intención de hacer. Y escuché su sermón sobre que lo que tenía que hacer era salir y tirarme al primer tío bueno que pasase.

—Dios mío, la Virgen y todos los santos. Menos mal que te conozco y he venido a buscarte. Vamos, no tenemos tiempo. Nos está esperando.

—¿Quién? ¿De qué estás hablando?

—¿En serio llevas esta camiseta?

Me tira de la mano, me pone en pie y apaga la pantalla de mi ordenador.

—¿Qué estás haciendo, Abril? Tengo que acabar este artículo.

—No, no, no, te aseguro que tienes que hacer algo mucho más importante. —Empieza a caminar y me arrastra por el pasillo hacia el ascensor—. Nos están esperando en la última planta.

Empiezo a sudar y el corazón se me sube a la garganta.

—Van a despedirme.

—No digas tonterías. —Creo que Abril intenta tranquilizarme, aunque la verdad es que no se le da muy bien. Aprieta tantas veces el botón del ascensor que solo consigue ponerme más nerviosa—. No van a despedirte.

—Ya sabía yo que tarde o temprano acabarían contratando a un *freelance* para hacer mis artículos. No son nada del otro mundo y Marisa me odia.

—Candela, mírame. —Me sujeta por los hombros y los zarandea un poco—. No van a despedirte.

—¿No van a despedirme?

—No.

Suena la campanilla del ascensor y veo que estamos en la planta de dirección. Solo he estado aquí una vez, cuando el director general se jubiló y nos «invitaron» por turnos a escuchar su discurso de despedida.

—Entonces, ¿qué hacemos aquí? ¿A qué viene todo esto?

Abril intenta tirar de mí, pero clavo los pies en el suelo. Tengo un mal presentimiento y no pienso dar un paso más hasta que me dé una explicación.

—Prométeme que no te enfadarás conmigo y que después de la reunión dejarás que me explique.

—¿Qué reunión? ¿Que me expliques el qué?

Abril me mira a los ojos y suelta el aliento.

—Te llamé varias veces, incluso me planteé la posibilidad de regresar a Barcelona e ir a tu casa. Pero nadie quería irse y ya sabes que no sé conducir de noche.

—¿Qué está pasando, Abril?

Normalmente la costumbre de mi amiga de irse por las ramas no me molesta, pero hoy no estoy de humor.

—¿Te acuerdas del discurso que me soltaste sobre que el verdadero problema de este país es que no hay ningún hombre que valga la pena?

—¿En el bar? Por supuesto que me acuerdo —más o menos—, no estaba tan borracha.

—Te grabé, tenía el móvil en la mano porque acababa de mirar otra vez la foto de Rubén y... —suelta el aliento—. Estabas magnífica, tú nunca hablas así de nada, tan directa, sin tapujos.

—¿Me grabaste? —No sé si el final de su comentario ha sido un piropo o una crítica y de todos modos me he quedado alucinada con la primera parte—. ¿Por qué me grabaste?

—No solo te grabé. —Baja la vista y mira al suelo. Oh, Dios mío, ese gesto no puede presagiar nada bueno—. Prométeme que hablarás conmigo después de la reunión. Prométemelo.

—Está bien, te lo prometo.

No lo ha dicho, pero sé que si no hubiese obtenido esa promesa, Abril no habría seguido con el relato.

—Colgué el vídeo en mi Instagram. Quería que Rubén lo viera y que oyera todas esas verdades. Quería vengarte.

—Oh, Dios mío.

—No solo eso.

«¡No solo eso!»

—¿Qué más has hecho?

—En Instagram solo hay unos segundos... —Levanta la cabeza y me mira—. El vídeo entero está colgado en Youtube.

—Voy a vomitar.

Abril tiene cientos de miles de seguidores en todas partes. Empezó a tenerlos a raíz de salir en un programa de la tele y no sé por qué la sigue la gente, probablemente porque está loca y cuelga vídeos de sus ex mejores amigas a traición.

La cabeza me da vueltas.

Quiero estrangular a Abril y después salir corriendo y volver a mi casa.

—No, no vas a vomitar. Vamos a entrar en ese despacho —vuelve a tirar de mí y estoy tan perpleja que se lo permito— y vas a escuchar lo que Barver tiene que decirte.

—¿¡Qué!? ¿Cómo pretendes que vaya ahora a una reunión? Tienes que bajar ese vídeo de Youtube ahora mismo. Oh, Dios mío, ¿cuánta gente lo ha visto? ¡Tengo que llamar a mi hermana antes de que lo vea!

Me suelto la mano y giro hacia el ascensor.

—Lo han visto casi dos millones de personas. —Las palabras de Abril me detienen en seco—. Barver quiere hablarte de eso.

Oigo pasos y deduzco que mi amiga se está acercando a mí, tengo la tentación de darme media vuelta y darle un puñetazo o empezar a gritarle.

—Tienes que entrar, Candela. Rubén se portó como un cerdo egoísta y te utilizó y yo... ¡Joder! Sé que le ha cagado, ¿vale? Tendría que habértelo consultado, tendría que haberte dicho que te estaba grabando y no tendría que haber colgado el vídeo sin tu permiso.

—Entonces, ¿por qué lo has hecho?

¿Cómo es posible que la traición de Abril me duela más que la de Rubén? Mierda, estoy demasiado cansada y el azúcar y el alcohol que he consumido este fin de semana me está pasando factura; estoy a punto de llorar.

—Porque quería que ese imbécil te viese. Estabas magnífica, Cande. Tú no te fijaste, pero esa tarde, mientras hablabas de esa manera, todos los camareros del bar estaban pendientes de ti. Y las personas que ocupaban las pocas mesas que había llenas no podían dejar de mirarte. Tenías pasión, desprendías... Verdad. Sí, esa es la palabra, esa tarde fuiste la versión más auténtica de ti misma y quería que ese miserable de Rubén te viese y se arrepintiese de haberte hecho daño. Y, mierda, sí, confieso que también quería dejarlo en ridículo. En el vídeo, aunque al final, cuando hablas del sexo, no dices su nombre, dejas clarísimo que es mal amante.

—Oh, Dios mío, tienes que quitar el vídeo de Youtube ahora mismo.

—Aunque lo elimine de mi cuenta, ya lo han compartido cientos de veces, Cande.

—Mierda. Joder. Tengo que irme de aquí.

—¡No! Barver te está esperando, ayer intentó ponerse en contacto contigo y como no te encontró me llamó a mí. Sabe que somos amigas.

—Va a despedirme.

—No va a despedirte.

—Entonces, ¿por qué diablos quiere verme?

—No lo sé, pero me dijo que era muy importante y me juró que no iba a despedirte. Confía en mí.

Enarco una ceja.

—¿Que confíe en ti? ¡¡Has colgado un vídeo en Youtube en el que dejo a todos los hombres de este país de vuelta y media sin pedirme permiso y me pides que confíe en ti?!

—Vale, ya te he dicho que la cagué y que lo siento. Después de la reunión puedes echarme la caballería encima o puedes negarte a hablarme durante el resto de la vida. Pero entra en ese despacho, Candela, por lo que más quieras. Puede ser la oportunidad de tu vida.

—¡Ja!, la oportunidad de mi vida. Eso tendría gracia. Mira, Abril, no pienso...

—¿No piensa qué, señorita Ríos?

La voz se interpone entre nosotras y Abril y yo nos giramos hacia el lugar de donde ha salido. A menos de un metro de distancia está Salvador Barver, director general del grupo Olimpo y el propietario del par de ojos más aterradoramente oscuros que he visto en mi vida.

—Hola, Barver —lo saluda Abril. Nunca he llegado a averiguar qué relación tiene exactamente con esa familia, aunque es obvio que no se limita a la de un empleado normal—. ¿De dónde sales?

—Buenos días, Abril. De mi despacho. —Tiene las manos en los bolsillos de los vaqueros. Creo que es la primera vez que lo veo vestido así, en las anteriores ocasiones iba con traje—. Os estaba esperando cuando os he oído hablar y... me he cansado de esperar. ¿Entramos en mi despacho? Me gustaría mantener esta conversación en privado.

—Por supuesto —responde Abril cogiéndome de nuevo la mano. Yo clavo los pies en el suelo.

—No —lo digo con tanta decisión que los dos me miran como si no se les hubiese pasado por la cabeza la posibilidad de que yo fuera a negarme. Ante mi sorpresa, y aunque me tiemblan las piernas, reafirmo mi postura—. No. No voy a irme a ninguna parte. Si va a despedirme, puede hacerlo aquí, señor Barver.

Él me estudia durante unos segundos, trago saliva y espero que no note que me tiemblan las piernas. Realmente no me merezco esto, estaba convencida de que mi cuota de humillación ya había llegado al límite con la foto de Rubén en Instagram. ¿Y si le digo que me voy? Tampoco puede hacerme nada, ¿no? Pero, ahora que lo pienso, ¿por qué va a despedirme? No recuerdo qué dije exactamente en mi discurso contra los hombres, ¿mencioné el nombre de la revista?

Oh, mierda, lo mejor será que vaya a esta estúpida reunión y que... Él me sonríe. Me sonríe y su rostro se transforma por completo durante unos segundos.

—No voy a despedirla, señorita Ríos. —La sonrisa se ensancha—. En realidad, quiero ofrecerle un nuevo trabajo. —La sorpresa es evidente en mi rostro y él no finge no darse cuenta y sonríe aún más. Esta segunda sonrisa es distinta, se siente satisfecho de sí mismo—. ¿Vamos a mi despacho?

Gira sobre sus talones y no nos espera. Me gustaría irme de allí y dejarlo plantado, oh, cuánto me gustaría. Estoy harta de todos estos hombres, de todas estas personas que actúan como si el mundo girase a su alrededor y el resto de mortales estuviésemos a su servicio. Rubén también hacía esto.

Aun así, su última frase me ha dejado intrigada y quiero saber qué quiere decirme.

—Vamos, Abril. —Ella me sonríe aliviada al ver que acepto asistir a esa misteriosa reunión—. Pero después eliminas el vídeo.

Salvador Barver nos espera de pie frente a la puerta de su despacho. A lo largo de los años que llevo trabajando aquí apenas he coincidido con él, sé que los dos llegamos con pocos meses de diferencia y que él ocupó el cargo de su padre después de trabajar en distintas empresas ajenas al grupo. Tiene treintaidós años, está soltero y rodeado de un aura de misterio que, a juzgar por lo que he visto, le encanta. Es guapo, no tiene sentido disimular ni intentar explicarlo con eufemismos, es un guapo inteligente, como dice mi madre, es moreno, tiene los ojos oscuros y un estilo muy propio.

—Gracias por aceptar esta reunión, señorita Ríos —dice al cerrar la puerta.

Y parte de mi teoría de que es un engreído se desploma.

—De nada —farfullo—. Quiero saber qué está pasando.

Él camina hasta el escritorio y nos ofrece que nos sentemos en las dos sillas de diseño que hay delante. Me gusta que en la mesa haya papeles y un lápiz, siempre he desconfiado de la gente que tiene las mesas vacías.

—A lo largo de este año —empieza sin ningún preámbulo mientras teclea algo en el ordenador— las ventas de la revista *Gea* han descendido. En estos últimos meses se ha estabilizado, pero en la última reunión decidimos reducir la plantilla a la mitad. —Hace una pausa, sabe que esa última parte me ha cogido desprevenida, es lo que pretendía—. Con las ventas actuales no podemos justificar la plantilla actual. La decisión aún no era oficial pero sí inevitable, este 2017 iba a tener que despedir a la mitad de *Gea*, pero...

—¿Pero? —Estoy sentada al borde de la silla y tengo los nudillos blancos de lo fuerte que hundo las uñas en el cuero.

—Pero el sábado por la mañana vi su vídeo.

—¿Mi vídeo? ¿Qué tiene que ver mi vídeo con todo esto?

—Su vídeo, señorita Ríos, tiene... —Echa la silla hacia atrás y gira el ordenador portátil hacia mí, lo empuja un poco hasta dejarlo más cerca de mis dedos que se han deslizado hasta la mesa— ...el vídeo de su discurso tiene más de dos millones y medio de visitas y casi trescientos comentarios.

—Oh, Dios mío. —Tiro del ordenador hacia mí. Es la primera vez que lo veo y no soy capaz de centrarme en la imagen, solo veo que la cantidad de visitas no deja de aumentar y que los comentarios siguen subiendo—. Tienes que quitar el vídeo, Abril.

—No, todo lo contrario, señorita Ríos. Desde que Abril subió el vídeo, las visitas a la web de la revista han aumentado, usted menciona el nombre en medio de su discurso, y el ejemplar de diciembre se ha agotado. Hacía meses que esto no sucedía.

—Es... es imposible que tenga que ver con el vídeo. Es una casualidad.

Tira del ordenador y teclea de nuevo. Vuelve a girarlo hacia mí.

—En la web de la revista se han recibido más de cien correos preguntando por usted —señala unos gráficos—, y estas son las veces que alguien ha visitado su perfil como redactora y sus artículos.

—No lo entiendo.

—Todo el mundo habla de su vídeo, de su teoría sobre los hombres. Trago saliva y me queman las mejillas.

—Yo... pasará de moda. Dentro de dos días nadie se acordará del tema.

—Lo dudo mucho, en realidad, según mis cálculos irá a más. La velocidad a la que aumentan los comentarios y la cantidad de veces que se comparte por minuto así lo demuestran. Por eso hemos decidido hacer realidad su propuesta.

—¿Qué propuesta?

—La de hacer un concurso para encontrar a un hombre que valga la pena en España.

Tengo cara de pez, estoy segura. No sé si ponerme a reír o a llorar, o si levantarme y decirle al señor Ojos de Infarto que me largo.

—Yo no hablé de ningún concurso —consigo decirle al fin.

—Sí lo hizo. Hay un momento en el vídeo donde incluso dice que podría pasarse un año viajando por el país y no encontraría a ningún hombre que valiera la pena. La gente está entusiamada con lo del concurso.

—¿Entusiasmada?

—Lea los comentarios. —Señala el ordenador con la mano—. Le advierto que hay unos cuantos de muy mal gusto, mi consejo es que se los tome con humor y que después los borre.

Carraspeo y noto que me sonrojo. No hace falta ser demasiado lista para imaginar a qué clase de comentarios se refiere. Una de las maravillas de Internet, supongo, la gente no tiene filtro. La cantidad de mensajes me abruma, él no ha exagerado, si tuviera que decir algo, diría que incluso ha sido cauto al hablar de números. Me topo con uno de esos comentarios, KenFollador se ofrece voluntario para demostrarme lo que vale un hombre de verdad y asegura que «cuando termine conmigo tendré que darle las gracias». El sonrojo empeora y sigue subiendo la lista de mensajes. Otro capta mi atención, es de una chica llamada LunaDePapel123:

«Pues yo soy de Sevilla y mi hermano Lucas es increíble. Tiene veintiocho años, es profesor y voluntario en una clínica veterinaria para animales abandonados, y está como un tren. Tendrías que venir a Sevilla a conocerlo.»

Más adelante hay otro de PatriciaLopezGalicia:

«En Galicia no todos los hombres son perfectos, por supuesto que no, pero creo que has tenido una muy mala experiencia y no deberías ser tan cínica. Perdona, los gallegos somos muy directos. Yo estoy casada con un hombre muy majo y tengo un amigo al que me encantaría presentarte. A él también le dejaron de una manera muy humillante. Me matará cuando se entere de que he escrito esto. ¿Te vienes a conocerlo?»

—Hay cientos de comentarios como este —se atreve a decir Abril que desde que hemos entrado no me había dirigido la palabra—. Hay candidatos espontáneos y otros aparecen en comentarios de hermanas, amigas, cuñados, compañeros de trabajo. Todos quieren demostrarte que hay hombres de verdad.

Me froto la cabeza, empieza a dolerme. Todo esto es demasiado.

—Voy a tener que mudarme a Madagascar.

Salvador Barver no se ríe, el sonido que sale de su garganta es como un ronquido que en el estado en el que me encuentro solo sirve para que me ponga más nerviosa.

—No será necesario, señorita Ríos. Lo único que tiene que hacer es darle la oportunidad a toda esta gente que le ha escrito de demostrar que sí que existen hombres de verdad y no con sangre de horchata. Sí, creo que esa es la frase que usted utiliza en el vídeo.

—¿Qué quiere exactamente?

Aparto la mano de la cara para mirarlo.

—Quiero salvar la revista *Gea*, no quiero tener que reducir la plantilla, y para eso necesito algo que impacte, algo que lleve a la gente al quiosco a comprar nuestra revista cada mes sin falta. Y ese algo, señorita Ríos, es usted.

—¿Yo?

¿Tiemblo y balbuceo porque él me está mirando a los ojos, porque estoy asustada, porque todo esto me parece una locura, o porque sigo durmiendo y esto es una pesadilla?

—Aún tengo que convencer a la junta directiva y tengo que trabajar más los números, pero *Los chicos del calendario* son la solución. Si el concurso funciona dispondremos de un año para salvar la revista. Elegiremos un candidato para cada mes del año, obviamente serán de ciudades distintas. Usted irá allí y pasará el mes en cuestión con el chico del calendario...

Tengo que interrumpirlo. ¿De qué está hablando? *¿Los chicos del calendario?*

—¿El chico del calendario?

—Pasará un mes con él, viviendo con él —sigue como si yo no hubiese dicho nada—, lo acompañará a todas partes; estará con sus amigos, con su familia, irá al trabajo con él. Dada la naturaleza de algunos comentarios de su vídeo —mi mirada confusa le obliga a especificar—, usted recalca varias veces temas sexuales, el límite de lo que suceda entre él y usted está completamente en sus manos. —Voy a insultarlo, lo sabe porque levanta la palma de la mano hacia arriba para detenerme—. Concluido el mes, usted escribirá un artículo sobre ese candidato que publicaremos en la revista y grabará un vídeo que colgaremos en un videoblog también de *Gea* y de pago, lógicamente, aunque compartiremos partes en las redes. Al final del año, en diciembre de 2017, usted elegirá a un ganador que se llevará el premio.

—¿Qué premio? ¿A mí envuelta en un lazo?

El sarcasmo no es su punto fuerte a juzgar por cómo aprieta el lápiz que levanta de la mesa.

—No, señorita Ríos, a no ser que usted así lo desee. El premio será económico, aún estamos valorando la cantidad, me imagino que fluctuará entre los cien mil y los doscientos mil euros. Contamos con convencer a nuestros anunciantes para hacerlo lo más tentador posible. Y cada mes, a medida que vayamos publicando artículos, habrá concursos y regalos para nuestros lectores. Pediremos que sean ellos los que propongan a los candidatos, aunque evidentemente la revista los revisará y usted y yo podremos vetarlos.

Tanta formalidad me está poniendo de los nervios. Si no lo he entendido mal, está proponiéndome que me pase un año recorriendo España conociendo un hombre tras otro —al menos uno al mes— en una especie de concurso cuando yo apenas hace cuarenta y ocho horas he decidido renunciar a los tíos y fiarme solo de los que funcionan con pilas.

—No voy a hacerlo. Es una locura.

Es evidente que esa posibilidad ni se le había pasado por la cabeza. El señor Barver me mira como si me hubiese vuelto loca y antes de decir nada, desvía la mirada hacia Abril en busca de confirmación o de ayuda, no estoy segura.

—No pienso hacerlo —repito.

—¿Por qué?

—¿Acaso es consciente de lo que me ha propuesto? No voy a pasarme un año viajando por España y cambiando de pareja una vez al mes. Es una... es una... es una... locura.

—En el vídeo dice que a partir de ahora va a comportarse como un hombre.

Entrecierro los ojos.

—No voy a hacerlo. —Me molesta no encontrar más argumentos, pero estoy tan enfadada y tan perpleja que no doy para más.

—Y nadie ha dicho que usted tenga que tener una relación con todos esos hombres, señorita Ríos. —Levanto una ceja, yo también sé hacerlo—. Eso lo ha deducido usted sola. Irá a la ciudad, conocerá al candidato y escribirá el artículo en cuestión hablando de las virtudes y de los defectos del chico y de su experiencia con él.

—Yo no soy periodista de viajes y tampoco he hecho nunca una entrevista. —Mierda, he metido la pata. Esa respuesta no es un no y él lo sabe y se lanza cual león sobre su presa: yo.

—No quiero artículos de viajes y tampoco quiero entrevistas. La quiero a usted.

Mierda.

—No. Mande a otro, busque a una periodista estupenda. No, espere, ya lo sé. Busque a una bloguera de esas tan monas.

Se ríe.

—¿Lo ve, señorita Ríos? tiene que ser usted.

—Tráteme de tú, el usted me está poniendo nerviosa.

—Tienes que ser tú.

Mierda.

—No puedo. —Trago saliva—. Encargue el reportaje a otra persona.

No puedo pasarme un año saltando de ciudad a ciudad, de chico a chico. «¿Por qué no?» Aun en el caso de que pudiera, lo que seguro que soy incapaz de hacer es compartirlo con el país entero. ¿Escribir un artículo mensual sobre mis experiencias durante ese mes? ¿Grabar un vídeo? Joder, no (si suelto tacos incluso en mi mente es que estoy histérica). Ese vídeo, que todavía no he visto, lo grabó Abril sin decirme nada. Si lo hubiera sabido, habría empezado a tartamudear y no habría dicho ni la mitad de la mitad de lo que dije.

—No quiero a otra persona, te quiero a ti. —¿Elige esas palabras adrede para ponerme más nerviosa? Porque si es así, está funcionando—. Si lo hace otro periodista o una bloguera mona como tú sugieres, la gente creerá que todo forma parte de una estratagema publicitaria y no funcionará. El vídeo se ha compartido tantas veces y tiene esa retahíla de comentarios por ti, porque la gente que lo ha visto ha conectado contigo.

Ha sentido lástima de mí.

—Mire, probablemente hay mucha gente que sueña con hacerse famosa o con salir en la tele. Pero yo no.

—No, tú quieres escribir. Quieres escribir una novela para ser exactos. Lo sé, me han pasado tu propuesta.

Mierda.

—Eso fue hace un año. —«Cuando tuve un ataque de valentía y mandé a uno de los sellos editoriales del grupo mi manuscrito»—. Y no tiene nada que ver con esto.

—Si aceptas este proyecto, te doblaré el sueldo y cuando termine publicaremos tu novela.

—Oh, es muy tentador. —Puedo sentir los ojos de Abril fijos en mí—. Y muy generoso, señor Barver, pero no me he negado porque quiera negociar con usted. Sencillamente no puedo hacerlo.

—Por supuesto que puedes. —La convicción que hay en su voz, el modo en que me mira casi me convencen, pero entonces él vuelve a abrir la boca—: Además, la continuidad de la mitad de la plantilla de la revista depende de ti.

Sí, todos los hombres son unos cretinos, unos manipuladores. Egoístas hasta la médula y retorcidos como ratas. No, ratas no, las ratas son demasiado buenas.

Le aguanto la mirada aunque se me retuerce el estómago y tengo la espalda tan sudada que la camiseta se me ha pegado a la piel. No lo conozco, pero algo me dice que no cederá ni un ápice y que no tendrá ningún reparo en hacerme sentir culpable. No puedo ser responsable de que despidan a la mitad de la gente que trabaja conmigo.

—No se atreverá a despedir a esa gente por mí.

Él levanta la ceja y la comisura izquierda del labio.

—He empezado la reunión diciendo que habíamos tomado la decisión de reducir la plantilla a la mitad. Este proyecto puede evitarlo, pero solo si tú estás al frente. Si lo rechazas —sigue antes de que yo le conteste—, tu continuidad en la revista tampoco tiene demasiado sentido, ¿no crees?

—¿Va a despedirme?

—Acabo de ofrecerte un ascenso, un aumento de sueldo y publicarte un libro cuando termine el año.

—Si acepto pasarme cada mes en una ciudad distinta con un hombre distinto y además escribo un artículo mensual y grabo un vídeo sobre ello.

—Cualquier periodista estaría entusiasmada con este proyecto. Este puede ser el momento más importante de tu carrera, de tu vida.

Desvío la vista hacia la pantalla del ordenador que aún tengo delante. Muevo el cursor por los comentarios y uno capta mi atención. No puede ser. ¡Esto podría salvarme! Es imposible que él esté de acuerdo con esto. Subo hacia arriba en busca de confirmación, tiene que haber otro comentario así, por favor. Uno. Dos. Tres. ¡Cuatro!

—¿Sucede algo?

Dejo de mirar la pantalla y vuelvo a mirar a Salvador Barver. Creo que puedo respirar, sí, voy a salir de esta.

—De acuerdo, acepto, pero con una condición.

—¿Qué clase de condición? Creo que te he ofrecido unas condiciones inmejorables.

—Cierto, y una de ellas es que yo podré elegir o vetar al chico con el que tendré que pasar el mes.

—Tú y yo. Los dos. Seremos los únicos con ese derecho.

—Está bien, ya sé quién quiero que sea el chico de enero.

—¿Quién?

—Usted.

Abril casi se cae de la silla. Durante esos minutos me había olvidado de que estaba aquí. Intento no sonreír, es imposible que Salvador Barver acceda a someterse a ese escrutinio. Él es famoso por haber huido siempre de la prensa y por ser extremadamente reservado, en plan incluso «loco de las montañas». Dirá que no y entonces no tendrá más remedio que echarse atrás porque si él se niega yo también me negaré y ya no podrá insistirme. No me importa que el proyecto siga adelante, en realidad la idea, ahora que lo pienso, no es mala, es incluso divertida, pero que vaya otra.

Yo podré echarme atrás sin quedar mal (y sin perder el trabajo) y la plantilla de *Gea* estará a salvo.

—Entonces, Candela, será mejor que empieces a llamarme Salvador, ¿no crees? —Me tiende la mano—. Acepto, ¿cuándo empezamos?

3

Alguien llama a la puerta justo entonces, como si se tratase de una obra de teatro ensayada a la perfección. Me zumban los oídos, la sangre me circula igual de rápido que la última vez que me subí a una montaña rusa, esa vez acabé vomitando.

Veo que el señor Barver, *Salvador*, mueve los labios. Supongo que estará dándole permiso a quien sea para entrar y efectivamente segundos después aparece Jan, el jefe de *marketing*, frente a mí. Saluda a Abril, ella le sonríe, yo lo observo todo sin reaccionar.

Se suponía que él iba a decir que no. Cuando he visto su nombre mencionado en uno de los comentarios no podía creerme ese golpe de suerte. A mí nunca se me habría ocurrido, pero he leído el comentario de Primavera78 que decía: «¿Y qué me dices del guapísimo y misterioso Salvador Barver? Ese ejemplar no puede ser defectuoso». El comentario de Primavera78 seguía un poco más, pero he dejado de leerlo para buscar otros, necesitaba más para que él se lo tomase en serio. No me ha costado demasiado, he visto su nombre varias veces y me he lanzado.

Estaba segura de que diría que no. Entonces yo insistiría un poco, lo justo para que no se me viera el plumero, y le diría que si yo tenía que seguir adelante con esa locura, él, ya que tanto insistía en que este proyecto podía salvar la revista, tenía que ser el chico de enero. Él se sentiría atrapado y se echaría atrás y, lo más importante, permitiría que yo me echase atrás. No se me había pasado por la cabeza que fuese a decir que sí y tan rápido. Ni siquiera ha dudado un segundo, bueno, uno quizá sí, y dudar, no sé si ha dudado, como mucho me ha mirado mal, pero después ha aceptado.

Lo poco que sé de él es que odia aparecer en los medios de comunicación. Irónico, lo sé, pero supongo...

—Candela, Candela, señorita Ríos. —Reacciono y los tres están mirándome, aunque es él el que está hablándome—. ¿Crees que podrás tener el texto para hoy?

«¿Qué texto? ¿El del artículo de los perfumes?»

Tenía la cabeza en las nubes y no sé de qué estaban hablando. Tengo que dejar de mantener estas conversaciones conmigo misma.

—¿El artículo de los perfumes y de los signos del zodíaco?

A juzgar por el pisotón nada discreto de Abril, me he equivocado de artículo. Jan, al que apenas conozco, me mira y es evidente que está al tanto de la propuesta que acabo de recibir y que le parece una locura.

Estoy de acuerdo con él.

—Tenemos que aprovechar el momento —empieza Salvador—, tenemos que explicarle a toda la gente que ha visto el vídeo, que has escuchado sus consejos y que has decidido hacerles caso: en nuestro país hay hombres que valen la pena y tú vas a encontrarlos. Lo mejor será que en el vídeo no digas nada del premio ni de cuestiones formales, tienes que ser tú.

—Yo no quiero grabar otro vídeo.

—Creía que habíamos llegado a un acuerdo. Tú has puesto tu condición y he aceptado.

—Pero... pero... pero...

Alarga la mano por encima de la mesa y coge la mía. Tendría que apartarla, pero es agradable sentir el calor que desprende su piel. Rubén siempre estaba frío.

—Puedes hacerlo. —Sonríe y le creo. Debo de haberme vuelto loca—. Además, tienes el aspecto perfecto; ojeras como si te hubieras pasado el fin de semana sin dormir y cara de mala leche, de novia vengativa.

Aparto la mano. Bueno, quizá debería darle las gracias, con esas frases ha conseguido que se me vaya la tontería y que recuerde que, efectivamente, todos los hombres son unos imbéciles y unos egoístas.

—Prepara el texto, tienes total libertad.

—Gracias. —Espero que note el sarcasmo.

—Lo grabaremos esta tarde. Los de informática aún no tienen la página lista. Después discutiremos cómo nos organizamos, ¿de acuerdo?

Quiero discutir con él, quiero gritarle y sacudirlo. Sí, estoy segura de que me sentiría mejor si pudiera darle uno de esos empujones que nos dábamos en el patio del colegio cuando éramos pequeños. Él ya ha dado por concluida la reunión, está convencido de que tiene lo que quería y está hablando con Jan como si Abril y yo ya no estuviéramos allí. Pero entonces pienso en lo que me ha ofrecido, no en lo de doblarme el sueldo —aunque eso sin duda es importante—, sino en la posibilidad de recorrerme el país y conocer gente, lugares, vidas a las que nunca habría tenido acceso. Podré escribir mi libro. Podré, no, tendré que hacer cosas que nunca he hecho.

«Vamos, atrévete.»

—De acuerdo.

Abril sale conmigo del despacho, veo que tiene ganas de hablar, pero yo necesito seguir pensando en lo que ha sucedido y ella se tiene merecido pasarlo mal un poco más. Sé que sus intenciones eran buenas. Abril siempre tiene buena intención, pero tendría que haberme pedido permiso antes de hacerlo.

Claro que entonces yo le habría dicho que no y ahora no estaría aquí. Tendré que perdonarla, dejaré que sufra un rato más y después, cuando vayamos a comer, se lo diré.

—Voy a preparar el texto del vídeo. —Las puertas del ascensor se abren—. ¿Comemos luego?

Abril sonríe aliviada aunque insegura.

—Genial, pasaré a recogerte.

Ella se va. Abril no tiene mesa en la sede de la revista, si necesita una cuando viene, ocupa una esquina de la mía. Me imagino que hoy tendrá la mañana ocupada con algún reportaje fotográfico o que quiere alejarse de mí durante un rato y darme tiempo para que se me pasen las ganas de matarla. Marisa me está esperando, no parece estar de buen humor.

—¿Has acabado el artículo de los perfumes?

—Aún no.

—Ya me han dicho lo de tu gran ascenso. —Entrecruza los brazos, las uñas rojas descansan afiladas en los antebrazos—. Felicidades. —«Seguro»—. No creas que eso implica librarte de los artículos que tienes pendientes.

—No, por supuesto que no.

Gira sobre sus carísimos tacones y regresa a su despacho. Algún día le preguntaré qué le he hecho, hoy tengo demasiadas cosas en la mente como para preocuparme por ella.

Termino el artículo de los perfumes, las palabras que apenas hace unos días se negaban a salir de mis dedos fluyen hoy con fluidez. Quizá sea porque no puedo dejar de pensar en el vídeo y en sus consecuencias; hay muchos periodistas y escritores que dicen que escribir es algo traumático, a mí hay momentos en los que me sirve para relajarme, al menos cuando el texto que estoy creando es tan absurdo como afirmar que las personas con el signo zodíaco de cáncer tienen que llevar perfumes que huelan a mar o a días de playa.

Le mando el artículo a Marisa tras una corrección y saco la libreta de apuntes del cajón, es una Moleskine roja. Hace años que me compro el mismo modelo y la utilizo para anotar desde ideas para mi novela hasta listas de regalos. Antes he dejado el móvil cargándose, pero aún no me he atrevido a mirarlo. Varios de mis compañeros, los pocos que trabajan hoy, han intentado acercarse, pero me he puesto los cascos y he fingido estar absorta en mi trabajo.

De momento no quiero hablar con nadie más de este tema, quiero que siga encerrado dentro de mí hasta que haya escrito lo que quiero decir en el nuevo vídeo. Será importante, tiene que servir para explicar qué voy a hacer con mi vida durante este año que justo acaba de empezar y por qué he decidido hacerlo. Y sin *gin-tonics*.

El otro día, cuando me desahogué con Abril, ni se me pasó por la cabeza que alguien más pudiese oír mi discurso y aún no logro entender por qué lo ha visto tanta gente. ¿Es porque a todos nos gusta ver a los demás haciendo el ridículo o porque, como dijo Abril, fui muy sincera? Quién sabe, quizá sea como esos vídeos de gatitos haciendo monerías que la gente ve sin motivo alguno. Este segundo vídeo es la clave si quiero que *Los chicos del calendario*, el proyecto de Salvador Barver, sea también mío y utilizarlo para descubrir quién puedo llegar a ser de verdad. No quiero que se convierta en un *reality* absurdo ni en un concurso encubierto de mister España o una guía de viajes. No quiero dejar en ridículo a los hombres de España, pero tampoco quiero encontrar a mister perfecto —que no existe— y decir dentro de doce meses que estaba equivocada y que los hombres son los amos del universo.

Quizá aún no sé qué quiero exactamente de *Los chicos del calendario* más allá de atreverme a salir de mi zona de confort y aprender tanto como pueda sobre mí, pero sé que es lo que no quiero y por eso es tan importante este segundo vídeo.

Escucho la música y cierro los ojos. Me había prometido no volver a pensar en Rubén ni en su *Instabye*, pero tengo el presentimiento de que debo hacerlo. Esa foto, el #AdiósCandela, es como la sal que se echa en la herida, me hace revivir la rabia y la impotencia que sentí al verla. Hasta hoy mi reacción a la perrería de Rubén ha sido de lo más típica y predecible, he batido mi récord de *gin-tonics* en una tarde con mi mejor amiga mientras dejaba a parir a mi novio —ex novio— y a los hombres en general, y después me he pasado el fin de semana encerrada en casa viendo la tele y comiendo guarradas. Pero en algún momento, y sin que yo fuera consciente, mi pataleta se ha convertido en algo más y ese algo más está en Youtube.

Y Salvador Barver cree que puede utilizarlo para salvar la revista *Gea*.

No sé si él se habría atrevido a seguir adelante con el plan de reducir la plantilla de *Gea* a la mitad, si era una estratagema para convencerme o si de verdad me habría despedido. No tengo ni idea de por qué ha accedido a ser el chico de enero. Pero sé que estoy harta de esperar a que me sucedan las cosas, estoy harta de dejarme llevar por las circunstancias o por la comodidad. Esta vez yo estoy al mando. Sí, la idea de *Los chicos del calendario* ha sido de Salvador, pero *ellos*, ahora que lo pienso, son míos. Soy yo la que va a conocerlos y va a pasar este año con ellos, sean quienes sean, así que será a mi manera. No voy a soportar otro #AdiósCandela, seré yo la que diga adiós a partir de ahora.

El lápiz va a mil por hora por encima de la hoja de papel. Sonrío, la sonrisa se extiende por mi rostro. Hacía días, meses, que no me sentía así y que lo consiga justo después de la debacle de Rubén solo sirve para demostrarme que he hecho bien en seguir adelante con esta locura.

«*Los chicos del calendario*.»

Me gusta el título, doce meses, doce ciudades, doce chicos... y la posibilidad de descubrir quién soy realmente.

En algún momento me entra hambre, abro el cajón y saco el paquete de tiras de regaliz que guardé allí hace días. Es un texto muy íntimo, tengo que ir acostumbrándome, al fin y al cabo al menos una vez al mes voy a tener que escribir sobre mi vida y voy a tener que compartirlo con los lectores de la revista. No lo explicaré todo, no sabría cómo, aunque confieso que en cierto modo es un alivio saber que no tengo que hacer ningún papel.

Escribo la última frase de lo que quiero decir en el vídeo. ¿Él vendrá durante la grabación? Si lo hace, tal vez no le guste lo que oiga. Bueno, ha sido él el que ha insistido, ¿no? Yo le he dicho que podía encargárselo a otra persona, aunque si soy sincera, me habría dolido ver mi historia deformada en las manos de otra porque por muy bien que lo hubiese hecho no habría sido yo. Otra chica, una periodista, una bloguera, habría convertido esto en un concurso o en un linchamiento contra los hombres, y yo jamás he pensado eso, ni ahora ni cuando el otro día juré que me daba de baja y que dejaba de buscar uno que valiera la pena.

Casi tengo un infarto al notar una mano en el hombro.

—Lo siento, creía que me habías oído. —Abril está detrás de mí—. ¿Vamos a comer? Se me ha hecho tarde y estoy muerta de hambre.

Miro el reloj del ordenador, las horas han pasado sin que me diera cuenta.

—Vamos. —Imprimo el archivo y me meto el folio doblado en el bolsillo de la americana—. ¿Qué te apetece comer?

—Lo que tú quieras.

Sí. Abril sigue haciendo méritos.

—Podemos ir a ese restaurante italiano que hay dos calles más abajo.

En el vestíbulo, Paco vuelve a mirarme raro, como si no supiera qué hacer conmigo.

—Has visto el vídeo, Paco, lo sé, te lo noto en la cara. No pasa nada, soy la misma de siempre.

El pobre hombre carraspea.

—Lo vimos ayer en casa, mis hijas no hablaron de otra cosa durante todo el día. Cuando les dije que la conocía, señorita Ríos, me miraron entusiasmadas. Dicen que tiene usted toda la razón y mis yernos y yo tuvimos que pasarnos la comida defendiéndonos.

—Vaya, lo siento...

—No se preocupe, fue divertido.

Sonrío, puedo imaginarme que no todos los hombres se lo han tomado con la deportividad de Paco y su familia.

—Me alegro. —Más me vale empezar a tomarme bien que la gente hable de mí en sus casas. Trago saliva, creo que hasta este instante no había caído en la cuenta de que, si *Los chicos del calendario* funciona, la gente que siga el concurso hablará de mí. ¿Estoy preparada para perder esa clase de intimidad? ¿Cómo puedo saber si estoy preparada? Me mareo y decido centrarme en eso. Mi estómago es mucho más fácil de tranquilizar que mis neurosis—. Nos vamos a comer.

—Que les vaya muy bien.

Abril enciende un cigarrillo y se mete las manos en el abrigo negro. Solo fuma cuando está nerviosa, así que decido decirle que la he perdonado.

—Ya no estoy enfadada, Abril.

—Yo lo estaría. —Lanza el cigarrillo al suelo, me gusta pensar que mi disculpa ha ayudado en algo—. Te juro que jamás me imaginé que pasaría esto. Solo quería que Rubén lo viera.

—Lo sé, te creo.

—¿De verdad vas a seguir adelante con lo que te ha propuesto Barver? Sé que él ha insistido en que es la única manera de salvar *Gea*, pero quizá podríamos encontrar otra manera. Me siento muy culpable por lo que ha pasado.

—Tendrías que haberme pedido permiso, aunque tanto tú como yo sabemos que no te lo habría dado —reconozco—. Mira, lo hecho, hecho está. Y en cuanto a la propuesta de Barver... he estado pensando y quiero hacerlo.

Abril se detiene un segundo y me observa, creo que va a decir algo, pero se queda callada y seguimos caminando. Yo tampoco le digo nada, ya tendré tiempo de explicarle por qué he decidido seguir adelante y qué espero conseguir yo de *Los chicos del calendario*.

Llegamos al restaurante y el camarero me mira y me sonríe de un modo peculiar. Creo que definiré esa clase de miradas como «la mirada Youtube»; el camarero también ha visto el vídeo.

—Coincido con usted, *signorina*, los españoles no son buenos amantes... en cambio los italianos. Nosotros no fallamos nunca. Cuando quiera puedo demostrárselo.

—Estoy segura, gracias, pero solo queremos comer.

El chico se va con una carcajada, mi rechazo no le ha afectado lo más mínimo.

—Esto no ha hecho más que empezar, Cande. Joder, lo siento, te juro que...

—No tienes que volver a disculparte, Abril, pero voy a pedirte algo a cambio.

—Lo que quieras, excepto quitar el vídeo.

—No era eso lo que quería pedirte.

—¿Y qué es?

—Quiero que vengas conmigo.

—¿Adónde?

—A las ciudades que tenga que visitar durante este año. Tú estabas en la reunión, aún tenemos que decidir muchas cosas, pero Barver ha dejado claro que quiere un artículo y un vídeo mensual. Alguien tendrá que grabarlos y hacer las fotos del artículo, ¿no? Pues quiero que esa persona seas tú.

—¿Yo?, joder, Cande, sabes que tengo mucho trabajo, más de la mitad de modelos que contrata la revista solo quieren trabajar conmigo.

—No hará falta que te pases el mes entero conmigo, en realidad, sería absurdo que lo hicieras. Se supone que soy yo la que tiene que pasar un mes con el chico del calendario de turno. Solo tendrás que venir la última semana, los últimos días de cada mes y hacer las fotos y grabar el vídeo.

—Si son unos días, podría arreglármelas. Pero tal vez Barver tenga a otro fotógrafo en mente.

—Me da igual lo que tenga en mente Barver, eres tú o ninguno.

Abril sonríe.

—Vaya, me alegra ver que la chica del vídeo sigue aquí. Tenía miedo de que hubieras vuelto a esconderla.

—A mí también me alegra, la verdad. ¿Qué te parece si dejamos de hablar del trabajo y me cuentas qué tal fue tu Nochevieja?

Volvemos a la revista aún hablando de la noche de Fin de Año de Abril, yo me abstengo de contarle la mía y me prometo que no volveré a hacer nada igual en la vida. Mi amiga saca el móvil del bolsillo y cuando se abren las puertas del ascensor de mi planta me encuentro con Salvador Barver.

—Te estaba buscando.

—¿Ah, sí? —Sus ojos no me impactan tanto como esta mañana. Creo.

—He hablado con Marisa, la he puesto al corriente de tu situación. ¿Tienes listo el texto para el nuevo vídeo?

—Sí.

—¿Puedo verlo?

—No, ¿por qué? Creía que podía escribir y decir lo que quisiera.

—Y puedes. —Se pone las manos en los bolsillos y se aparta. Al parecer me he olvidado de salir del ascensor—. Solo siento curiosidad.

—También tengo total libertad sobre el vídeo, ¿no es así? No quiero que después alguien lo edite y ponga emoticonos raros o sonidos absurdos encima de mi voz.

Barver sonríe, la puerta de acero se cierra a mi espalda y él me sujeta del antebrazo para apartarme. La presión de sus dedos genera un cosquilleo que me sube hasta el hombro.

—Nadie va a ponerte voz de dibujo animado, si es eso lo que te preocupa. Y sí, por supuesto que también tienes total libertad sobre el vídeo, aunque antes de colgarlo yo también tengo que verlo.

—¿Y después de verlo exigirás que haga cambios?

—Aún no existe ningún vídeo, Candela, y me gusta creer que soy razonable. Vamos a tener que trabajar juntos durante todo el año, no solo durante enero y aunque puedo entender que ahora mismo no confías demasiado en los hombres, te pido que confíes en mí y que seas justa conmigo.

—Soy justa.

—Está bien. De acuerdo. Dejaremos el tema de la confianza para más tarde. Por ahora centrémonos en el segundo vídeo, por eso te estaba buscando, ¿dónde quieres grabarlo? He pensado...

—Aquí, en mi mesa. Quiero ser yo de verdad, tengo que poder ser yo, si no no funcionará y pareceré una anunciante del teletienda. Nada de decorados postizos ni de frases de mentira.

Él me mira fijamente durante unos largos segundos y después observa la redacción. Ahora aún hay menos gente que esta mañana y seguro que se irán si el director general del grupo se lo pide.

—Es el lugar perfecto. Iré a avisar al cámara, los de informática ya tienen la página lista.

—Quiero que lo grabe Abril y quiero que ella se encargue de las fotografías de los artículos.

—¿Más condiciones?

Trago saliva, tengo calor. ¿Ese hombre no sabe hablar de otra manera? ¿De una que no me erice la piel?

—No, pero esto es innegociable. —No voy a decirle que necesito a Abril porque es mi mejor amiga, pero es así—. Aún no me he hecho a la idea de que todo el país sabe que mi ex novio me ha dejado por Instagram o que ha escuchado mi discurso sobre los hombres. Soy de la clase de chica que prefiere pasar desapercibida, pero he decidido seguir adelante con esto porque creo en *Los chicos del calendario*. —No voy a decirle los motivos, no son cosa suya. Él puede creer que lo hago por *Gea* o por el aumento de sueldo—. Si voy a exponerme tanto y a compartir mi vida con los lectores durante un año entero, quiero saber que habrá alguien a mi lado dispuesto a aconsejarme o a evitar que me ponga en ridículo.

—De acuerdo. Si Abril puede cumplir con el resto de sus compromisos, por mí no hay ningún problema. Yo también he estado pensando, ¿sabes? También tengo unas cuantas condiciones, pero no quiero discutirlas ahora. Ve con Abril y preparaos para grabar el vídeo, yo me encargaré de sacar a toda esta gente de aquí. —¿Cómo ha sabido que eso es exactamente lo que necesito?— Yo me quedaré, si no te importa, y después, cuando salgamos del trabajo, tú y yo iremos a cenar.

—No me importa que te quedes mientras grabamos el vídeo —acepto, eso es trabajo, pero lo de la cena, ¿a qué ha venido? Hoy he vivido más emociones fuertes que en todo el año pasado, exceptuando el día de *Rubstagram*. Mira, ya empiezo a inventarme palabras como Abril. Me siento como si llevase horas montada en el Dragon Khan y quiero bajarme—. ¿Por qué no dejamos la cena para otro día?

—Tú has decidido que yo sea el chico de enero, así que si no tienes otros planes para esta noche, cenaremos juntos. Hay mucho de qué hablar. Va a ser un año muy intenso, trabajarás más que nunca y tendrás que demostrar si estás dispuesta a escribir sobre lo que de verdad te importa.

El tono de él me incomoda, no sé si es un efecto secundario de mi día de montaña rusa o si sus ojos negros, que no deberían afectarme, y su comentario sobre mi escritura me ponen a la defensiva.

—¿Con quién se supone que tengo que ir a cenar? ¿Con mi jefe o con el chico del calendario?

Vale, igual he sido un poco borde, pero el modo en que ha hablado de mi trabajo me ha revuelto las tripas. Nunca nadie me había dicho a la cara que hasta ahora jamás he escrito sobre algo que me importe y él acaba de insinuarlo.

—Cenarás *conmigo*. ¿Te parece bien? —Saca las manos de los bolsillos y se las pasa por el pelo como si... como si estuviese nervioso. Pero ¿por qué? ¿Qué sentido tiene?— ¿Quieres ir a cenar conmigo, Candela?

—Sí.

Suelta el aliento, quizá los dos estamos demasiado tensos. Ambos nos jugamos mucho con esto. Él, una revista y su orgullo como empresario, o quizá se preocupa de verdad por sus trabajadores. Yo, descubrir si soy tan valiente como espero y me atrevo a luchar por mis sueños, aun a costa de exponerme públicamente.

Tampoco puedo olvidar que Salvador será el chico de enero. Él siempre se ha mostrado celoso de su intimidad con la prensa. Y ahora todo el mundo hablará de él... y de mí.

—Perfecto. Prepárate para el vídeo, yo voy a decirle a Marisa que salgan todos de aquí.

Encuentro a Abril a pocos pasos de mí, está tecleando algo en el móvil.

—Vamos a grabar el segundo vídeo aquí, en mi mesa. Barver ha aceptado que te encargues tú.

—Genial. —Guarda el teléfono en el bolso—. ¿Puedo hacerte una sugerencia sin que quieras arrancarme la cabeza?

—Prueba.

—¿Podemos ir al baño a taparte un poco las ojeras y a ponerte algo de color en las mejillas y en los labios? Por favoooor. —Entrecierra los ojos—. Yo estoy muy a favor de la belleza natural, pero este vídeo va a verlo mucha gente, Cande.

—Está bien, vamos. Esta mañana he salido con prisas. Nada de colores estridentes, solo quiero dejar de parecer un zombi de *The Walking Dead*.

En el baño, Abril despliega su arsenal, yo también llevo mis potingues en el bolso, pero ella podría ser maquilladora profesional. Me imagino que después de pasarse tantos años trabajando con modelos ha acabado pegándosele algo.

Media hora más tarde sigo siendo yo misma, aunque mis mejillas tienen un rubor más saludable y mis ojos parecen los de una chica que lleva años durmiendo ocho horas diarias, toda una hazaña, y Abril ha insistido en regalarme el pintalabios que ha utilizado conmigo, es de un color rojo precioso.

Me basta con poner un pie en el pasillo para comprobar que estamos solas, o casi, Salvador Barver está de pie frente a mi mesa. Repaso mentalmente si había dejado algo encima que pueda avergonzarme y de inmediato me riño por hacerlo. Es mi mesa y puedo tener en ella lo que me dé la gana.

Él no hace ningún comentario sobre mi cambio de aspecto, se limita a hacer eso que lleva haciendo todo el día, mirarme fijamente. Seguro que ha descubierto que me pone nerviosa, pues voy a demostrarle que no.

—¿Al final te quedas a ver el vídeo?

—Claro, no me lo perdería por nada del mundo.

En el baño Abril y yo hemos decidido que lo mejor será que me siente en mi silla y que me dirija a la cámara con el ordenador y la pared del cubículo a mi espalda. En la pared tengo colgadas algunas postales, aunque básicamente está inundada de pósits de colores con anotaciones sobre todo lo que tengo que hacer. Junto al teclado está mi bote lleno de lápices (los prefiero a los bolígrafos) y mis rotuladores fluorescentes, y al lado ese gato chino blanco que me regalaron en un restaurante y que tengo miedo de lanzar a la basura por si me echa una maldición.

Barver está frente a mí y no se hace a un lado para dejarme pasar. Hay sitio de sobra, pero durante un segundo quedamos muy cerca el uno del otro y él vuelve a mirarme a los ojos. ¿Por qué sigue haciéndolo? Huele demasiado bien, Rubén olía a jabón de ducha, al que fuera que comprase en el súper, pero Barver huele a perfume, uno de esos que te hacen pensar en sillones de cuero, en los desiertos del Sahara o en nadadores olímpicos de espaldas interminables.

—Tienes que apartarte, Barver, estás en el plano —le ordena Abril con su voz más profesional.

Él retrocede y se coloca al lado de mi amiga sin decir nada. Me gustaría pedirle que se fuera, no tendría que haberlo invitado a quedarse, ahora ya no hay vuelta atrás. Respiro hondo.

—Un momento, acabo de tener una idea. —Abril me mira—. ¿Podemos imprimir la foto de Rubén?

—¿La que colgó en Instagram? Sí, supongo que sí —dice tras verme asentir.

—¿Para qué la quieres? —pregunta entonces Salvador.

—Voy a colgarla aquí. —Señalo la pared que quedará detrás de mí en el vídeo.

—¿No crees que sería mejor olvidarte de ese individuo?

—De él sí, por supuesto. A él ya lo he olvidado —afirmo y esta vez son sus ojos los que hacen algo raro—. Lo que no quiero olvidar es todo esto.

No voy a volver a ser una chica prescindible.

—Aquí está la foto. —Abril reaparece con la foto impresa. No hay ordenador ni aparato que se le resista.

—Gracias. —La cuelgo con un trozo de celo—. Ya podemos empezar.

—Contaré hasta tres y después grabaré, podemos detenernos cuando quieras, Cande. —No le digo nada, estoy concentrada porque no quiero tener que repetir el vídeo, meto la mano en el bolsillo y toco el folio donde antes he escrito lo que quiero decir, he sido tan sincera que no me hace falta releerlo—. Y tú, Barver, no hagas ruido y no te muevas de donde estás, ¿de acuerdo?

—De acuerdo.

—Pues allá vamos. Uno, dos, tres.

—Hola, soy Candela y estoy harta de las tonterías de los hombres de este país. Hace unos días dije que no había ninguno que valiera la pena, que todos eran un montón de niños malcriados egoístas y que además eran malos amantes. No he cambiado de opinión, en realidad, lo que ha sucedido desde entonces no ha hecho más que reafirmar mi teoría. ¿Sabéis por qué lo digo? Porque ninguno se ha acercado a preguntarme qué me pasaba el otro día, el día que mi mejor amiga grabó ese vídeo sin que yo lo supiera.

»Ninguno. Ni uno solo. No ha habido ni un solo tío que se haya acercado a mí y me haya preguntado si estoy bien, si pueden hacer algo por mí. Lo único que me han dicho algunos es que pueden demostrarme que en cuanto al sexo se refiere estoy muy equivocada. Nada más. Las únicas personas que han escrito comentarios de ánimo en el vídeo son mujeres y las únicas que se han ofrecido a presentarme hombres que «valen la pena» —hago el signo de comillas con las manos— son mujeres.

»Así que ya veis, tengo razón. El mayor problema de este país son los hombres. Me imagino que después de ver el vídeo, de compartirlo en las redes o de defenderse ante sus novias, parejas, amigas o hermanas, han decidido seguir jugando a la Play, ver el partido del Barça o ir a entrenar para el maratón de turno.

»La cuestión es que gracias a vosotras, a todas las que habéis dejado un comentario de ánimos, a las que habéis compartido el vídeo para decir que estáis conmigo, he conseguido despertar y he decidido dejar de ser una chica prescindible. ¡Mi novio cortó conmigo por Instagram! Eso no puede decirlo cualquiera. Pero esa chica ya no existe y me aseguraré de que no vuelva a existir jamás.

»Hoy me he despertado con ganas de cambiar o, mejor dicho, con ganas de ser yo de verdad. Esto, lo que voy a contaros ahora, no es exactamente lo que tenía en mente, pero tengo el presentimiento de que es exactamente lo que necesito —cojo aire—: voy a recorrer el país en busca de ese hombre, uno con la cabeza y el corazón bien puestos o que como mínimo le funcionen. Proponed a vuestro candidato, habladme de él y, si me convencéis, yo viajaré donde sea para pasar un mes con él.

»Todas hemos crecido viendo calendarios de chicas hechos con más o menos buen gusto, nos han juzgado por nuestro aspecto, por nuestra capacidad de trabajo, por nuestro talento en la cama y hasta por nuestra capacidad para ser madres y nos han exigido que seamos unas *superwoman*. Ya va siendo hora de que nosotras hagamos lo mismo, ¿no os parece?

»Ayudadme a elegir a *Los chicos del calendario*. Para que veáis que voy en serio, yo ya he elegido al de enero tras leer vuestros comentarios en Youtube. —Me levanto y me acerco a Abril para girar la cámara hacia Salvador durante un segundo—. Salvador Barver.

Él entrecierra los ojos pero no dice nada y yo vuelvo a girar la cámara hacia mí:

—El chico de enero tiene un mes entero para demostrarme que estoy equivocada, dudo mucho que lo consiga, pero prometo contároslo todo el día treintaiuno con otro vídeo y un artículo sin trampa ni cartón. No sé exactamente cómo funcionará todo esto, pero os iré informando y espero que estéis a mi lado.

Y recordad si vais a dejar a alguien, por favor, hacedlo mirándolo a los ojos.

Miro fijamente a la cámara y Salvador carraspea.

—Joder, Cande, has estado increíble. —Abril deja la cámara.

—Sí, increíble. —Salvador desvía la mirada hacia la ventana que hay en el pasillo—. Podrías haberme dicho que ibas a mencionar mi nombre.

—Tarde o temprano iba a saberse. ¿Te ha molestado? Siempre podemos...

—No, el vídeo está bien. Es justo lo que quería. —Parece mucho más serio que antes—. ¿Cuándo crees que podrás colgarlo, Abril?

—Lo revisaré ahora mismo, aunque no creo que necesite ningún retoque. La luz está bien y no hay ningún ruido externo que moleste.

—Genial, mándalo por favor al departamento de comunicación, ellos están al tanto. Lo colgaremos hoy mismo y mañana añadiremos un artículo explicando las condiciones para participar en el concurso.

—Hablaré con comunicación. No te preocupes —confirma Abril.

—Hoy ha sido un día de locos y aún me quedan unos cuantos asuntos por resolver. ¿Te va bien que te pase a recoger a las ocho? —me pregunta Salvador.

Hasta ahora no me había dado cuenta de lo cansado que parece.

—Si quieres podemos dejar la cena para otro día. No se enterará nadie si nos saltamos un día —le ofrezco.

—No, quiero empezar hoy. Ya me he perdido dos días. ¿Estarás aquí o te paso a buscar por tu casa? No sé dónde...

—Estaré aquí.

—Genial, nos vemos entonces. Adiós.

Camina hacia el ascensor y Abril y yo nos quedamos en silencio hasta que desaparece.

—Espero que sepas lo que haces, Cande.

—¿Ahora te das cuenta de que todo esto es una locura? Esta mañana no has salido precisamente en mi defensa cuando he intentado evitar el desastre.

—Bueno, *Los chicos del calendario* puede ser lo mejor que te ha pasado en la vida, al menos en sentido profesional.

—Entonces, ¿a qué viene esa advertencia?

Abril recupera la cámara y tras tocar unos botones gira el visor hacia mí. La imagen grabada se reproduce en la pequeña pantalla.

—Mira, conozco a Barver desde hace años, desde que acabó la universidad y decidió rechazar la oferta de su padre e ir a buscarse la vida por el mundo, y jamás lo había visto mirar así a nadie.

—No digas tonterías. Estará cansado, ha dicho que ha tenido un día complicado y por lo visto el futuro de la plantilla de la revista depende de esta idea tan descabellada, estará preocupado.

En la pantalla veo los ojos de Salvador. Abril ha ampliado la imagen y su rostro ocupa todo el espacio. Todo.

—He visto a Barver mirar a gente preocupado, cabreado, serio, amenazador, borracho. Incluso lo he visto mirar a una mujer encoñado. Pero esto —señala los ojos de la pantalla—, esto no lo había visto nunca, Cande.

—No le habrá gustado que lo mencionase y lo hiciese aparecer en el vídeo sin avisar.

—Piensa eso si te hace feliz. —Apaga la cámara y cuando desaparece la imagen respiro más tranquila—. Pero prométeme que tendrás cuidado.

—¿Cuidado? ¿Qué crees que puede pasarme?

Abril guarda sus cosas y se prepara para irse, me imagino que la están esperando en el departamento de comunicación.

—Vas a pasar un mes con él, un mes entero, y Rubén acaba de dejarte. No sé si estás preparada para alguien como Barver.

—Lo dices como si fuera un psicópata.

—No, no es un psicópata. No sé lo que es exactamente, Barver es complicado y... jamás habría creído que iba a aceptar tu propuesta y eso es lo que me preocupa. No solo ha aceptado, sino que desde entonces te mira de esa manera que... me eriza la piel y me da sofocos.

—¿Sofocos? ¿No te parece que estás exagerando?

—Quizá. Eso espero. Tú ten cuidado, ¿vale? Rubén te ha hecho daño y no quiero que te precipites. Sean cuales sean los motivos por los que Barver ha aceptado ser «el chico de enero», él seguramente los tiene muy claros, de lo contrario no habría seguido adelante, así que procura recordar cuáles son los tuyos. Piensa que cuando acabe este mes harás la maleta y te irás a otra ciudad a conocer a otro tipo.

—Lo sé, no lo olvidaré. Sé lo que estás insinuando, Abril, y aunque te agradezco que te preocupes por mí, no tienes motivos. Lo más probable es que Barver haya aceptado porque habrá adivinado que era la mejor manera de que yo también aceptase y de que *Los chicos del calendario* funcionasen. Este mes será la carta de presentación del proyecto, él no va a intentar convencerme de nada y seguro que ni se le pasa por la cabeza seducirme. Pero aunque lo intentase, y no va a hacerlo, yo no voy a dejar que lo haga, no voy enamorarme de Barver, es una idea ridícula y yo ya no soy esa clase de chica. Creo que empiezo a darme cuenta de que nunca lo he sido y este proyecto va a ayudar a demostrármelo.

—Está bien, de acuerdo.

Me da un abrazo y se dirige hacia el ascensor. Probablemente el resto de mis compañeros de redacción no tardarán en volver, alguien los habrá avisado de que ya hemos acabado de grabar. Decido encender el ordenador y atreverme a leer con calma los comentarios del vídeo, ya va siendo hora de que lo haga. Dentro de un rato, llamaré a mi hermana Marta y la pondré al corriente de todo.

—¡Cande! —Abril está aguantando con una mano las puertas del ascensor—. Has estado fantástica en el vídeo, nos vemos mañana.

Cambio de planes, suelto el móvil del cable del cargador y marco el número de Marta. Mejor la llamo ahora, estas cosas son como arrancarse una tirita, más vale hacerlo rápido y sin pensar.

Suena una vez.

—¡Dios mío, Cande! ¿Estás bien? —Marta contesta al instante.

—Sí, estoy bien.

Silencio.

Estalla el huracán.

—¡¿Cómo has podido decir eso de mí y de Pedro en el vídeo?! Juan, mi cuñado, se lo enseñó ayer por la noche a mis suegros y no te imaginas cómo me están mirando desde entonces. Yo ya no les caía bien, eso seguro, pero ahora creo que van a exigirle a Pedro que se divorcie de mí. ¿Y puede saberse qué coño le pasa a Rubén? Ese tío es tonto, además de un imbécil.

Así es Marta, caótica.

—Lo siento, lo siento mucho, Marta. Lo siento de verdad. No sabía que Abril me estaba grabando.

—¿El vídeo lo ha grabado Abril? ¿Por qué? Creía que era tu mejor amiga.

—Lo es, ya se ha disculpado, dice que lo hizo porque quería que Rubén me viera y que se arrepintiera de haberme dejado.

—Estás magnífica en el vídeo, excepto cuando hablas de mí y de Pedro, claro, pero eso lo dejaremos para cuando esté de vuelta en Barcelona. Vas a tener que hacer de canguro durante años, de hecho, toda tu vida, Cande. Las niñas están encantadas.

—Lo siento, Marta. ¿Pedro está muy enfadado conmigo? —La verdad es que mi cuñado es un oso de peluche y aunque en el vídeo le dejé un poco mal siempre lo he adorado. Siempre ha sido muy protector conmigo, desde el principio, en plan hermano mayor, y lamento haberle hecho daño.

—Mucho, pero siente debilidad por ti y lo sabes. Quiere matar a Rubén.

—Y yo.

—Yo quiero arrancarle los huevos. Te dije que ese chico no me gustaba. Es un aprovechado y un vago.

—Lo es. Tienes razón, pero... —suelto el aliento—, tendría que haberte escuchado, es que... Es que me gustaba no estar sola.

—Tú no estás sola, Cande.

Me escuecen los ojos y trago para contener las lágrimas. La bruta de mi hermana mayor siempre da en el clavo.

—¿Cuándo volvéis?

—Pasados los Reyes. Como papá y mamá no están y tú dijiste que no te importaba...

—Y no me importa, de verdad. —Necesito cambiar de tema antes de que me ponga a llorar y no se me ocurre otra cosa que confesar—: He grabado otro vídeo.

—Oh, Dios mío, dime que ni Pedro ni yo salimos. ¿Has hablado de papá y mamá? ¡Te matarán! —Se le escapa la risa.

—No, no he hablado de papá y mamá, y tampoco de vosotros, tranquila. Lo he grabado por el trabajo, hoy me han ofrecido un ascenso.

—¿Por el vídeo?

—Sí, han decidido organizar una especie de concurso para encontrar al mejor hombre del país. Lo vamos a llamar *Los chicos del calendario* y voy a tener que pasarme el año viajando de ciudad en ciudad y conociendo chicos.

—Deja que llore por ti, ¡eso es genial!, Cande. Me alegro de que por fin te atrevas a salir. De pequeña eras muy aventurera, es una lástima que dejaras de serlo.

—Ya bueno, el nuevo vídeo es para explicar un poco la idea de este proyecto y ver qué pasa. Supongo que estará colgado esta noche o mañana y quería contártelo antes de que lo vieras.

—Gracias. ¿Por qué no me llamaste cuando Rubén colgó esa estúpida foto en Instagram?

—No sé, primero estaba aturdida, supongo, y después... avergonzada.

—¿De qué? Tú no has hecho nada malo.

—De haber estado tanto tiempo con él. Bueno, ahora eso ya no importa. Este año como mínimo voy a conocer a doce chicos.

—¿De verdad piensas todo eso que dices en el vídeo?

—Sí, de verdad lo pienso, ¿tú no? Siempre te quejas de que Pedro no te ayuda y de que has tenido que sacrificar muchas cosas por él y las niñas.

—Ay, Cande, lo sé y sé que tengo motivos para quejarme, pero también hay cosas maravillosas, ¿sabes?

—Tendré que fiarme de tu palabra porque yo no las he visto.

—Oh, Candelita, tengo ganas de abrazarte. Prométeme que cuando vuelva a Barcelona vendrás a casa y hablaremos de esto.

—Te lo prometo.

—Y que me escucharás.

—Lo intentaré.

Marta se ríe y oigo un ruido de fondo.

—Tengo que dejarte, las niñas han vuelto de pasear con sus abuelos.

—Vale, dales besos de mi parte.

—Se los daré, pero cuando mis suegros no me oigan, están convencidos de que eres una loca.

—¿Les has dicho que me parezco mucho a ti?

—Adiós, Cande.

4

Marisa se ha acercado hace un rato y me ha pedido que pase los artículos que tenga pendientes a Berta, ella va a hacerse cargo de ellos y de mi trabajo mientras yo no esté. No me ha preguntado qué voy a hacer durante estos meses, no sé si Barver ya se lo ha explicado o si sencillamente no le importa y se conforma con perderme de vista. Toni, uno de los informáticos, me ha escrito explicándome que ya han creado la web para *Los chicos del calendario* (que evidentemente lleva ese nombre). Me ha dicho cómo entrar y cómo subir artículos y vídeos; he acabado llamándole y pidiéndole que viniera a verme o que me dejase bajar al sótano donde está el departamento de informática. Ha decidido subir él, a veces creo que ese sótano no existe o que sacrifican vírgenes en él, nunca dejan entrar a nadie.

—La web estará activa a partir de mañana. —Está sentado en una silla que ha robado a uno de los redactores que está de vacaciones—. Podemos hacer todas las pruebas que quieras, te prometo que no es difícil.

—Eso lo dirás tú.

—No lo es, ya verás, solo tienes que perderle el miedo. —Hacemos unas cuantas pruebas, Toni me pide que cuelgue y descuelgue el vídeo varias veces hasta que me sale sin hacerle mil preguntas. Yo estoy acostumbrada a trabajar con otro programa, el que utilizamos en *Gea*. La página web de *Los chicos del calendario* es distinta y quiero hacerlo bien—. Estoy de acuerdo contigo.

—¿En qué? ¿En que los ordenadores son el diablo? —Ya no recuerdo cuál ha sido el último insulto que he lanzado a esas pobres máquinas.

—No, en que la gran mayoría de hombres de este país son unos egoístas miserables. Pero también lo son muchas mujeres, ¿sabes?

—Yo... sí, me imagino que sí.

Toni tiene la mirada fija en el teclado como si estuviese hablando solo.

—Ahora es guay ser un friki y que se te den bien los ordenadores, pero cuando yo era pequeño... digamos que me alegré de terminar el colegio y que tuve suerte de salir con vida del instituto. Lo que quiero decir es que, bueno, a mí ninguna chica me ha dejado por Instagram, pero sé lo que es sentir que te utilizan o se aprovechan de ti como si tus sentimientos no importasen.

—Gracias —me cuesta decirlo, esa confesión es muy sincera y mucho más generosa de lo que yo digo en el vídeo; Toni no ha tenido que beberse varios *gin-tonics* ni que sufrir un Instabye para reconocer la verdad.

—No, gracias a ti por haberlo dicho en voz alta. Espero que *Los chicos del calendario* sea un éxito —carraspea—. Bueno, intenta colgar el artículo, puedes utilizar cualquier archivo de texto.

—Claro.

Media hora más tarde, Toni se despide y poco a poco voy quedándome sola en la redacción. Aprovecho para leer de nuevo los comentarios del vídeo, aún no puedo creerme lo que está pasando; siguen apareciendo comentarios ofensivos sobre mí y hay varios «voluntarios» dispuestos a demostrarme su talento sexual en nombre de la patria, pero la gran mayoría son de chicas hablándome de sus desengaños y deseándome suerte y también hay muchos que proponen nombres de amigos, hermanos, primos o hijos, como ejemplo de hombres que valen la pena. Tal vez alguno la valga, aunque me parece poco probable.

¿Desde cuándo soy tan cínica?

Rubén no me ha hecho tanto daño, solo ha sido la famosa gota que colma el vaso. Marta me ha hecho recordar algo: yo de pequeña era muy aventurera, y no de tan pequeña... Uno de los motivos que me llevaron a estudiar periodismo fue que quería viajar, conocer gente y diferentes culturas. ¿En qué momento abandoné esos sueños? En tercero de carrera fui de Erasmus a Inglaterra, pero no he hecho nada más. Y no es solo lo de los viajes, mi otro gran sueño había sido escribir y dejé de intentarlo tras recibir una única negativa.

Estoy a punto de volver a la aventura, ¿por qué no recuperar la escritura después de todo?

Apago el ordenador y abro mi cuaderno rojo por una página en blanco. Tendría que estar preparándome para la reunión con Barver, o para la cita, aún no sé qué es exactamente, y voy a hacerlo... en cuanto acabe de anotar una idea que se me ha ocurrido. Hacía mucho tiempo, meses, que no me pasaba esto, que no sentía la necesidad de dejar de hacer lo que estuviese haciendo para ponerme a escribir y ahora que me está pasando no voy a desaprovechar el momento. Solo serán unos minutos, después me preparé para la cita-reunión.

Llevo cinco páginas llenas de anotaciones, flechas, tachones y círculos cuando alguien carraspea detrás de mí. Alguien no, él; lo sé porque se me ha erizado la piel de la nuca y el cosquilleo me está bajando por la espalda.

—Hola, siento el retraso.

Suelto el lápiz y me giro para mirarlo. ¿Retraso?

Miro por la ventana, todo está oscuro y las luces de las farolas y del resto de edificios se cuelan en la redacción. En algún momento he encendido mi lámpara sin darme cuenta.

—Hola. —Cierro el cuaderno—. No te he oído llegar.

—Me he dado cuenta. —Sonríe. «No sonrías, por favor»—. ¿Nos vamos? Tenemos mucho de qué hablar.

—Claro.

Con la libreta en el bolso, no voy a dejarla aquí, apago la lámpara y camino al lado de Salvador hacia el ascensor. Al final no he preparado nada para la reunión y mucho menos para la cita, todo esto es muy raro. Hasta hace apenas unas horas Salvador Barver era *el jefe*, un completo desconocido al que había visto pasar por un pasillo en alguna ocasión y del que mis compañeros hablaban junto a la máquina del café. ¿Y ahora se supone que voy a trabajar codo con codo con él y que vamos a cenar juntos? ¿Por qué ha aceptado ser el chico de enero? Cuando he visto su nombre en esos comentarios del vídeo he pensado que era mi salvación. Estaba segura de que se negaría.

—¿Por qué has aceptado?

Las puertas del ascensor se abren en el vestíbulo del edificio. Salvador me mira sorprendido, estábamos en silencio y debo de haber interrumpido sus pensamientos.

—¿Te gusta la comida japonesa? No he reservado en ningún sitio, pero hay un japonés a pocas calles de aquí que está muy bien. Aunque podemos ir a otra parte, claro.

—Me está bien cualquier cosa, en serio..

Preferiría ir a casa, ponerme el pijama y meterme en la cama hasta el día siguiente a ver si mañana todo esto ha sido un sueño extraño inducido por el exceso de azúcar y de alcohol del fin de semana, algo así como una versión particular del *Cuento de Navidad* de Dickens. Cuanto más tiempo pase con Barver más me costará convencerme de que esto no está pasando y me produce una sensación extraña ver que él no tiene ese aspecto impecable que se le supone.

No responde a mi pregunta. Parece cansado. Supongo que ha tenido que pasarse el día hablando con distintos departamentos sobre *Los chicos del calendario*, o quizá todo esto son imaginaciones mías y en realidad se ha pasado el día jugando al Candy Crash. No, no le conozco, pero eso no le pega. Quizá las ojeras se deban a los nervios, aunque es imposible que él esté nervioso, ¿no? ¿Por qué iba a estarlo?

—Entonces vamos.

Paseo de Gracia está bastante tranquilo a esa hora, no es que sea muy tarde, pero apenas queda gente en la calle, las tiendas están cerradas, recuperándose de la resaca de Nochevieja y preparándose para la traca final de los Reyes Magos. Nos cruzamos con una pareja de turistas, a juzgar por su aspecto diría que son rusos, apenas van abrigados. Los envidio, esta mañana he salido con tantas prisas que me he olvidado el abrigo y la americana que llevo resulta insuficiente.

Dos pasos más adelante noto el suave y grueso tacto de la lana rozándome las orejas y el pesado abrigo de Salvador me rodea como una capa. Él no me ha dicho nada, no me ha preguntado si tenía frío y tampoco me ha ofrecido el abrigo, se lo ha quitado y me lo ha colocado encima.

—Espera —dice mientras yo intento que el perfume que desprende la tela no se me suba a la cabeza. Se coloca frente a mí y abrocha los botones de la *parka* negra y levanta las solapas del cuello para abrigarme. La única parte de mí que no está envuelta en el abrigo de Salvador es la nariz y los ojos. Después, y sin darme ninguna explicación ni esperar mi agradecimiento, se coloca a mi lado y me da la mano—. Está aquí cerca.

Bajo la mirada hacia nuestras manos, la levanto, ¿por qué ha hecho esto? Él me mira confuso, ¿él está confuso? Yo no sé por qué no le suelto ni por qué me gusta, de un modo completamente irracional, llevar su abrigo.

—Me has cogido la mano.

—Sí. Hace frío, ni tú ni yo llevamos guantes. Te he prestado mi abrigo porque tengo miedo de que te conviertas en un cubito. ¿Vamos?

Asiento porque ¿qué otra cosa puedo hacer o decir cuando él ha sonado tan razonable? Esta cita-reunión-cena con Salvador es una muestra más del día más surrealista de mi vida, lo mejor será que acabe cuanto antes y me vaya a casa.

Conozco esas calles, he caminado por aquí cientos de miles de veces, soy una chica de Barcelona de los pies a la cabeza y sin embargo siento como si las estuviera recorriendo por primera vez. ¿Es porque él me lleva de la mano o porque he tomado la decisión de aceptar este proyecto? ¿Es porque aún tengo resaca del fin de semana? ¿O es porque este abrigo es el gesto más romántico que ha tenido alguien conmigo en toda mi vida? Mierda, tengo veintiseis años, he tenido novios formales y algún que otro rollo, y ¿nunca ninguno ha tenido esta clase de detalles conmigo? Sacudo la cabeza. No puede ser que mi vida sea tan patética, seguro que si hago memoria encontraré alguno. El inglés con el que estuve durante el Erasmus, Hugh, era encantador y mi novio del instituto también.

Llegamos al japonés; no es el local al que creía que Salvador iba a llevarme (cerca del edificio de Olimpo hay un restaurante japonés muy famoso que siempre sale en las revistas), estamos en un pequeño establecimiento cuyo cartel consiste en símbolos pintados en rojo en una tabla vertical de madera.

—Buenas noches, ¿mesa para dos?

—Sí, gracias —contesta Salvador. Me suelta la mano y se mete las dos en los bolsillos. ¿Por qué no ha hecho esto en la calle? Habría sido mucho más efectivo contra el frío.

—Oh, lo siento —empiezo a desabrocharme el abrigo con torpeza—. Lo siento. No te he dado ni las gracias. Gracias.

Él acepta el abrigo y me sonríe.

—De nada. Y no te preocupes, estoy bien. Tenías cara de tener mucho frío.

—Está mañana he salido con prisas de casa y me he dejado el abrigo.

Un camarero nos acompaña a una mesa, es pequeña y está junto a la pared. El restaurante está decorado con tonos marrones y rojos y aunque podría parecer oscuro no lo es, resulta cálido y muy agradable. Hay otras mesas ocupadas, pero no está lleno y el camarero nos entrega las cartas y se espera cerca para tomar nota enseguida. Salvador elige sin pretensiones, no alardea de ser un experto en comida japonesa ni se ofrece a elegir por mí o cosas por el estilo, espera a que yo hable primero y entre los dos decidimos que compartiremos unos platos.

Es raro, no siento que estemos en una cita y tampoco en una reunión de trabajo y cada segundo que pasa es como si la imagen que tenía de Salvador Barver se derrumbase ante mí. No lo conocía hasta hoy, me digo, solo era el nombre que de vez en cuando aparecía en alguna reunión, principalmente cuando Marisa o algún otro redactor jefe quería asustarnos. Nada más.

¿Por qué nunca le he preguntado a Abril sobre él o sobre su familia? Ahora tendría más información y quizá estaría más preparada para entender lo que está pasando.

—He estado pensando en el premio de *Los chicos del calendario* —empieza él tras beber un poco de cerveza—, en un principio íbamos a dar al ganador una importante suma de dinero, pero la verdad es que la idea, aunque entusiasmaba a los de *marketing*, a mí no acababa de gustarme.

—¿Por qué les entusiasmaba?

—Porque el dinero es la tentación más grande que existe y es muy fácil montar una campaña de publicidad alrededor de un premio de 200.000 euros. Solo tienes que decir haz esto, lo que sea, y puedes ganar este dinero, nada más.

—¿De verdad crees que la gente está dispuesta a hacer cualquier cosa por dinero?

—¿Tú no? —Separa los palillos.

—Espero que no.

Ladea la cabeza y sus ojos adquieren el mismo tono que antes ha captado Abril con la cámara. No sé qué hacer, lo único que sé es que no voy a apartar la mirada.

—La cuestión es que, dado que tú has tenido el detalle de elegirme a mí como «chico de enero», no sería ético que yo pudiese ganar el premio. Y tampoco sería ético decir que este mes no cuenta. Nuestros lectores creerían que todo ha sido un montaje.

—Es un montaje —me obligo a decir.

—No, no lo es. Sí, vamos a utilizar *Los chicos del calendario* para salvar la revista, pero tu video, el primero, no es un montaje. Hace tiempo que no escuchaba algo tan... sincero

Esa no es la palabra que iba a elegir, iba a decir algo más y se ha mordido la lengua. ¿Por qué? No puedo preguntárselo, no sé si quiero conocer la respuesta; él también parece necesitar unos minutos porque los dos comemos un poco y dejamos de hablar durante un rato.

—¿Qué has decidido hacer con el premio, pues?

—La cuantía es la misma, 200.000 euros, pero la revista los ingresará en la O.N.G o fundación que el ganador elija. Él, el chico del mes que gane, no se llevará nada, ni un céntimo.

—¿Ni un céntimo? —Se me escapa un bufido nada femenino—. Entonces vamos a quedarnos sin participantes.

—Realmente tienes muy mala opinión de los hombres de este país. Vamos a tener tantos participantes que no sabremos qué hacer con ellos, confía en mí. —Un cosquilleo extraño se instala en mi estómago. ¿Estará malo el pescado?— Además, la idea de tener que pagar a un hombre para que se portara bien contigo, no me gustaba.

Oh, no, el calor que me ha dado el abrigo no puede compararse al que acaba de producirme esta frase.

—¿Y qué han dicho los de *marketing*? —consigo recuperar la voz tras beber un poco.

—Primero no les ha gustado la idea, pero después han recibido la llamada de varios de nuestros anunciantes diciendo que estaban dispuestos a doblar o a triplicar su ofrecimiento inicial. No existe una marca de cosmética, ropa, coches, joyas que no quiera mejorar su reputación.

—Entonces, ¿ya está decidido?

—Sí, he preparado el texto, pero te lo daré mañana para que lo leas antes de subirlo a la página. Toni me ha dicho que ha estado enseñándote cómo funciona.

—Sí, ha sido muy amable. ¿Podré modificar el texto? ¿Lo has escrito tú?

No tenía ni idea de que Salvador también escribía, ¿lo hace a menudo?

—Sí a las dos cosas, lo he escrito yo y podrás modificarlo. Ya te he dicho antes que en este proyecto tú y yo tenemos la última palabra en todo. ¿Has podido pensar en cómo quieres hacerlo? Exceptuando lo de imponer que yo sea enero y que los vídeos los grabe Abril, no me has pedido nada más.

—¿Te parece poco?

—Aún no lo sé.

—¿Por qué has aceptado? Antes no me has contestado.

Y no sé si va a hacerlo ahora, quizá sí, baja las cejas y sus ojos... Aparece el camarero y nos pregunta si queremos postres. Tengo que contenerme para no lanzarle los palillos a la cabeza, ese chico parece tener un sexto sentido para aparecer en el momento más inorportuno. Salvador aprovecha esa interrupción para cambiar de tema o, mejor dicho, para hacerme preguntas él a mí.

—¿Cuánto tiempo estuviste con Rubén?

—Demasiado.

No le pasa por alto que en realidad no le he contestado y me sonríe, creo que adivina que le estoy pagando con la misma moneda que él a mí y le gusta.

—En los próximos meses, cuando viajes por otras ciudades, alquilaremos una habitación en el hotel que tú elijas. No creo que debamos dar por sentado que te instalarás en casa del chico del calendario, a no ser que el candidato lo justifique.

—No creo que llegue el caso.

—De todos modos —sigue él—, tienes que pasar todo el día con él. De lo contrario el concurso no tiene sentido, ¿cómo puedes conocer a alguien si solo lo ves para cenar de vez en cuando? No, las normas de *Los chicos del calendario* dejarán claro que tú acompañarás al candidato a todas partes, al trabajo, a comer con sus amigos, con su familia, al gimnasio. Ellos tienen un mes para convencerte de que valen la pena, lo justo es que les demos el tiempo necesario para demostrártelo y así tú también podrás disponer de más oportunidades para ver si son así de verdad o si están intentando engañarte, ¿no te parece?

—Sí, supongo que tienes razón.

Con ninguno de mis novios he compartido la intimidad que Salvador está insinuando y si pienso en Abril, por ejemplo, ella tampoco tiene esa clase de relación con ninguna de sus parejas. Sé que hay parejas que viven y trabajan juntos y la verdad es que siempre me ha parecido una locura, aunque tal vez a ellos les funcione. Está visto que yo no soy ninguna experta en relaciones. ¿Cómo lo harán? Yo, aunque Rubén o uno de sus antecesores hubiese sido perfecto, no habría podido. ¿Pasarme prácticamente todo el día y toda la noche con él? Tiemblo solo de pensarlo... Y ahora voy a tener que hacerlo con Salvador y con once chicos más. Pero será distinto, será como hacer un trabajo de investigación. Nada más.

Él sigue hablando, probablemente la cabeza no me daría tantas vueltas si él no fuese atractivo ni misterioso. No, eso no es verdad. Que sea atractivo y misterioso no es un problema, el problema es que sea imprevisible y... ¿cariñoso? ¿Es eso? ¿Tanto me sorprende que un chico sea cariñoso? Será mejor que le escuche y que deje de hacer cábalas.

—Abril llegará a la ciudad en la que estés los últimos días del mes, hará las fotos necesarias para acompañar el artículo y grabará el vídeo. El artículo lo publicaremos en el número del mes siguiente. Es decir, en el número de febrero saldrá el artículo del chico de enero y anunciaremos el nombre del chico de febrero. ¿Cómo lo ves?

—Bien.

Salvador es tan preciso que esa es la única respuesta posible.

—En cuanto a las redes sociales, no podemos obviarlas. No podemos estar todo el mes sin...

—De momento me ocuparé yo, lo haré yo misma —lo interrumpo, quizá he sido reticente a aceptar esto, pero ahora que lo he hecho no voy a permitir que otra persona «hable» en mi lugar. Si *Los chicos del calendario* tienen el éxito que Salvador espera y la revista consigue salvarse, ya veré qué hago.

—Genial —sonríe—. Me alegra que lo hayas dicho tan rápido, había preparado un discurso para convencerte.

—¿Ah, sí? ¿Y qué ibas a decirme?

—Que tenías que ser tú. El futuro de *Gea* depende de esto, Candela. Sé que acabamos de empezar y que aún tenemos que concretar cómo funcionaremos, pero si queremos que *Los chicos del calendario* funcione tenemos que ser constantes y... auténticos. Tú tienes el mando, es tu voz la que los lectores quieren oír, es tu historia la que quieren leer, yo solo me aseguraré de que les llegue de la mejor manera posible.

—Y de conseguir grandes contratos con los anunciantes de la revista —añado.

Llega el camarero con la nota y voy a sacar el monedero del bolso, pero Salvador enarca una ceja y me detiene:

—Deja que me ocupe yo de esto, por favor. Esto, a pesar de mi intención, no ha sido una cita. Deja que Olimpo se encargue de la cuenta —entrega una tarjeta al camarero—, es lo habitual, y dale al chico de enero la oportunidad de invitarte a cenar otro día.

—Está bien.

Nos levantamos, no he insistido con la cuenta, habría quedado infantil y poco profesional, y tampoco he dicho nada sobre lo de la cena. Prefiero no pensar en ello y esperar a ver qué pasa mañana. Hoy ya han sucedido demasiadas cosas. Al llegar a la puerta, me ha colocado el abrigo igual que ha hecho antes en la calle y me ha cogido de la mano. Podría haberme negado, podría haberle dicho que me subía a un taxi y que no hacía falta que me prestase el abrigo, o podría haberle dicho que no podía hacer eso sin decirme nada porque entonces, cuando él no habla y solo me mira, me quedo yo sin palabras. Además, me digo, sigue haciendo frío y me imagino que esa excusa nos vale a los dos.

—¿Dónde vives?

Estamos de nuevo en la calle, hay menos gente que antes, las luces de Navidad parpadean un poco y el carro de los barrenderos está apoyado en un árbol.

—No muy lejos, puedo ir sola.

—Te acompaño. Aún tenemos que hablar de cómo vamos a organizarnos.

—Yo... —trago saliva—, he pensado que dado que tú, que yo... que no tienes por qué llevarme a todas partes. Yo tengo mucho que hacer; si voy a pasarme el año viajando, tengo que organizarme. Y tú, tú seguro que estás muy ocupado.

—No voy a hacer trampas y no quiero que las hagas tú. Soy «el chico de enero» y quiero mi mes contigo.

—Está bien. —Tengo que buscarme otra frase, no dejo de repetirla. Se supone que las palabras son lo mío y al parecer cuando estoy a solas con él se me olvida más de la mitad del diccionario. Mal, Candela.

—Mañana tengo una reunión a las nueve, pasaré a buscarte a las ocho y a partir de allí decidimos el resto del día, ¿te parece?

—¿Una reunión? ¿Vas a llevarme a una reunión?

—Claro, tienes que conocerme, ¿no?

—Pero no es necesario que esté a tu lado a todas horas. Seguro que a los de esa reunión no les gustará que una cualquiera se presente sin avisar.

—¡Tú no eres una cualquiera! —La palabra parece ofenderlo—. La reunión es con el propietario de la editorial Napbuf.

—¿La editorial infantil?

—¿La conoces?

—Tengo sobrinas, por supuesto que la conozco.

—Genial, así seguro que podrás ayudarme durante la reunión.

Lo dudo mucho, pero no puedo decírselo porque una moto se salta el semáforo en rojo y pasa a escasos centímetros de mí. Salvador me tira de la mano y me pega a él. No dice nada, empiezo a creer que excepto de temas de trabajo, no le gusta hablar.

—Vivo allí —señalo el portal de mi edificio en la calle Gran de Gracia—. Gracias por acompañarme. ¿Tú dónde vives?

—Un poco lejos.

Suelto la mano y me desabrocho el abrigo para devolvérselo. Él lo acepta y se lo pone. Pensar que el cuello de lana negra ha pasado de estar en contacto con mi piel a estarlo con la suya hace que me sonroje. Creo que él no se da cuenta. Espero que él no se dé cuenta.

¿Qué diablos me pasa?

Él está mirando hacia la calle, yo tendría que darme la vuelta y abrir la puerta, entrar y subir a mi piso. Voy a hacerlo, tengo la llave en la mano y el frío, ahora que no tengo su abrigo, me está calando.

Salvador se gira y coloca una mano en mi rostro, acaricia la mejilla y tengo la sensación de que pasa el dedo índice y el anular por las pecas.

—¿Por qué no nos habíamos visto antes, Candela? —Se agacha y me roza esas pecas con los labios—. Pasaré a buscarte a las ocho, buenas noches.

Da media vuelta y empieza a caminar calle abajo y yo, cuando por fin vuelvo a respirar, no puedo dejar de preguntarme qué ha querido decir con ese «antes»

¿Antes de qué?

¿Antes de que grabase ese vídeo?

¿Antes de qué?

Levanto la mano y paso los dedos por la mejilla, el calor, que es imposible que retengan, pero que sigo sintiendo, se mete bajo las uñas y me baja por el brazo. Entra en el pecho y el estómago y el corazón se vuelven locos.

No acaba aquí.

¿Antes de qué, Salvador?

¿Por qué me has dado este beso en la mejilla que ahora se me ha metido en todo el cuerpo? ¿Forma parte de un plan para volverme loca o para que *Los chicos del calendario* sean un éxito?

Subo la escalera y aprieto las manos, estoy confusa y enfadada. Apenas conozco a Salvador, no, me corrijo, no le conozco en absoluto, pero me produce náuseas pensar que ese beso, su amabilidad, todo su comportamiento conmigo se deba únicamente a su interés por *Los chicos del calendario*. No sé qué hacer con el nudo que tengo dentro, tengo la garganta seca y no puedo dejar de sentir los labios de Salvador, un hombre que hasta hoy no conocía y que solo me ha rozado la mejilla.

¿No debería de añorar los labios de Rubén? Aunque él sea un imbécil y me haya hecho daño y humillado públicamente, ¿no debería de recordar su boca, sus manos, su algo?

Entro en la cama y cierro los ojos.

Los de Salvador aparecen tras las pupilas y suspiro porque durante un segundo me gustaría ser de verdad la clase de chica con una vida de película porque ella habría cogido a Salvador por el cuello y lo habría besado. No, no lo habría besado, le habría tirado del pelo, le habría mordido el labio inferior y después le habría devorado el resto del cuerpo.

Tengo que centrarme, no puedo estar pensando en desnudar a Salvador. Él no es «el chico de enero» sin más, ¡es mi jefe! Esta cosa (voy a atreverme a llamarla atracción) se me pasará. Hoy ha sido un día muy raro, rarísimo, y él ha aparecido en medio de la nada. Es atractivo. Demasiado. Es atractivo y misterioso y he estado mucho rato con él, la cena ha sido un error de mi parte, tendría que haberle pedido que nos quedásemos a hablar en la redacción de la revista o en su despacho.

Mañana será distinto, mañana iremos a esa reunión y pasaremos el día ocupados con temas de trabajo. Seguro que mañana no pasará nada de esto, yo no me dejaré el abrigo y él no me envolverá con el suyo.

Mañana todo será distinto.

Mañana todo será distinto.

¿De verdad quiero que mañana sea todo distinto?

Suena el despertador. A pesar de las emociones de ayer al final conseguí dormirme y, aunque sigo teniendo ojeras, me he recuperado un poco de la debacle del fin de semana. Tras ducharme, maquillarme y elegir la ropa (proceso que he realizado obligándome a no pensar en que voy a pasar el día con el hombre con el que soñé hasta quedarme dormida), me propongo desayunar un poco.

Suena el timbre.

No puede ser él, aún es pronto, pero noto que me sonrojo al contestar por el interfono. Será culpa del sueño que no puedo sacudirme de encima o de una regresión repentina a la adolescencia. Sea como sea, tengo que controlarlo.

—Soy yo, Salvador, sé que llego muy pronto —carraspea y mi rubor, el mismo que estoy intentando echar de mi rostro, empeora—. Si quieres puedo esperarte en un café aquí cerca, solo quería avisarte. Baja cuando estés lista.

En mi barrio hay muchas cafeterías que abren temprano, seguro que encontrará alguna y puede esperarme allí. Yo acabaré de desayunar, me centraré y bajaré. Eso es lo que tiene más sentido, lo más sensato.

A mi boca no se lo parece.

—Sube.

Esta soy yo, la sensatez en persona. Faltan más de veinte minutos para las ocho, él ha sido extremadamente puntual, quizá ha salido con mucho tiempo de donde sea que viva y no ha encontrado tráfico, me justifico mentalmente. Es de buena educación invitarlo a un café. Dejo la puerta abierta y voy hacia la cocina, no quiero que él me encuentre esperándolo, no soy su pareja, ni su novia, ni su ligue, he decidido que el mejor modo de definir nuestra relación es diciendo que somos compañeros de trabajo.

Él es el director de Olimpo, *Los chicos del calendario* son su proyecto para salvar la revista, por eso ha aceptado ser el chico de enero. Es lógico.

Es comprensible.

Es...

¿Por qué me mira con una sonrisa desde la puerta?

—Buenos días. Siento haber llegado tan pronto.

—No pasa nada. —Lleva vaqueros igual que ayer y el mismo abrigo negro con una bufanda alrededor del cuello, guantes en las manos y dos cascos de moto—. ¿Te apetece una taza de café?

Entra en el apartamento y cierra la puerta.

—Gracias. ¿Puedo dejar esto aquí? —Señala el sofá—. He venido en moto, te he traído un casco, pero si quieres, podemos ir en taxi o andando. —¿Por qué tiene otro casco? ¿Va por el mundo con dos cascos por si se encuentra a una chica que le gusta y decide invitarla?— El casco es de mi hermano, hace tiempo que no lo utiliza, pero está en perfecto estado.

¿Me ha leído la mente? ¿He hablado en voz alta? Realmente tengo que tranquilizarme, no puedo buscarle tres pies al gato siempre que Salvador hace o dice algo. Ha venido en moto, en Barcelona las hay a miles, ha sido previsor y ha traído otro casco. Un casco que es de su hermano. Punto. Me ha dicho que si lo prefiero podemos ir a la reunión a pie o en taxi. Solo estamos hablando de un método de transporte, nada más.

Ay, Candela.

—Podemos ir en moto.

Entramos en la cocina, le sirvo un café y él acepta la taza tras quitarse los guantes.

—Gracias. ¿Llevas mucho tiempo viviendo aquí?

—Unos años.

—Me gusta —desvía la mirada por el sofá cubierto por una manta de colores, los cojines, las pilas de libros por el suelo.

—Voy a buscar unos guantes y una bufanda.

Camina hasta mí y se quita la bufanda del cuello.

—Toma si quieres, esta te irá bien. —Vuelve a coger la taza y se aparta de mí—. Yo tengo otra.

Con la mano que tiene libre señala el bolsillo del abrigo y allí descubro efectivamente otra bufanda.

Hoy todo es distinto.

Hoy definitivamente estoy perdida.

5

Ir en moto es una tortura de principio a fin.

Es una tortura cuando Salvador me pone el casco y tras abrochármelo bajo el mentón me recorre la piel de esa zona con dos dedos que aún no están cubiertos por los guantes.

—El cierre tiene truco —me ha dicho al apartarse—, mi hermano Pablo lo apretaba demasiado.

Es una tortura cuando se detiene en un semáforo y coloca las manos encima de las mías y las protege del frío.

Es una tortura cuando llegamos a la sede de la editorial Napbuf en el barrio del Born y Salvador me sujeta por la cintura para ayudarme a bajar. Podría haber bajado sola, de hecho iba a hacerlo, pero él ha colocado el pie de cabra, ha bajado y me ha ayudado, limitándose a señalar que la acera estaba llena de motocicletas y charcos de agua del servicio de limpieza.

Una tortura a la que todas las neuronas de mi cuerpo estarían dispuestas a someterse cada día a juzgar por lo descontroladas que están. Al principio he cerrado los ojos durante el trayecto, no tenía miedo, creía que así lograría desconectar y no darme cuenta de todas las veces que Salvador me tocaba.

Ha sido un error, un error que no he corregido porque al parecer la nueva Candela es atrevida y un poco masoquista. Al menos en cuanto al chico de enero se refiere.

Cada vez que Salvador me tocaba las manos yo me imaginaba lo que sería quitarle los guantes y acariciar la piel desnuda. Cuando lo notaba respirar, porque tenía el torso pegado a su espalda, me he imaginado cómo sería verlo desnudo.

Yo. Yo me he imaginado a Salvador Barver *desnudo*.

Es un milagro que el casco no se haya derretido alrededor de mi cabeza.

—¿Todo bien?

—Sí, bien, gracias. —«Lo único que pasa es que mientras tú conducías por la ciudad te he estado imaginando desnudo.»

—¿Seguro? —insiste Salvador mientras me desabrocha el casco, estábamos hablando con la visera levantada.

—Sí, seguro

Con los dos cascos en una mano, me ofrece la otra y cuando la acepto entrelaza sus dedos con los míos y me guía hacia la puerta de un edificio antiguo de aire modernista. Durante un segundo me he planteado la posibilidad de fingir que no veía su mano y ponerme a andar como si nada, pero he pensado que él es el chico de enero y debo darle la oportunidad de mostrarse como es. Ya sé que por ahora no tengo la manera de averiguar si Salvador está comportándose con naturalidad o si todo forma parte de un plan. En el portal, junto a los timbres, veo el nombre de la editorial Napbuf escrito en la preciosa caligrafía que la identifica en la cubierta de los libros que publican.

Salvador aguanta la puerta, que estaba abierta, y me invita a pasar.

—La editorial está en el tercer piso, ¿subimos andando y te explico un poco el motivo de esta reunión?

—Vale. —Tal vez los tres pisos me bastarán para tranquilizarme.

Él pasa delante, le veo la espalda, las piernas. El culo.

Mal, Candela, muy mal.

Bajo la vista hacia los escalones.

—Me estoy planteando comprar Napbuf. Se dirigieron a nosotros hace unos meses, están pasando por una situación difícil y están planteándose la posibilidad de vender la editorial.

—¿Y Olimpo quiere comprarla?

—Olimpo quizá esté interesada en comprarla. —Se detiene en un escalón y se gira hacia mí—. Y yo también, yo a título personal, no como director de Olimpo.

Intuyo que esa última información es un secreto y quiero preguntarle por qué me lo está contando. Él vuelve a girarse antes de que yo pueda abrir la boca y sigue subiendo y hablando al mismo tiempo.

—No sé si Olimpo es lo mejor que puede pasarle a Napbuf, no sé si nuestro funcionamiento acabaría con el espíritu de la editorial. La cuestión es que no me corresponde a mí tomar esta decisión, yo puedo ofrecerle a Martín todas las explicaciones que me pida, enumerarle los pros y los contras de las dos opciones. Pero al final es él el que tiene que tomar la decisión.

—Y esta reunión —me falta el aliento, entre los escalones y las sorpresas que me da Salvador, no consigo mantener el ritmo—, ¿es para Olimpo o para Salvador?

Él vuelve a detenerse y sonríe, siento que esa sonrisa no la ve cualquiera.

—Me gusta que veas la diferencia y me gusta cómo dices mi nombre.

Estamos a tres peldaños del rellano, la puerta del piso se abre y sale un señor canoso con gafas y una americana de un azul estridente.

—¡Salva! Ayer me olvidé de confirmar la cita de hoy y no sabía si te acordarías. Quedamos hace tiempo y por lo que he oído, últimamente has viajado mucho.

Salvador me guiña el ojo, vuelve a cogerme de la mano y tira de mí durante esos últimos escalones. Creo que Rubén no me daba nunca la mano y me alegro de ello, hay gestos que siempre identifico con una persona; mi hermana Marta se echa el pelo hacia atrás con un movimiento de cuello muy concreto, papá se sube las gafas cuando está nervioso y al parecer el gesto con el que voy a identificar a Salvador, y solo a él, es que me coge la mano.

—No, no me he olvidado. Te presento a Candela Ríos, conoce Napbuf y me está ayudando estos días. Candela, él es Martín Riego, uno de los mejores editores que he conocido nunca.

La presentación me ha sorprendido, no ha mencionado que trabajo en la revista *Gea*, ni siquiera en el grupo Olimpo, ha sonado profesional y misterioso y he sentido como si me estuviera protegiendo. No sé de qué y tampoco sé por qué coloca los dedos en mi espalda.

—Es un placer, señor Riego —le tiendo la mano—, publica unos libros preciosos. A mis sobrinas les encantan.

—Gracias, señorita Ríos, me alegra ver que por primera vez Salva ha elegido a la acompañante adecuada. ¿Entramos? Deja los cascos y los abrigos por aquí, Salva, ya sabes que no molestarán a nadie.

Pasada la introducción, Martín nos lleva a una sala de reuniones cuyas paredes están cubiertas por un mural de personajes de cuentos infantiles. Es tan bonito que no puedo evitar acercarme y recorrerlo con los dedos. La capa roja de Caperucita parece real y los ojos de Peter Pan brillan tanto que dirías que un niño está atrapado dentro.

—Lo hizo mi hijo.

—Es precioso, es como si estuvieran aquí, como si pudiesen salir de la pared y sentarse en esta mesa.

—Gracias. —Martín está a mi lado y al mirarlo distingo la tristeza en su rostro—. Lo acabó poco antes de morir, le habría gustado oírlo.

—Oh, lo siento mucho.

—Fue hace tiempo, era el mejor amigo de Salva, por eso ahora él cree que tiene que salvarnos.

—No creo nada de eso, Martín, y lo sabes. Napbuf es una gran editorial, sé reconocer un buen negocio en cuanto lo veo.

—Pues hablemos de negocios, no puedes mandarme una propuesta como la del otro día. —Martín aparta una silla y se sienta, levanta la tapa del ordenador personal que hay encima de la mesa y lo gira hacia la silla que ocupa Salvador. Yo me he sentado cerca de él dejando un espacio entre los dos—. Esto es un cuento para niños, yo los publico, los huelo a la legua. Hazme una propuesta seria y me la tomaré en serio.

—Esta propuesta es seria.

—Esta propuesta es una obra de caridad.

—No lo es.

—Vamos, Salva, déjate de tonterías. Hay otras editoriales interesadas en Napbuf y el banco me ha dicho que puede quedarse con la finca y saldar así nuestras deudas; me jubilaría con una buena cantidad de dinero.

—Y la editorial cerraría.

—Cierto. —Bajó la pantalla—. Tampoco sé si tiene demasiado sentido mantenerla abierta.

—Pues claro que lo tiene —intervengo, los dos me miran sorprendidos—, sus libros hacen soñar. Eso siempre tiene sentido.

Martín desvía la mirada de mí hacia Salvador.

—Tengo un mes para tomar la decisión, no puedo posponerla más.

—Creía que tenías más tiempo.

—No tengo y aunque lo tuviera, ¿para qué alargarlo, Salva? Quiero acabar con esto de una vez.

—Está bien, la propuesta que te mandé es en serio, no es ninguna obra de caridad. —Levanta las manos para detener la respuesta del otro hombre—. Pero prepararé otra, dos más en realidad. Una para Olimpo y una en mi nombre.

—¿Tú vas a comprar Napbuf? —Martín busca mi mirada en busca de respuestas y no sé cómo decirle que yo no tengo ningún método secreto para entender a Salvador. Ninguno—. ¿Por qué quieres tú una editorial de cuentos infantiles? —Entrecierra los ojos y se levanta molesto—. No lo hagas por David, Salva. Él está muerto.

Salvador le aguanta la mirada y permanece impasible, excepto por la mano que tiene bajo la mesa, justo encima del muslo, que cierra y aprieta con fuerza; las uñas le quedarán marcadas en la palma.

—David no tiene nada qué ver en esto, Martín.

El hombre de más edad pierde fuelle, tal vez sea la mención de su hijo muerto, no lo sé, pero la rabia parece desvanecerse y solo queda el cansancio.

—Está bien, leeré tus propuestas, las dos.

—Y hablarás conmigo antes de tomar cualquier decisión —añade Salvador.

—Serás el primero al que llame, pero no creas que eso te da derecho a intentar hacerme cambiar de opinión.

—De acuerdo. —Salvador acepta y se pone en pie—. No te puedo pedir más.

Los dos hombres se estrechan la mano y Martín, tal vez porque necesita sacudirse de encima la intensidad de esa conversación, me invita a recorrer la editorial y me explica que su libro preferido siempre ha sido *Peter Pan* y que por eso su hijo, David, lo dibujó en el centro de la sala de reuniones. Es obvio que lo echa de menos y que entre ellos existía una relación muy estrecha, lamento no tener derecho a preguntarle nada más, pero antes de abandonar el piso cedo al impulso de darle un abrazo mientras le susurro un «gracias» al oído.

He deducido que Martín no ha visto el vídeo del *Instabye* de Rubén, no ha hecho ningún comentario al respecto. No conozco toda su historia, pero no me cuesta demasiado deducir que tras el fallecimiento de su hijo David está solo y dudo mucho que un hombre como él, con su edad y a punto de perder la empresa a la que es obvio que ha dedicado su vida entera, se dedique a curiosear por Youtube o por las redes sociales

Salgo al rellano y Salvador aparece detrás de mí con los cascos y nuestras bufandas. Bajamos un piso en silencio, a ninguno se nos ha ocurrido utilizar el ascensor, y al llegar al siguiente él me dice:

—Le has gustado mucho a Martín.

—Es un caballero encantador. ¿David y tú erais muy amigos?

—Sí, era mi mejor amigo. Murió hace un año.

—Lo siento.

—Gracias.

Al abrir la puerta que da a la calle, el frío de enero me resulta más cálido que el que desprende Salvador a mi espalda. Él se dirige a la moto, que ha dejado aparcada a pocos metros de allí, y deposita los cascos encima mientras coloca la llave en la ranura de inyección. Da media vuelta, se apoya levemente en la misma moto y separa un poco las piernas.

—¿Vienes?

No sé por qué me acerco sin decir nada, quizá porque veo que tiene los ojos más oscuros que antes, quizá porque siento que la muerte de David tiene mucha más importancia de la que ahora soy capaz de discernir. Sé que me acerco porque siento que ese gesto es mucho más complejo de lo que se ve a primera vista y porque creo que acercándome podré reconfortar a Salvador de algún modo.

Me detengo entre sus piernas.

Salvador me rodea el cuello con la bufanda y la anuda con cuidado. Después, aparta los mechones de pelo que han quedado atrapados en el interior y al hacerlo me acaricia las mejillas y también las orejas.

Quién me iba a decir que una caricia en la punta de las orejas se siente también en la espalda, el estómago y en los dedos de los pies.

Desliza con mucho cuidado el casco por mi cabeza y dejo que lo abroche, antes, cuando los cascos estaban en el sofá de Napbuf, he intentado hacerlo yo y realmente el cierre es imposible. Entonces, se pone él la bufanda y el casco y se sienta en la motocicleta para ponerse los guantes. Cuando termina, levanta una mano con la palma hacia arriba y me la ofrece. La acepto y él me ayuda a subirme detrás sin soltarme. Antes de poner el motor en marcha, coloca mis manos en su estomago, por encima del abrigo, y las cubre con las suyas unos segundos.

No sé adónde vamos ahora y no me importa.

El edificio de Olimpo aparece demasiado pronto, Salvador conduce hasta la entrada del garaje que nunca he visitado. Saluda al guarda de seguridad y aparca en una zona cerca de la puerta que conduce al interior, al lado de un todo terreno verde oscuro. Para el motor y se quita el casco sin bajarse de la moto. Apenas puedo ver nada entre la visera y la oscuridad del garaje, aunque lo bastante para adivinar que Salvador tiene la cabeza agachada, se ha despeinado un poco y unos mechones de pelo le caen hacia la frente. Me gustaría apartárselos, pero él tiene las manos encima de las mías y las aprieta con fuerza. Podría soltarme, aunque no quiero hacerlo.

De repente él suelta el aliento, más que oírlo lo noto porque tengo el torso pegado a su espalda. Me imagino que ha tomado una decisión, aunque no tengo ni idea sobre qué. Levanta la pierna derecha, me esquiva con una precisión sorprendente, y baja de la motocicleta. Nunca he sido aficionada a ellas; la de Salvador es completamente negra, desde la carrocería hasta el asiento. Igual que la ropa, desprende elegancia y misterio. El hombre de negro. Durante unos segundos tengo ganas de sonreír, ¿la fabricarán solo para él o hay más hombres por el mundo al que la ropa y los complementos negros les quedan de esta manera?

Otros hombres.

Doce meses, doce chicos.

Salvador solo es enero, un escalofrío me obliga a recordármelo.

De repente noto sus manos en mi cintura, el abrigo no me protege de sentirlas, y me ayuda a bajar. Iba a impedirle que me quitase la bufanda (tengo que impedir que siga haciendo estas cosas, el cierre del casco se me resiste, pero las bufandas no), pero me falla el equilibrio y para no caerme me sujeto a él. Tengo las manos en el torso de Salvador, su abrigo tampoco es ninguna barrera, y él me quita primero el casco.

Vuelve a estar en silencio, no sabría explicarlo, no es un silencio cualquiera. No es el silencio de alguien que no quiere hablar, es el de alguien que está tan decidido a hacer algo que lo transmite con todo el cuerpo sin tener que recurrir a las palabras.

Deja el casco que he llevado junto al otro encima de la motocicleta. Él ya se ha quitado los guantes, así que siento el roce de los dedos cuando los pasa por debajo de la bufanda para aflojar el nudo. Presiento que ninguno es casual, detiene los dedos un segundo bajo la oreja, otro segundo, más largo, encima de la mandíbula, justo donde late el pulso.

¿Qué está haciendo? ¿Qué estoy haciendo?

Se aparta un poco, no mucho, baja la cabeza hacia las manos que yo aún tengo encima de su torso cubiertas por los guantes. Elige una y empieza a quitarme el guante.

Cierro los ojos y aguanto la respiración.

¡Oh, Dios mío!

Me quita el otro guante y abro los ojos, tengo que verlo, tengo que ver si esto, sea lo que sea, también le está afectando a él.

Salvador ha colocado mis manos de nuevo en su torso y las está mirando, parece absorto mirándolas. Respira despacio, igual que cuando hemos salido de la reunión. Guarda mis guantes en el bolsillo de su abrigo. Debería pedirle que me los devuelva, pero antes de que yo pueda hablar lo hace él:

—Vamos, tenemos mucho que hacer.

¿Y mis guantes?

—Ha sido un acto reflejo —habla en voz baja, casi ronca, pero no me los devuelve.

Agacha la cabeza y me besa en la mejilla igual que anoche, antes de que yo pueda reaccionar vuelve a entrelazar nuestras manos y tira de mí hacia el interior del ascensor del edificio. Mis guantes pasan a ser un tema muy secundario, puede quedárselos a cambio de que me explique a qué ha venido ese beso. Aunque dudo mucho que cualquier explicación de Salvador sirva para justificar la repentina manada de elefantes que están desfilando ahora por mi estómago. En el vestíbulo, tenemos que cambiar de ascensor para acceder a las oficinas. Paco nos saluda y yo me sonrojo cuando veo que la mirada del guarda se detiene un segundo en nuestras manos. No dice nada y el gesto me imagino que podría explicarse de mil maneras aunque ahora a mí no se me ocurre ninguna. Suelto la mano, en Olimpo los rumores se propagan más rápido que la velocidad de la luz y bastante tengo ya con el *Instabye* de Rubén como para añadir otra clase de chismes a la lista. Él tensa los hombros, pero no dice nada y mantiene la vista al frente.

En el ascensor, varias personas saludan a Salvador, se dirigen a él como señor Barver y solo un chico, que si no me falla la memoria trabaja en el departamento legal, lo llama Salva y él le responde también tuteándolo. Aparentan la misma edad, así que me imagino que son amigos.

No bajamos hasta llegar a la planta de dirección y una vez allí se dirige a su despacho.

—Quiero enseñarte algo. Espero que no te importe, y si no te gusta no tienes por qué aceptarlo, podemos pensar en cualquier otra opción.

—No sé de qué me estás hablando.

Lo oigo reírse durante un segundo, es breve y esa risa, por minúscula que haya sido, ha conseguido aflojar la tensión que tenía en los hombros.

—Ahora lo verás.

Abre la puerta del despacho y extiende un brazo para invitarme a entrar. No nos hemos encontrado a nadie en la planta, me imagino que dirección no está tan transitada como la redacción de *Gea*, o tal vez están en alguna reunión o desayunando. Cruzo la puerta y me detengo. Salvador camina hasta lo que me quiere mostrar.

—He llamado esta mañana para pedir que la instalasen.

A pocos pasos de mí, con un lateral pegado a la pared, hay una mesa con una silla. En la mesa hay una lámpara, la misma que tenía en la planta de redacción, mi ridículo gato blanco de la suerte y mi bote de lápices. La mesa de Salvador está en el mismo sitio, en medio de la estancia, con la enorme ventana a su derecha. Y ahora, a su izquierda y un poco en diagonal, está «mi mesa».

—He pensado que si tenemos que estar juntos durante cuatro semanas, esto era lo más práctico. Marisa le ha dado tu mesa en la redacción a tu sustituta. —Lo miro atónita—. Pero si no estás de acuerdo, podemos instalarte en otra parte. Estoy seguro de que...

—No, aquí está bien. Me gusta.

Salvador sonríe, sonríe de verdad. A mí me fallan las rodillas.

—Aunque mi gato queda ridículo.

—No digas tonterías.

Camina hasta el gato y con un dedo empuja la pata que se balancea.

—¿Y mis cajones?

—Ahora llamaré y pediré que los suban, no quería precipitarme o que creyeras que estaba siendo demasiado intrusivo.

—¿Acaso montar una mesa y traerte aquí mis lápices y mi gato de la suerte no lo es?

—Bueno, es que quería... —levanta la cabeza y busca mis ojos—, quería convencerte.

—Pues me has convencido, pero —tengo que bajar la vista, no soy lo suficiente fuerte como para aguantar tanta intensidad tanto rato—... ¿qué harás dentro de cuatro semanas? El gato queda realmente ridículo en tu despacho.

—Bueno, tú y yo vamos a tener que reunirnos durante el resto del año; entre otras cosas, vamos a tener que aprobar al candidato de cada mes. Tu mesa en la planta de *Gea* estará ocupada por tu sustituta, así tendrás un lugar donde trabajar cuando pases por aquí.

Puedo decirle que solo en la planta de *Gea* hay dos salas de reuniones. Podría instalarme en esa cuando «pase por aquí». O podría trabajar desde casa. O desde un café cualquiera con conexión wifi.

—A ver cómo van estas cuatro semanas.

No me he comprometido a nada, si sobrevivo a estas cuatro semanas, seguro que después tendré tiempo de sobra para recuperarme de los extraños efectos que me está causando Salvador Barver y después no me importará trabajar desde aquí. Y si estas semanas son un completo desastre, él probablemente se encargará de hacer desaparecer la mesa y pedir que la coloquen en otra parte.

«¿No habíamos quedado que a partir de ahora no ibas a dejarte llevar y que ibas a tomar las riendas de tu vida?»

Odio que la voz de mi conciencia tenga tan buena memoria.

—¿Salvador? —Él está descolgando el teléfono fijo que tiene en la mesa, aún no habla con nadie y levanta la cabeza para mirarme—. Cuando acaben las cuatro semanas, ya te diré dónde quiero que se quede la mesa.

—De acuerdo.

Vuelvo a tener la sensación de que mi reacción le ha gustado y sonrío después de darme la vuelta. No quiero que lo vea. Lo oigo hablar con alguien, está pidiendo que suban el mueble de cajones que tenía asignado a mi nombre en la planta de la revista.

—Ya está, no tardarán. También he pedido que suban un ordenador. Mientras, puedes utilizar el mío.

Desconecta el cable de la batería y camina hasta mi mesa para dejar el ordenador personal donde ayer, ¿fue solo ayer?, me enseñó el vídeo.

—Gracias. Toni me dijo que la página entraría en funcionamiento esta mañana, me gustaría verla y ver si el segundo vídeo tiene algún comentario. Tal vez sea un fracaso absoluto y no tengas que seguir adelante con esto.

—Lo dudo mucho. Estoy convencido de que vas a ser un éxito.

—*Los chicos del calendario* querrás decir.

Le suena el móvil y tarda unos segundos en contestarlo, no aparta la mirada mientras lo saca del bolsillo del pantalón y se lo acerca al rostro. En cuanto oye la voz al otro lado de la llamada, se aparta y se dirige a la ventana. El cielo es de un azul invernal, apenas hay nubes y el horizonte de Barcelona, con sus colores y su mar siempre presente, es un regalo tardío de Navidad.

—Lo siento, me esperan en el departamento de contabilidad. Te pediría que vinieras, pero tenemos que hablar de los presupuestos y me temo que no puedes estar presente.

—Lo entiendo, no te preocupes.

—Me imagino que con los otros chicos también sucederán situaciones de este tipo. —Se queda pensando—. Tendremos que especificarlo bien en las normas; si el candidato de un mes es médico cirujano, por ejemplo, es lógico que no puedas entrar con él al quirófano, pero no podemos permitir que el tipo vaya de operación en operación. Sería ir en contra del espíritu del concurso, el candidato no puede limitarse a llevarte a cenar, tiene que demostrarte que es un hombre que vale la pena de verdad, todo el día.

—Creo que estás más preocupado tú que yo.

—Es que es importante. Muy importante.

Sucede como el «antes» de anoche, tengo la sensación de que está hablando de algo más que se me escapa.

—Puedes irte a la reunión tranquilo, yo revisaré la página y leeré los comentarios. Pondré al día mi perfil de Twitter, Facebook e Instagram. Me he resistido a hacerlo hasta ahora, pero ya no tiene sentido demorarlo más.

—Genial, pero antes quiero decirte una cosa, Candela.

—¿Qué?

—Si a lo largo de este año quieres dejarlo, dímelo. Será difícil, pero si *Los chicos del calendario* funciona y tú no quieres estar al frente, encontraremos la manera de hacerlo. Cualquier mes, en cualquier momento. Lo único que tienes que hacer es decírmelo.

—Ayer no parecías nada dispuesto a dejar que me fuera.

—Tú misma lo has dicho: ayer. —Vuelve a sonarle el móvil, lo para sin contestar—. Mierda, lo siento. Tengo que irme. Te prometo que no tardaré. —Gira el ordenador hacia él y lo pone en marcha. Busca un archivo y lo abre—. Este es el texto que he preparado para explicar las condiciones que deben reunir los candidatos para presentarse a *Los chicos del calendario*, léelas y corrígelas tanto como quieras. Después las repasamos juntos, ¿de acuerdo?

—De acuerdo.

Lo veo buscar algo con la mirada, no sé qué, al final elige un rotulador permanente que tengo en el bote de lápices y le da la media vuelta a mi gato de la suerte.

—Este es mi número de móvil, llámame si necesitas algo o por lo que sea.

Lo apunta en la base del gato.

—Vale.

Deja el gato con la patita subiendo y bajando al mismo ritmo que mi confusión, la que empeora cuando Salvador me da un beso en la mejilla antes de salir disparado del despacho.

Tardo varios minutos en centrarme, me acerco a la ventana e intento dejar la mente en blanco y fijarme solo en el paisaje. ¿Cómo debe ser estar acostumbrado a estas vistas? ¿Hay gente capaz de entrar aquí y no quedarse embobada?

Llegan los chicos de mantenimiento, me saludan y dejan el mueble con los cajones bajo la mesa y un ordenador portátil encima; es el mismo que tienen todos los empleados de Olimpo y, tras desviar la mirada hacia el que me ha dejado Salvador hace unos minutos, sonrío al comprobar que no tiene un ordenador distinto al resto.

Los técnicos se van y me siento un poco incómoda allí sola en ese despacho. Supongo que podría llamar a Abril. No, lo mejor será que consulte la página y mire qué tal ha ido el segundo vídeo.

Es un éxito, todavía no se ha compartido tantas veces como el primero, pero va en camino. Los comentarios son, en su mayoría, increíbles y están llenos de palabras de ánimo y de posibles candidatos. Hay los comentarios soeces de rigor y alguno más insultante o incluso peligroso. Dios, realmente hay gente que no piensa antes de teclear. Tendría que existir algo, un programa o una aplicación, que pudiera instalarse en el ordenador o en el móvil, no, mejor dicho, en tu cerebro y que antes de publicar una de estas atrocidades te diese un calambre y te susurrase al oído: «¿Estás seguro de que quieres publicar esto? Piensa que es un delito». Abro la aplicación de correo del ordenador y redacto unas breves líneas para pasar esa información al departamento legal, ellos sabrán qué hacer. Toni me dijo que modificarían la página para que alguien, es decir, yo, tuviese que revisar y aprobar los comentarios antes de que quedasen colgados, pero los de *marketing* han decidido dejarlo libre durante estos primeros días para que la página tenga más movimiento y visitas.

Estoy aliviada y feliz por la gran acogida de este segundo vídeo, creo que ni yo misma estaba dispuesta a reconocer que quiero seguir con esto. Quiero *Los chicos del calendario* (en especial al «chico de enero»).

Repaso el texto del artículo de Salvador. Ha redactado las normas del concurso a la perfección, la cuantía del premio queda clarísima y también que irá destinado en su integridad a la O.N.G o fundación que decida el ganador. También queda claro que yo tengo la última palabra sobre cualquier actividad propuesta por el chico del calendario y el objetivo del concurso. Modifico levemente la redacción de una frase, no porque sea incorrecta sino porque siento que también debo aportar mi granito de arena a esa parte del proceso.

Después, y porque ya no puedo retrasarlo más, me atrevo a entrar en mis perfiles de las redes sociales. Mi número de seguidores en Twitter ha pasado de cuarentaidós a una cifra de seis dígitos. En Facebook las solicitudes de amistad me llenan el buzón y mi muro está repleto de «amigos», míos o de Rubén, que han compartido el vídeo y me han etiquetado. En Instagram sucede lo mismo que en Twitter, mis seguidores son estratosféricos.

Dejo el móvil encima de la mesa como si fuera una víbora dispuesta a picarme. No puedo decir que no me lo esperaba, de hecho, es de lo más lógico, aun así me siento abrumada. Muy abrumada.

Apoyo los antebrazos en las rodillas y descanso la cabeza en las palmas de las manos. Voy a tener que acostumbrarme y voy a tener que aprender a convivir e interactuar con ello. Suena el teléfono y contesto sin mirar quién es, me estoy frotando los ojos y la frente para ver si así contengo el dolor de cabeza.

No voy a contenerlo ni loca.

—¿Puede saberse por qué le has dicho a todo el mundo que soy malo en la cama?

—Ah, hola, Rubén, ¿qué tal el surf?

—¿Cómo que qué tal el surf? ¡Borra ese jodido vídeo de Youtube ahora mismo!

Vaya, al parecer el relajado y «amante de las olas» Rubén sí tiene sangre en las venas cuando le conviene. Lástima que no la tuviera para dejarme como es debido.

—No pienso hacerlo.

—¿¡¡Qué no piensas hacerlo!!? ¿Pero quién te has creído que eres?

—Aunque lo quitara, no serviría de nada. El vídeo se ha compartido cientos de miles de veces.

—Lo sé, joder. Lo sé perfectamente. Lo ha visto todo el mundo, joder, Cande. ¿Por qué lo has hecho? Tendría que darte vergüenza.

—¿Vergüenza? ¿A mí? Tú me dejaste con una foto en Instagram, Rubén. Me echaste una mierda de polvo de despedida, cenamos la pizza que a *ti* te gusta y te largaste sin tener la decencia de despedirte.

—¡¡¡Yo no te he hecho quedar como una mala amante delante de todo el jodido país!!!

—¿Es eso lo que más te molesta? Ni siquiera digo tu nombre, Rubén, hablo de los hombres en general.

—Ya, Cande, pero ¿cuánta gente crees que ha buscado la foto de Instagram? Deja que te lo diga, ¡todo el mundo! No paro de recibir mensajes sobre el *Instabye*, joder. Incluso aquí hablan de ello. No soy malo en la cama, joder; para que te enteres, soy la leche. Lo que pasa es que tú eres un coñazo, Cande. Un verdadero coñazo, tienes el morbo de una tabla de madera. La mitad de las veces ni me empalmaba.

Mierda, noto lágrimas en los ojos. Lo odio. Odio que me haga sentir tan insegura. No quiero ser esta Candela, no puedo. No soy yo. Pero Rubén sigue hablándome y haciéndome daño, lanza insultos tan rápido que no tengo tiempo de recuperarme. Así que hago lo único que se me ocurre: cuelgo.

Cuelgo y me pongo a llorar.

Mierda.

6

—¿Qué ha pasado? Joder, Candela, dime qué ha pasado.

La voz de Salvador logra atravesar el estupor de las lágrimas y cuando abro los ojos lo veo de cuclillas frente a mí. Yo estoy sentada en el sofá que hay en el despacho aún con el móvil entre los dedos.

Tiene los ojos más intensos que he visto nunca y me mira como si estuviese preocupado de verdad. Me mira como si estuviese dispuesto a matar a la persona que me ha hecho llorar.

Nunca nadie me ha mirado así.

Vuelvo a llorar.

—Mierda... lo siento... yo...

Coloca ambas manos en mi rostro, me acaricia las mejillas y con los pulgares crea una especie de dique para las lágrimas.

—¿Qué ha pasado?

—Es una tontería.

—¿Qué ha pasado?

—Ha llamado Rubén.

—¿Ese desgraciado te ha llamado? ¿Qué quería?

—Exigirme que borrase el vídeo.

—¿Qué más?

Cierro los ojos y los aprieto con fuerza. Salvador no me suelta.

—Decirme que él no es mal amante, que soy yo que soy un coñazo. Al parecer tengo «el morbo de una tabla de madera y la mitad de las veces ni se empalmaba».

—Después te pediré perdón por esto.

Abro los ojos porque no logro entender esa frase y me encuentro con los de Salvador durante lo que dura un latido. Un escalofrío me sacude el cuerpo cuando su boca separa mis labios con fuerza, tiene las manos en mi cara y con los pulgares me acaricia la mandíbula para que la relaje y pueda besarme con la intensidad que desea. No me está besando, esto no puede ser un beso. Esto es la destrucción de cualquier barrera que yo pudiera poseer contra un hombre como él. Dios mío, sus dientes golpean los míos y su lengua tortura la mía con sus idas y venidas. Nadie besa así. Nadie. Nadie convierte un beso en este acto tan carnal, tan sensual... tan animal. El sabor de Salvador está entrando en mí como si se tratase del antídoto que llevo esperando toda la vida. ¿Un antídoto o un veneno?

¿Me importa?

Baja las manos de mi rostro sin apartar los labios de los míos y sin dejar de besarme, sin reducir la intensidad. Se interrumpe un único segundo y susurra con la voz ronca.

—Deja que te bese de verdad. Confía en mí. Déjame entrar aunque sea solo ahora.

Asiento, no lo entiendo, no sé qué me está pidiendo, solo sé que quiero que vuelva a besarme. Una mano de Salvador me acaricia el cuello, detiene dos dedos en el pulso e inclina la cabeza para morderme justo allí.

Un gemido sale de mis labios.

—Eso es.

¡Dios mío!

Salvador sube los labios por el cuello hasta llegar a la mandíbula y de allí vuelve a buscar mi boca.

—Candela, abre los ojos. —Los abro y lo miro—. No te contengas. No pienses en nada. Piensa solo en ti y en mí. Piensa solo en este beso. Confía en mí.

—Confío en...

No me deja terminar, la lengua de Salvador vuelve a poseerme y mis manos, que hasta este instante se han estado sujetando del sofá como si mi vida dependiera de ello, se sueltan y buscan su jersey. Tiro de él hacia mí, no sé qué estoy haciendo, aunque me hubiese acostado con cientos de hombres, algo que sin duda no es el caso, tampoco sabría qué hacer.

¿Qué se hace cuando descubres que nunca has sentido nada comparable a esto? ¿Cuando por fin entiendes conceptos como *lujuria, pecado, perder la cabeza por alguien, deseo desenfrenado*?

Sé que tengo que tener cuidado. Rubén era una cerilla. Salvador es una central nuclear llena de explosivos y con una mecha a punto de estallar.

Separo más los labios e intento devolverle el beso a Salvador con la misma intensidad dispuesta a averiguar si de verdad soy capaz de soportar tanto calor.

Él gime y rodea una de mis muñecas con una mano, la aparta del jersey y la lleva a su erección.

Abro los ojos cuando él deja de besarme y aprieta mi mano encima de la entrepierna. La tela de los vaqueros está áspera y tirante bajo mi mano.

—Esto es lo que me pasa cada jodida vez que te veo. —Clava los ojos en los míos—. Cada maldita vez. ¿Lo entiendes? No tienes que hacer nada, no tienes que acercarte a mí, no tienes ni que mirarme. Basta con que estés cerca y mi cuerpo se convierte en esto.

Me suelta la mano, yo no aparto la mía de donde él la deja y sus labios vuelven a besarme. Sube una rodilla al sofá y con el peso de su torso me empuja hasta el respaldo. Me desabrocha un botón de la camisa, dos, se me eriza la piel y me tenso durante un segundo porque una parte de mi cerebro sigue funcionando y recuerdo que estamos en su despacho y que, aunque no lo sienta así, en realidad solo hace un día que lo conozco. Sí, antes él era mi jefe, sabía quién era Salvador Barver, pero a Salvador, solo Salvador, apenas hace un día que le conozco y no encaja en ninguna parte de mi nueva vida.

Salvador debe de notar el cambio porque suelta una maldición por entre los dientes y deja de besarme. No se aparta, me da un último beso en los labios con los suyos cerrados y después me besa la mejilla hasta llegar a la oreja.

Me acaricia un pecho por encima de la camisa.

Tengo que morderme el labio para no gemir.

—Ni siquiera sabes lo excitante que eres, ¿verdad? —Me muerde el lóbulo mientras que los dedos recorren la tela del sujetador—. Aún no estamos preparados para esto. Mierda.

¿Qué quiere decir con eso?

Antes de que yo pueda reunir las neuronas necesarias para preguntárselo, aparta la mano del escote y vuelve a sujetarme el rostro.

—Mírame. —Espera a que yo abra los ojos—. Eres preciosa y nadie, ni Rubén, ni yo, ni jodidamente nadie puede quitarte eso. Si ese malnacido no se empalmaba era problema suyo, no tuyo. ¿De acuerdo?

—De acuerdo.

Agacha la cabeza y me besa, este último es quizá el beso más normal de todos los que me ha dado, separa los labios e introduce la lengua en los míos pero ahora no siento que intente marcarme o poseerme, esta vez es como un abrazo, como una suave caricia en la que sin duda podría perderme.

«Aún no estamos preparados para esto.»

—Salvador... —suspiro su nombre por primera vez desde que me ha besado.

Él se aparta y, tras acariciarme las mejillas, suelta las manos y las guía hasta mi camisa para abrocharme los botones. Cuando termina, me tiende la mano y me ayuda a levantarme del sofá.

—Sé que te he dicho que te pediría perdón, pero no puedo hacerlo. No lamento haberte besado.

—Yo tampoco... —Me arden las mejillas.

—Sí que siento haberme precipitado, así que será mejor que salga de aquí y que vuelva dentro de un rato, ¿de acuerdo?

—No hace falta que te vayas.

Se pasa las manos por el pelo y una risa estrangulada escapa de su garganta.

—Sí, sí que hace falta. Volveré dentro de una hora, ¿tú estás bien? —A pesar de que es más que evidente que está muy tenso, se acerca de nuevo a mí y me inspecciona con la mirada.

—Claro.

Él suspira aliviado y mira la hora en el móvil.

—¿Qué te parece si paso a recogerte dentro de una hora y vamos a comer?

—Me parece bien.

—Genial, espérame en el vestíbulo. —Se agacha y me da un beso de despedida en los labios.

Aunque la tensión se queda conmigo después de que Salvador se vaya, el calor del beso sigue bailando en mi sangre y me llevo una mano a la boca para asegurarme de que no están quemando.

¿Desde cuándo existen esta clase de besos?

A mí siempre me ha gustado que me besen, quizá es lo que más me gusta de estar con un chico, la agradable sensación de sentir sus brazos a tu alrededor, la caricia de los labios, el cariño inherente en ese gesto. Hasta ahora los besos me parecían cariñosos, románticos, dulces, pero no demasiado sexuales.

Me sonrojo al recordar la sensación de tener la boca de Salvador devorándome.

Ese beso, su beso, es lo más sexual, erótico y complicado que me ha pasado nunca. Y aunque ha sido maravilloso y sé que lo recordaré durante el resto de mi vida, especialmente durante las noches cuando esté sola, no puedo evitar preguntarme por qué me ha besado.

¿Acaso le he dado lástima?

Mierda, no se besa a nadie por lástima, ¿no?

Se me retuerce el estómago solo con pensar que me ha besado porque le he dado pena. Un beso por compasión es horrible. No quiero ser tan patética.

Recuerdo su erección, su impresionante erección.

No, eso no pasa cuando sientes lástima de alguien y el modo en que me ha hablado, cuando se ha pegado a mi oído y me ha dicho que eso le pasaba siempre que me veía... o es un gran actor de doblaje y no lo sabe nadie o su voz sonaba ronca y excitada de verdad.

Si él no se hubiera apartado, creo que le habría dejado hacerme lo que quisiera.

¿Solo *crees*? Pero si aún tiemblas y no puedes dejar de pensar en él, Candela.

Da igual, la cuestión es que Salvador se ha apartado y que yo, si consigo convencer a mi cuerpo de que se calme, no puedo entrar en una relación apenas una semana después de romper con Rubén. No quiero tener ninguna relación con nadie, este año va a ser importante, lo presiento, voy a ir de un lado al otro y quiero recuperar el tiempo perdido con mi parte más aventurera, con la escritura, conmigo misma. No voy a volver a cometer el error de enamorarme, o de creer que me he enamorado, del primero que pase o que me bese.

Salvador no me ha dicho nada de eso, él no ha mencionado siquiera la posibilidad de que exista algo entre nosotros. Él solo ha dicho que me desea, en realidad ni eso, ha dicho que su cuerpo reacciona cada vez que me ve. Nada más.

Nada más.

Suelto el aliento e intento acompasar mi respiración.

No puedo perder la cabeza. No sé por qué me ha besado, pero no importa. Ese beso me lo guardo, es mi primera aventura, mi primer riesgo, mi primer descubrimiento gracias a mi primer «chico del calendario». Y puedo decir que el chico de enero besa bien, muy bien, quizá incluso demasiado bien, aunque esto de momento me lo guardo para mí. Ni loca voy a ponerlo en el artículo o en el vídeo.

Sonrío, me siento satisfecha conmigo misma, lo importante soy yo. Él tendrá sus motivos para besarme, pues bien, yo tengo mis motivos para quedarme con este beso en la memoria y tengo casi un mes para decidir si quiero volver a besarlo o hacer algo más.

Vuelvo a mi mesa, le doy un empujoncito a la patita del gato y pongo en marcha el ordenador. Voy a la página de *Los chicos del calendario* y empiezo a contestar mensajes, no todos, eso sería imposible, pero me aseguro de elegir aquellos que me parecen más auténticos y sinceros. Si todas estas personas comparten su opinión conmigo, tengo que estar a la altura. Nada de fingir y nada de vender ninguna moto. Solo yo. Al cabo de un rato y después de tropezarme con más de cuatro comentarios preguntándome si Barver es tan guapo como parece o si es tan frío y tan capullo como dicen, cierro la página.

Me gustaría defender a Salvador, de hecho tengo que contenerme para no hacerlo, ¿quién diablos se creen que son esas personas para hablar así de él o de mí? Sé que esto es precisamente lo que buscamos, vivimos en un mundo al que le encanta el morbo, y sé que tanto *Los chicos del calendario* como yo estaremos expuestos a esto y a mucho más. He accedido a ello y tengo que asumir las consecuencias y me imagino que Salvador está harto, incluso aburrido, de leer tonterías sobre su vida. La cuestión es que no contesto ninguna de esas acusaciones porque no sé si son verdad, no conozco a Salvador y las pocas horas que he pasado con él solo han servido para que vea que es muchísimo más complicado de lo que aparenta y para que yo descubra que soy capaz de desear a un chico con una desesperación que hasta ahora desconocía y que él puede hacer desaparecer mis inhibiciones con solo mirarme.

Siempre había creído que eso era imposible o que para lograr esa clase de deseo hacía falta muchísima intimidad entre la pareja. Salvador, ese beso, sus manos, esos ojos, su olor, me están demostrando lo contrario y, tal como ha dicho él antes, no estoy preparada para esto. Sin embargo, cuando lo esté, si quiero estarlo, será decisión mía.

Aún me queda tiempo, podría seguir contestando comentarios o actualizar mis redes, o incluso llamar a Marisa y decirle que si quiere puede contar conmigo para algún artículo. Pero no, abro el navegador y empiezo a buscar información sobre la editorial Napbuf.

Intento evitar las noticias sensacionalistas y centrarme solo en las económicas o las que hacen referencia al sector editorial, aunque en este caso, por desgracia, parecen estar intrínsecamente vinculadas. La editorial empezó a tener problemas financieros cuando David, el hijo de Martín, enfermó de cáncer. La enfermedad no duró demasiado, pero al morir David la situación en Napbuf empeoró gravemente hasta hacerse insostenible. En ningún artículo mencionan a Salvador, no me sorprende porque sé que él siempre se ha esforzado en no aparecer en ningún medio.

¿Por qué ha aceptado ser el chico de enero?

No tiene sentido.

Desde el ordenador puedo acceder a los datos oficiales de la editorial infantil y aunque esto no es ni mucho menos mi especialidad, sé leer un balance. Durante un segundo me pregunto por qué lo estoy haciendo, Salvador no me ha pedido que lo ayude con este tema.

Vibra el teléfono móvil que he dejado en la mesa y veo un mensaje de Rubén en la pantalla.

«Quita el jodido vídeo o te demandaré.»

Segundos más tarde llega otro.

«Acabo de ver lo del concurso. Patético. Quita el puto vídeo.»

Reconozco que me tiembla el pulso cuando los borro.

Rubén está haciendo surf, se está buscando a sí mismo, y espero que cuando se encuentre se dé una patada en los huevos.

El móvil vuelve a vibrar y cuando estoy a punto de apagarlo veo que el mensaje que he recibido es de Abril diciéndome que está fuera de la ciudad para un trabajo, pero que la llame si la necesito. Volverá después de Reyes.

Me había olvidado de que mañana por la noche «pasan» los Reyes Magos. No tengo ningún plan especial, no pienso ir a ver la cabalgata yo sola. Normalmente acompaño a Marta y a las niñas, es un suplicio y siempre recibo el golpe de algún caramelo en la cabeza, pero vale la pena porque mis sobrinas se ríen y dicen que soy la mejor tía del mundo. Este año descansaré, aprovecharé el día de fiesta para dormir y hacer limpieza a fondo del apartamento, no quiero que quede ni rastro de Rubén en él.

Es la hora, apago el ordenador y voy hacia el ascensor. Al salir del despacho de Salvador me encuentro con un chico muy delgado con un traje impecable.

—Hola, tú debes de ser Candela Ríos. —Se coloca ante mí y me tiende la mano—. Yo soy Sergio, el asistente, secretario, bombero de Salva.

—¿Bombero?

Le estrecho la mano.

—Básicamente mi trabajo consiste en apagar fuegos en esta planta. En mi tarjeta pone asistente de dirección, pero es un nombre demasiado rimbombante y no va conmigo.

—Me encanta lo de bombero, yo soy Candela, la chica más odiada por los hombres de este país y domadora de *Los chicos del calendario*.

—¿Domadora? —Me suelta la mano con una sonrisa de oreja a oreja. Tiene los ojos azules y cara de guiri alemán—. Apúntame en tu lista de fans, señorita Ríos.

—Llámame Cande, todos lo hacen.

Todos excepto Salvador...

—Un placer, Cande. ¿Puedo ayudarte en algo?

—La verdad es que ya me iba, he quedado con el señor Barver para comer. —Utilizo el tono formal porque aunque Sergio me ha gustado mucho, no quiero meter la pata.

—Estaré aquí cuando vuelvas, si puedo hacer algo por ti, mi despacho es ese de allí. —Señala una puerta de cristal que queda justo enfrente y suspiro aliviada al ver que la del despacho de Salvador es la única de madera.

—Gracias. Seguro que vendré a verte.

A Sergio le suena el móvil y se aleja para contestarlo, yo me dirijo al ascensor y pienso que el chico de enero ha conseguido sorprenderme de nuevo y esta vez sin estar presente. Llego al vestíbulo y lo encuentro hablando con Paco.

—Hola —me saluda en cuanto me ve—, ¿estás lista?

—Sí, acabo de conocer a Sergio.

—Me alegro, ¿qué te ha parecido?

—Único.

—Sí, supongo que es una manera de verlo. ¿Nos vamos?

Al llegar a la calle, Salvador se gira hacia mí y me deshace el nudo de la bufanda para volver a colocármela.

—Siempre vas desprotegida. —Levanta el cuello del abrigo y detiene los dedos un segundo en mis pecas. Nunca les había prestado demasiada atención, no soy de esas pecosas que le tienen manía a sus pecas y tampoco tengo tantas como para que la gente se me quede mirándolas. Sencillamente están allí. A Salvador parecen fascinarle—. Ahora sí, mucho mejor. ¿Te importa ir a pie? El restaurante está aquí cerca.

—Al contrario, me apetece caminar. —Y que me dé el viento en la cara a ver si así me despejo—. He estado contestando algunos de los comentarios de los vídeos. La gran mayoría de gente está entusiasmada con la idea.

—Te dije que lo estarían.

—He leído unas cuantas cosas desagradables sobre ti.

—No le des importancia. —Me aprieta los dedos—. Yo no lo hago.

—¿Y cómo lo haces? ¿Cómo lo consigues?

—Esa gente no me conoce, Candela. —Nos detenemos en un semáforo—. No saben quién soy y en realidad no quieren saberlo, les basta con la idea que se han formado de mí en su cabeza a base de recortes de revista y de vídeos de pocos segundos. Ese no soy yo.

Quiero preguntarle quién es él de verdad; el semáforo cambia de color y retomamos la marcha antes de que pueda hacerlo. Salvador sigue hablando:

—Había quedado para comer con mi hermano, espero que no te importe.

—Oh, lo siento, no quiero entrometerme.

—Tú no te entrometes, Candela. Creo que ya va siendo hora de que asumas que nunca hago nada que no quiera hacer y que nunca permito que nadie se entrometa en mi vida. Así que, déjalo y no vuelvas a decirlo. Si estás aquí es porque quiero, he aceptado ser el chico de enero y tu misión consiste precisamente en esto, en entrometerte. La verdad es que creía que no iba a gustarme, pero me gusta y quiero pasar este mes contigo. —Me aprieta la mano—. Y espero que tú también quieras. Va a ser… interesante.

Es el chico de enero.

Es el chico de enero.

Solo es el chico de enero.

Después vendrá… ¿qué mes viene después de enero? Ah, sí, febrero.

—Por cierto, no sabía que tenías un hermano —opto por decirle. Él sigue sin haber contestado a mi pregunta sobre por qué aceptó ser uno de los chicos del calendario.

—En realidad Pablo es mi hermanastro, pero no me gusta llamarlo así. —Llegamos a la zona de Gracia y giramos hacia la derecha. La sede de Olimpo está en Paseo de Gracia, lo que significa que a su alrededor se encuentran la gran mayoría de restaurantes caros de Barcelona. Salvador, sin embargo, parece preferir los restaurantes pequeños que están escondidos por callejuelas. (No pienses que en eso se parece a ti, Candela, no lo pienses.)— Mis padres se divorciaron cuando yo tenía doce años, me imagino que eso sí lo sabías, ¿no?

—Bueno, tu edad en concreto no. —Me sonrojo.

—Tenía doce años. Resumiendo un poco la historia, porque estamos a punto de llegar, dos años más tarde mi madre se casó con Luis, un hombre estupendo, la verdad, él se había quedado viudo con un niño de dos años, Pablo. Se casaron y yo me fui a vivir con ellos y adopté a Pablo.

—¿Tenías catorce años cuando conociste a Pablo y decidiste adoptarlo como hermano? La mayoría de adolescentes habrían creído que tener que convivir con un bebé era un incordio.

—Yo no soy como la mayoría y Pablo es genial. Pablo siempre ha llamado «mamá» a mi madre, a su madre biológica no la recuerda, y para ella los dos somos sus hijos. Tiene sentido que Pablo *sea* mi hermano.

—Claro, por supuesto.

Es como tener a un Tiranosaurio Rex paseando por encima del corazón. ¿Esto demuestra que estoy equivocada y que hay hombres que pasan del cinco o sencillamente que Salvador es un seductor de primera clase? La etiqueta de ligón no parece encajarle, la verdad. Quizá sea eso, quizá Salvador es otra clase de hombre, él mismo lo ha dicho, es completamente distinto a los que he conocido hasta ahora, y por eso tengo que tener cuidado. Pero no demasiado, quiero descubrir hasta dónde puedo llegar.

—Es aquí. Espero que te guste, es uno de los restaurantes preferidos de Pablo.

Abre la puerta, es un local muy acogedor que huele a comida de verdad. Es bonito sin ser de postal y la gente que ocupa las mesas tiene aspecto de trabajar o de vivir allí cerca, no hay ningún turista por ningún lado. Veo un chico de unos veinte años en una mesa, está hablando con la camarera, una señora que no sé por qué me recuerda a mi antigua profesora de literatura en el colegio, y en cuanto detecta la presencia de Salvador le sonríe y se pone en pie.

Nos acercamos. Salvador tiene la mano en mi espalda, y cuando veo las piernas de Pablo no puedo contener la sorpresa. Pablo es alto, no tanto como Salvador, pero mucho más que yo (lo cual no es difícil), tiene el pelo castaño y unos preciosos ojos marrones, la mandíbula fuerte, unos brazos que parecen dos robles y una prótesis de metal que va de la rodilla izquierda al suelo. Él podría ocultarla tras los pantalones, así que deduzco que si ha cortado el pernal de los vaqueros para llevarla a la vista es para dejar claro que sabe quién es y, sí, probablemente también para provocar un poco.

Lo admiro. Ojalá yo fuera tan valiente.

—Hola, Pablo. —Salvador se acerca a él y se dan un abrazo de esos que se dan los chicos con palmadas en el hombro—. Siento el retraso.

—No te preocupes, acabo de llegar. —Desvía la mirada hacia mí a la espera de que su hermano nos presente.

—Ella es Candela. Candela, mi hermano Pablo.

Pablo me tiende la mano y la acepto.

—Hola, tu pierna es espectacular.

No puedo creerme que haya dicho eso en voz alta. Estaba pensando en lo increíblemente guapo que estaba Salvador sonriendo mientras hablaba con su hermano y he perdido la capacidad de censurarme.

Tengo que disculparme.

Pablo suelta una carcajada. Una carcajada auténtica, nada falsa, como si nos conociéramos de toda la vida.

—A mí me gustan tus ojos, Candela.

—Llámame Cande.

—Claro, Cande; y sí, mi pierna es una pasada.

Nos sentamos a comer y durante unos minutos Salvador y Pablo hablan sobre su madre y Luis. No me resulta difícil deducir que Salvador siente verdadero afecto por ese hombre y me pregunto qué clase de relación tiene con su padre. Sé que el señor Barver también volvió a casarse, aunque no logro recordar si tuvo más hijos. Supongo que lo recordaría si los hubiera tenido, lo habría leído en alguna parte.

—Tengo que hacer una confesión —dice Pablo después de pedir la comida—, ya sabía quién eras. He visto el vídeo.

—Oh, Dios mío, qué vergüenza.

—¿Vergüenza? Me ha encantado, evidentemente no estoy de acuerdo con ciertas afirmaciones, ¡*Juego de Tronos* es una obra de arte! —añade guiñándome el ojo—, pero tú estás genial.

—Gracias, supongo.

—En serio, estás genial. No me extraña que tanta gente se sienta identificada contigo, todos estamos hartos de ver a personas perfectas con vidas perfectas y con las extremidades perfectas. Lo tuyo es... auténtico.

—Bueno, auténtico es, eso no voy a negarlo, pero la verdad es que, que te dejen por Instagram y que todo el país acabe conociendo tus miserias no tiene nada de genial.

—Si pudieras volver atrás en el tiempo, ¿evitarías que tu amiga colgase el vídeo? —me pregunta Pablo y veo que Salvador nos observa interesado.

¿Lo haría?

—No quiero volver con Rubén, eso te lo aseguro. Me molesta que me haya dejado él a mí y no al revés, y no solo por orgullo, créeme. En cuanto al vídeo... Supongo que no lo evitaría. Creo que ha servido para despertarme y que me diese cuenta de que merezco mucho más.

—¿Como *Los chicos del calendario*? —interviene Salvador.

—Los chicos del calendario es solo el principio.

Llega un camarero y la conversación queda zanjada con esa frase en el aire. Salvador está sentado a mi lado y Pablo está frente a mí. He deducido que siempre ocupan esa mesa porque Pablo extiende la pierna con la prótesis hacia la pared y así puede moverla con total libertad sin preocuparse por si molesta a alguien. Nadie parece fijarse en él, lo que significa que realmente vienen aquí con regularidad.

Debería de sentirme como una intrusa y sin embargo tanto Salvador como Pablo me hacen sentir bienvenida, que estoy donde debo estar. Lo cual es una tontería y muy, muy, muy peligroso.

Después de enero viene febrero.

—Candela emociona, es culpa de sus ojos verdes, se te meten dentro —dice Salvador y a mí se me atraganta el pastel de verduras. Él lleva la mano a mi espalda y la masajea suavemente sin ocultarle el gesto a su hermano—. ¿Has podido ver la página de *Los chicos del calendario*?

¿Cómo hace eso? ¿Cómo puede hablar de mis ojos, acariciarme la espalda y después hablar de trabajo sin inmutarse? En serio, ¿cómo lo hace? ¿Será que para él todo es lo mismo?

Alargo el brazo y bebo un poco de agua.

—Sí, está bien, aunque si me lo permites haré algunos cambios.

—Haz todos los que quieras. Pablo es un genio de la informática —me explica Salvador—. Cuando acabe la carrera se largará a Estados Unidos, así que, mientras, lo exploto todo lo que puedo.

—Dices unas tonterías, Salva, en fin... Haré los cambios y escribiré al departamento informático de Olimpo para decirles, otra vez, que su sistema de seguridad es una mierda. Cande, espero que no te importe, pero también he curioseado por tus perfiles en las redes.

—Oh, pues te habrás aburrido mucho.

—No tanto como me habría gustado. —Coge aire y mira a su hermano durante un segundo antes de volver a mirarme a mí—. Ese tío, Rubén, el de la foto de Instagram, había dejado unos comentarios muy ofensivos en el vídeo y en tu Facebook.

—Imagino que los has eliminado —dice Salvador muy enfadado.

—Lo he hecho y después me he sentido culpable porque no te había pedido permiso, Cande. Lo siento.

Salvador ha dejado de acariciarme la espalda, lo que no significa que pueda pensar pues ha decidido buscar los dedos de mi mano con la suya y llevársela a los labios. Un cosquilleo me sube por el brazo, ¿este beso se debe a que cree que lo que me ha contado Pablo de Rubén me ha afectado?

—Yo... —trago saliva—, está bien. Acepto tus disculpas, aunque no me gusta la idea de que hayas entrado en mis cuentas así como si nada y sin pedir permiso. Ni siquiera nos conocíamos hasta hace media hora.

—Lo sé, pero conozco a mi hermano. —Lo señala como diciendo «¿acaso no lo ves?»—. He borrado los comentarios, aunque si quieres leerlos puedo recuperarlos.

—No, no quiero leerlos.

—Además me he asegurado de que no pueda volver a entrar.

—Bien hecho, Pablo. Gracias. —Salvador suena muy orgulloso de su hermano pequeño—. ¿No puedes hacerle algo más?

—¿Algo más? —Lo miro sorprendida—. ¡¿Algo más?!

Salvador se limita a sonreír.

—Eso es un delito, Salva, la última vez que intenté algo así me sermoneaste durante horas.

—Ibas a *hackear* la cuenta de un banco, Pablo.

—La idea es la misma.

—No quiero que le hagas nada a Rubén. —Levanto un poco la voz y los dos me miran sorprendidos—. No vale la pena.

La sonrisa de Salvador se ensancha un poco, quizá solo unos milímetros.

—Ese tío es imbécil. Lo siento, Cande, sé que acabo de conocerte, pero no entiendo qué hacías con él.

—Yo tampoco, y no creas que no me lo he preguntado, no hago otra cosa desde el día de la foto. ¿Por qué estaba con él? Las respuestas que se me ocurren, no me gustan demasiado, ¿sabes? —Me resulta muy fácil hablar con Pablo.

—A veces estás con alguien porque tienes miedo de estar solo o porque te has acostumbrado a lo que esa persona hace por ti, por poco que sea.

—Y a veces —interviene Salvador—, a veces estás con la persona equivocada porque no tienes el valor suficiente para reconocer quién eres de verdad y qué necesitas. Averiguarlo no es fácil.

—Di mejor que es casi imposible —suspiro—, ¿cómo sabes qué quieres si nunca has visto nada? —«Si nunca has sentido nada», pienso.

—Lo sabes cuando decides arriesgarte, cuando, por ejemplo, accedes a dejar colgado en Youtube un vídeo con tu confesión más sincera.

—Creo recordar que lo primero que hice fue exigirle a Abril que eliminase el vídeo, pero bueno —bebo un poco de agua—, tal vez tengas algo de razón.

El almuerzo es agradable y al cabo de un rato nos despedimos de Pablo; verlo caminar es fascinante, la prótesis no llama tanto la atención como lo imponente que es el resto de su cuerpo y el modo en que parece dominar esa extremidad de metal. No le he preguntado cómo ha perdido la pierna, supongo que, si quiere contármelo, él o Salvador me lo dirán algún día. Pablo nos dice que va a casa de un amigo, un compañero de universidad, y le da un abrazo a su hermano y a mí dos besos.

Después, Salvador y yo nos dirigimos de regreso a Olimpo. Cuando llegamos, la jefa del departamento de comunicación, Cristina, nos está esperando. Tenemos que asistir a una reunión urgente sobre *Los chicos del calendario*, la página web ha caído: ha recibido más visitas y más comentarios de los que puede soportar. El próximo número de la revista *Gea* va a cuadruplicar la tirada, lo han solicitado prácticamente todas las librerías y quioscos de España.

—Todo el mundo quiere saber si es verdad, si Cande está pasando el mes contigo, Barver. No podemos dejar pasar esta oportunidad y lo sabes. Yo nunca me habría atrevido a proponer que fueras tú el chico de enero, pero lo eres y el país entero quiere conocer los detalles, cuanto más jugosos mejor.

7

A lo largo de la reunión Cristina, a la que yo había visto quizá cinco o seis veces desde que trabajo en Olimpo, nos explica todas las acciones que tienen previstas para satisfacer las peticiones de todas las empresas que quieren colaborar y patrocinar algún aspecto de *Los chicos del calendario*.

El equipo de Cristina parece muy capaz, despliegan gráficos y lanzan datos al aire como posesos. Sergio también está en la reunión, toma notas y me sonríe de vez en cuando. Salvador está sentado en la presidencia escuchando atentamente a todos. Yo estoy a su lado, he sacado el cuaderno que llevo en el bolso e intento apuntar algunos conceptos, aunque confieso que sigue aturdiéndome la atención que están recibiendo mis vídeos.

—No, esto es innegociable —sentencia Salvador—. Candela y yo somos los únicos que vamos a elegir al chico del mes. Ninguna empresa, ningún ayuntamiento, ningún consorcio puede pagar para resultar elegido.

—Pero podríamos ganar mucho dinero, varios de nuestros anunciantes habituales están dispuestos a pagar cantidades escandalosas por recibir la visita de Cande.

—Pues que paguen para otra cosa. ¿Tú qué opinas, Candela?

Todos se giran a mirarme y de repente me doy cuenta de que todo esto, absolutamente todo, aunque sin quererlo, lo empecé yo. Estamos aquí por algo que hice yo, que dije yo, por mi discurso contra los hombres, por mi desengaño. Salvador lo sabe, me ha repetido varias veces que sin mí esto no funcionará y está aprovechando la situación para dejar claro a toda esta gente cuál es mi papel en el proyecto.

—*Los chicos del calendario* no se deciden con dinero, leeremos los comentarios de los lectores y elegiremos al que más nos guste cada mes. Entiendo que la revista y el grupo necesitan ganar dinero, pero no con los candidatos, estoy segura de que podemos encontrar otra manera.

—Podríamos hacer concursos en la web y dejar que nuestros anunciantes patrocinasen ese espacio —sugiere Sergio después de que Salvador se haya limitado a asentir, un gesto que, sin embargo, no le ha pasado a nadie por alto.

—Sí, eso podría funcionar —acepta Cristina.

—Y la revista —vuelvo a hablar—, la revista, *Gea*, tiene que ser increíble. Quizá mucha gente la comprará por primera vez impulsada por el morbo o por leer el artículo de *Los chicos del calendario*, pero tiene que gustarles tanto que vuelvan a comprarla el mes siguiente y durante mucho tiempo.

—Exacto. —Salvador reafirma mi aportación—. Tenemos mucho trabajo, así que manos a la obra.

Ruido de ordenadores cerrándose y de sillas echándose hacia atrás. Una de las asistentes a la reunión, Sofía, la directora de comunicación del grupo y jefa de Cristina, se acerca a mí y me recorre con la mirada.

—Reconozco que dudaba, después de ver el vídeo dudaba que también fueras así en el mundo real.

—¿Y?

—Lo eres. Me gusta —Sonríe y los labios rojos se ensanchan—. Esto puede funcionar. Cuando Barver me llamó creí que era una locura, pero puede funcionar.

—Funcionará —dice Salvador apareciendo a mi espalda.

—Vamos a desarrollar un plan, un calendario con las mejores horas para colgar fotos, tweets y posts sobre tu mes con el chico de enero. Intentaré mandártelo hoy mismo. Iremos alternando fotos y textos cortos con otros un poco más largos, lo suficiente para mantener la expectación o generar aún más de cara al artículo y al vídeo mensual. Será intenso, Cande, y es solo el principio. Después de enero vienen once meses más.

—Empiezo a ser muy consciente de ello.

—Tengo el presentimiento de que lo harás bien —añade Sofía mirándome solo a mí con las cejas arrugadas— y puedes ponerte en contacto conmigo y con todo el equipo siempre que quieras. No te dejaremos sola, todo esto es muy importante.

—Lo sé.

—Pero si me permites un consejo —sigue tras verme asentir—, quédate para ti algunos momentos, los que quieras, los que necesites. —La miro confusa—. Pero las redes, el mundo, tiene que verte Cande, tiene que verte con tu chico del calendario, elige qué quieres mostrar. A juzgar por la *viralidad* de tus vídeos, están hambrientos.

Sofía se va hablando con Sergio y en la sala solo quedamos Salvador y yo. Él no dice nada y empiezo a creer que utiliza esos silencios para pensar o para crear una especie de señal que dice «no te acerques a mí». Vamos al despacho y él se dirige de inmediato a su mesa, pone en marcha el ordenador y yo me dirijo al mío. Sofía tiene razón, no puedo pretender no contar nada o que todas esas personas que han dejado todos esos comentarios animándome esperen un mes entero sin saber qué está pasando.

¿Pero qué les cuento?

No voy a contarles que Salvador es cariñoso sin darse cuenta o que quiere comprar una editorial infantil porque pertenecía a su mejor amigo muerto, o que tiene un hermano increíblemente atractivo con aspecto de informático chiflado con una pierna de metal. Tampoco voy a hablar del beso.

El beso nunca.

Al final me decido por una foto algo absurda, busco el ángulo adecuado y fotografío mi mesa, la que está a escasos pasos de la de

Salvador, de tal manera que sale mi gato blanco y las vistas que se ven desde la ventana. Salvador no se ve en la imagen, y de mí solo se intuye mi reflejo en el cristal de la ventana.

No es una gran foto, pero va a tener que servir.

La retoco un poco con un filtro y la cuelgo en Instagram con una frase sencilla:

«Primer día con el #ChicoDeEnero Barcelona. Imprevisible y sorprendente. #LosChicosDelCalendario».

Comparto la fotografía en Instagram y dejo el móvil encima de la mesa, la pantalla empieza a brillar enseguida al recibir los comentarios y reacciones. Reconozco que no sé qué hacer con ello, ¿y si meto la pata? Al fin y al cabo soy solo una chica a la que nunca le suceden cosas de película. Al menos lo era hace apenas unos días.

—¿En qué estás pensando?

La voz de Salvador me saca de mi ensimismamiento.

—Nada. He colgado una fotografía. No es nada del otro mundo, imagino que iré cogiéndole el tranquillo. —«Y acostumbrándome a compartir mi vida con miles de desconocidos.» La idea de *Los chicos del calendario* me gusta, la siento mía, pero la tímida que hay en mí aún tiene ataques de pánico escénico cuando pienso en la cantidad de gente que habla de mi vida a la hora del café, en el metro o mientras fuman durante una pausa en el trabajo.

—Si a ti te parece bien, a mí también. —Se aprieta el puente de la nariz y me quedo atónita.

—¡Llevas gafas!

—A veces. —Se las quita y las deja encima de la mesa—. Dime en qué estabas pensando de verdad.

No quiero decirle que me siento insegura porque en realidad he decidido dejar de sentirme así, y porque él no tiene nada que ver con ello, es la antigua Candela, la que sufrió el *Instabye* de Rubén la que se sentía insegura, yo ya no.

—En que a mí, hasta que Rubén no colgó esa dichosa fotografía y me dejó por Instagram, nunca me había sucedido nada de película.

—¿Y por qué quieres que te sucedan cosas falsas y programadas, escritas por otras personas?

—Nunca lo había visto así y, ¿sabes qué?, creo que tienes razón. —Le sonrío, me gusta sonreírle a Salvador—. Yo tendría que ponerme a contestar comentarios. Al ritmo que la gente los va dejando, tardaré horas en ponerme al día.

—¿Puedo ver la fotografía?

Me encojo de hombros y camino hasta la mesa de Salvador para acercarle el móvil. Le enseño la fotografía, que ya tiene más «me gusta» de lo que puedo asumir.

—Es bonita. «Imprevisible y sorprendente», ¿quién, la ciudad o yo?

—La ciudad. —Enarca una ceja—. Solo la ciudad.

Él vuelve a mirar el teléfono, creo que intenta disimular que está sonriendo. Yo también me estoy mordiendo el interior de la mejilla para que no se me levante la comisura del labio.

—¿Qué estarías haciendo ahora si no estuvieras aquí?

—Acabando un artículo, supongo.

—¿Y cuando salieras del trabajo?

—No lo sé. Normalmente por estas fechas paso las tardes con mis sobrinas, pero este año están en Asturias y todo está siendo muy raro.

—Tienes dos sobrinas, ¿no? Las mencionas en el vídeo.

—Nunca me has contado cómo llegaste a ver el vídeo.

—Háblame de tus sobrinas.

—Se llaman Lucía y Raquel, son dos monstruos y las adoro. Las echo de menos.

Salvador aparta la silla de la mesa y me coge una mano para tirar de mí hacia él. Separa las piernas igual que ha hecho antes en la moto y yo quedo en medio. Suelta el aliento por entre los dientes y apoya la frente en la cintura de mi pantalón.

—¿Qué más?

—Yo...

Él me suelta la mano y coloca las suyas en mis caderas. Respira despacio, coge y suelta el aire con movimientos premeditados.

—¿Te pasa algo, Salvador?

—Me duele mucho la cabeza.

El dolor es palpable en su voz y me riño durante un segundo por no haberme dado cuenta antes. Le paso una mano por el pelo muy despacio.

—¿Puedo hacer algo por ti?

—No. —Aprieta los dientes, lo noto porque lo hace tan fuerte que le tiembla un poco la cabeza.

—¿Por qué no te vas a casa?

—Conducir. No puedo conducir.

—Entiendo, por supuesto que no. —Sigo acariciándole el pelo. Me imagino que tampoco quiere salir del despacho con la cabeza a punto de estallar—. ¿Te sucede a menudo? ¿Tienes alguna medicación aquí a mano?

—No. Hacía casi un año.

Le acaricio la frente, la tiene cubierta de una fina capa de sudor helado.

—Ven. —Le cojo la mano y tiro de él hasta levantarlo de la silla. Entrecierra los ojos y sisea, tiene marcadas las comisuras de los labios y de los ojos, tiene que dolerle muchísimo—. Túmbate en el sofá.

Lo hace con movimientos algo bruscos, me imagino que su falta de agilidad se debe a la migraña. No sé si lo mejor sería dejarlo solo y dejar que durmiese un poco, aunque la idea no me gusta. No quiero que esté solo. Tengo la sensación de que Salvador cuida de todo el mundo y que nunca nadie cuida de él, peor aún, que él nunca espera que alguien lo cuide.

Bueno, pues esto acaba hoy.

Probablemente dentro de unas semanas recordaré este momento como mi gran metedura de pata, pero me da igual. Quizá Salvador vale la pena.

Oh, Dios mío.

El chico de enero ya me parece que vale la pena. No puedo estar pensando esto. No, ahora no voy a pensar en eso. Salvador se encuentra mal y creo que puedo ayudarlo. Me acerco al sofá y le levanto la cabeza con cuidado de no hacerle daño, él gime un poco y aprieta los párpados.

—Tranquilo. —Me siento y coloco la cabeza en mi regazo—. Mi madre tiene migrañas, ahora no tantas —hablo en voz muy baja—, le han ido a menos con la edad, pero recuerdo que cuando yo era pequeña, había días que le dolía tanto la cabeza que lo único que la aliviaba era encerrarse en el dormitorio con las luces apagadas. Eso y que mi padre le hiciera este masaje. —Empiezo a acariciarle la frente y las sienes con movimientos circulares—. Papá nos lo enseñó a Marta y a mí por si algún día él no estaba. ¿Te alivia un poco?

—Sí.

La verdad es que ahora no tiene los labios tan apretados y ya no le oigo chirriar los dientes.

—Ni Marta ni yo hemos heredado esas migrañas, por suerte. Marta tiene una salud de hierro y yo solo tengo alergia a los gatos, así que supongo que no estoy tan mal. Una vez tuve un novio que tenía un gato, se llama *Chester*.

—¿Tu novio?

—No, bobo, el gato. Era muy simpático, mi novio —aclaro antes de que él vuelva a hacer la broma—, pero siempre que me besaba yo acababa estornudando y con los ojos hinchados. La cosa no acabó bien, al parecer *Chester* era mucho más atractivo que yo. Ese fue mi novio en el instituto. Después, en la universidad, no fue como me esperaba. Conocí a Rafael en segundo, era un niño de papá que iba de okupa, casi consiguen que me arresten y me fue infiel con una amiga de la familia. Creo que ahora tienen dos niños y una casa en las afueras. Un verdadero desastre. El capitalismo consiguió lo que yo no pude. Veamos, qué más... —No sé qué le estoy contando exactamente, solo que mi voz parece gustarle y el masaje le está funcionando. Tendré que decírselo a papá— ...ah, sí, mi hermana Marta intentó liarme con un compañero de trabajo, no recuerdo cómo se llamaba, ¿Alfredo, Eustaquio? Me pasé la noche equivocándome de nombre. Y después conocí a Rubén.

Tiene la respiración pausada y creo que se ha dormido. Dejo de masajearle las sienes durante un segundo y le paso una mano por el pelo.

—No, cariño, no pares. Por favor.

El corazón me ha caído al estómago y allí se ha puesto a bailar la rumba. No puedo tomarme en serio lo que ha dicho, Salvador tiene migraña y probablemente ha hablado sin pensar.

—Sigue, Candela, cariño.

Trago saliva y cuento mentalmente hasta diez.

—Está bien —susurro. Retomo el masaje en las sienes y la cháchara—. Marta es diez años mayor que yo, a Pedro, su marido, lo conozco desde que era pequeña y como cuñado no está mal. Ahora me odia un poco por lo del vídeo, así que cuando vuelvan de Asturias tendré que hacer de canguro de las niñas hasta que se le pase. Así que tendrás unas noches libres. Tu hermano es genial, aunque da un poco de miedo, no su pierna, no me refiero a eso, me refiero a eso de que se le den tan bien los ordenadores. ¿Crees que si cambio de opinión puede *hackear* la cuenta de Rubén y hacerle quedar como un idiota? No es que quiera hacerle daño, la verdad es que no me importa lo que haga o deje de hacer, solo que lo odio porque durante un tiempo hizo que me olvidara de quién era yo. ¿A ti te ha pasado algo así alguna vez?

Dejo de mover las manos y le acaricio el pelo.

Se ha quedado dormido.

Podría levantarme y aprovechar para trabajar un rato, o podría dejarlo solo y volver más tarde. No me muevo, me quedo donde estoy y le acaricio rítmicamente el pelo.

—No tienes ni idea de lo que me has hecho, ¿verdad?

Parpadeo dos o tres veces para enfocar la vista y acostumbrarme a la relativa oscuridad. Debo de haberme quedado dormida y la voz de Salvador, que sigue con la cabeza en mi regazo, me ha despertado. Estamos en el sofá y no sé de qué me está hablando o del tiempo que llevamos aquí de esta manera.

—¿Qué has dicho?

—Ven aquí.

Alarga las manos hacia mi cuello y tira de mí hacia abajo al mismo tiempo que incorpora la cabeza para besarme. Es la segunda vez que me besa, tendría que estar preparada para el impacto de su beso, y no lo estoy. No creo que llegue a estarlo nunca. Salvador se incorpora y me echa hacia atrás, enreda las manos en mi pelo y, aunque me hace daño, siento una lengua de fuego deslizándose desde el nacimiento del pelo hasta el final de mi espalda.

Mi boca cede a la suya, se rinde y lo busca al mismo tiempo. Tengo que encontrar la manera de retenerlo aquí, pienso aturdida, y mis manos toman la decisión de meterse bajo su jersey.

—No me toques —me interrumpe poniendo fin al beso y al abrir los ojos lo descubro mirándome. Sigue sujetándome el pelo, ahora de un modo suave y con el pulgar me acaricia la nuca—. Tú ya... Joder, Candela, deja que haga esto por ti, ¿de acuerdo? Tú ya me has dado demasiado.

Coloco las manos en su abdomen, no puedo verlo, pero detecto que es fuerte y que tiembla bajo mis palmas.

—Yo quiero tocarte.

Menos mal que casi no hay luz porque tengo las mejillas del color del carmín. Salvador afloja un poco los dedos y se inclina hacia mí para besarme los labios un segundo.

—Y no sabes lo que me gusta oírtelo decir, Candela, pero hoy... deja que haga esto por ti. Confía en mí.

Puedo sentir su aliento, su respiración, y está tan alterada como la mía.

—Está bien. Pero...

—¿Sí?

—Bésame.

Salvador sonríe, es esa sonrisa que aparece cuando mi reacción lo sorprende. Agacha de nuevo la cabeza hacia mí, se detiene a medio camino y cambia de postura casi de un salto. Queda sentado a mi lado, la luz de la ventana le ilumina el rostro y veo los restos de la migraña. No puedo creerme que tenga ganas de estar aquí haciendo... lo que sea que estemos haciendo cuando hace unas horas iba a estallarle la cabeza. Levanto una mano sin cuestionármelo y le aparto un mechón de pelo de la frente.

—¿Estás bien? ¿Ya no te duele la cabeza?

—Estoy bien. Ahora estoy mejor. La cabeza ya no me duele. Deja de cuidarme, Candela, y deja que te cuide yo a ti. —Me sujeta la muñeca y gira el rostro para besarme la palma—. Joder, tienes la piel tan suave. —Me muerde la parte interior de la muñeca y gimo a pesar de que intento contenerme—. Basta. No puedo más.

Posee mis labios.

Sí, esto es lo que ha hecho con todos sus besos, demostrarme que una persona puede llegar a reclamar la parte de otra, pero no de un modo cruel o egoísta ni para satisfacer una inseguridad sino para adorar esos centímetros de piel y hacerles sentir lo más maravilloso que han sentido nunca.

Con una mano me desabrocha los botones de la camisa y yo no sé qué hacer con las mías, están temblando y él me ha pedido que no lo toque. Bueno, algo tendré que hacer con ellas, clavo las uñas en la piel del sofá. Salvador baja los labios por el cuello y parece decidido a no dejar ni un milímetro sin estremecer.

No me desnuda, la mano sigue bajando hasta llegar a la cintura de mi pantalón y lo desabrocha con rapidez. Tampoco me los quita, detiene la mano entre la tela negra de la prenda de vestir y el algodón blanco de la ropa interior.

Presiona la mano y yo aprieto los labios para no gemir.

—No, Candela —susurra antes de soplar cerca de uno de mis pechos—, conmigo no te contengas. Conmigo no tienes que tener cuidado o que ocultar lo que quieres o lo que necesitas.

Captura el pecho entre sus labios y la lengua encuentra el camino por debajo del sujetador. La mano que tiene encima de la ropa interior sigue allí, ejerce presión con el puente y con las puntas de los dedos golpea suavemente como si estuviera tocando una melodía que solo conoce él en un piano.

Intento levantar las caderas, buscar un poco más de presión. Esta sin duda es la experiencia más erótica que he tenido en la vida y mi cuerpo está desesperado por alcanzar el orgasmo, me imagino que una parte de mí tiene miedo de no lograrlo, de que ahora él se aparte y me diga que todo ha sido una broma de mal gusto o un sueño.

Salvador me muerde el pecho y baja la mano que tenía en mi pelo hasta las nalgas y me empuja hacia él.

—No te contengas, Candela. Confía en mí.

—Salvador... —Lo único que puedo hacer es susurrar esa palabra, siento que es la única que importa, la única que puede darme lo que siempre me ha parecido inalcanzable.

—Me gusta mucho oírte decir mi nombre. Mucho. —Besa el pecho igual que ha besado mis labios y lo suelta de repente, aunque sollozo él no se detiene ni rectifica y sigue hacia el otro pecho. Gracias a Dios—. Puedes hacerlo mucho mejor. Dime qué quieres que haga, dime qué...

—Tócame.

Noto su sonrisa encima de mi piel.

—¿Aquí?

Presiona la mano encima de mi sexo.

—Sí.

Mueve los dedos de nuevo, no aparta la ropa interior, en realidad entre mi postura y que aún llevo también los pantalones, Salvador tiene poca movilidad. No sé qué haría si la tuviera, cada presión va acompañada de un beso, de un mordisco, de la caricia de su lengua por mi pecho o por el cuello.

Pequeñas gotas de sudor me resbalan por la espalda, mis uñas dejarán marcas en ese sofá de piel, mi cuerpo está al borde del colapso. No puedo respirar, mis pulmones se ahogan de deseo y tengo la garganta seca de la cantidad de gemidos que la han cruzado. No me atrevo a llegar al final, intuyo que será maravilloso, intenso, y tengo miedo. Tengo miedo de caer demasiado pronto y demasiado rápido, de no poder recuperarme.

—No, Candela, no retrocedas. Puedes hacerlo —susurra Salvador.

—Yo...

Una luz blanca aparece tras mis párpados, oigo el latido de mi corazón sacudiéndome, quiero soltarme, quiero dejarme ir.

Salvador coloca una rodilla entre mis piernas y pega su torso al mío con cuidado de no apoyar su peso encima de mí.

—Estás preciosa, Candela.

Me aparta el pelo de la cara y al sentir el calor de su piel vuelvo a gemir.

Sus labios son el último empujón, mi cuerpo se estremece al llegar a ese orgasmo que convierte en absurdos todos los anteriores de mi vida. Salvador me besa y sigue acariciándome, su mano no se aparta de mi sexo, lo presiona, lo acaricia. Su corazón late pesadamente contra el mío y en algún instante, durante la caída a este precipicio, siento que van al unísono.

Cuando dejo de estremecerme, él se aparta de mí con cuidado y levantándome en brazos intercambia nuestras posturas. Salvador está

sentado en el sofá conmigo en el regazo y me acaricia el pelo al mismo tiempo que me besa con ternura los labios.

—Has estado magnífica, Candela.

—Yo —tengo la voz ronca— nunca había hecho algo así.

—Yo nunca había dejado que nadie me viese con uno de mis dolores de cabeza.

Levanto el rostro y le doy un beso en la mandíbula.

—¿Aún te duele? —Apoyo la mano en su torso, encima del corazón. Esos latidos de algún modo los he descontrolado yo.

—No, digamos que ahora mismo la cabeza es lo último que me preocupa. Pero se me pasará.

Tardo unos segundos en comprender a qué se refiere y cuando lo hago me pregunto cómo puedo haber ignorado la erección que prácticamente tengo bajo las nalgas.

—Oh, lo siento, yo...

Él coloca un dedo sobre mis labios.

—Tú has estado perfecta, Candela. No te preocupes por mí. Aún no estamos preparados para nada más.

—¿Qué quieres decir con eso? Antes ya lo has dicho y tampoco lo he entendido.

—No me hagas caso.

Termina de abrocharme la camisa y, tras un último beso en los labios, me levanta y sale de debajo de mí para incorporarse. Yo sigo sentada en el sofá, mis rodillas aún no han vuelto de la tierra de los orgasmos mágicos, siguen correteando con unicornios y otras criaturas mitológicas que no creía que existieran.

Hace una semana jamás me habría creído que podría sucederme algo parecido.

Hace una semana, en el caso de que me hubiese sucedido algo así, ahora no abriría la boca y sencillamente le seguiría la corriente a Salvador.

Yo no soy la misma de hace una semana.

—¿Por qué haces esto?

Me pongo en pie y tras abrocharme el pantalón me aparto el pelo de la cara para poder mirarlo bien a los ojos.

—¿El qué?

—Esto, no contestar a las preguntas que no te interesan y hacer comentarios misteriosos que no entiendo.

—Todas tus preguntas me interesan, Candela.

—Eso no es ninguna respuesta.

Se está enfadando.

—¿Qué quieres que te conteste?

—¿Por qué dices que no estamos preparados para hacer algo más? ¿Qué crees que quiero? ¿Crees que si nos acostamos te exigiré que te cases conmigo o que te demandaré por acoso?

—No, por supuesto que no creo nada de eso.

—¿Entonces a qué vienen esas frases?

—Todo esto ha sucedido demasiado rápido.

—Pues has empezado tú.

La frase suena infantil, pero es la pura verdad, yo le he imaginado desnudo y le he acariciado el pelo, vale, pero ha sido él el que ha empezado a besarme.

—Lo sé. Lo siento.

La puerta del despacho se abre y se me desencaja la mandíbula. ¡Ha estado abierta todo este rato! Habría podido entrar cualquiera y... me falla la respiración solo de pensarlo y aunque ahora estoy completamente vestida me aparto de donde está Salvador de un salto.

—Buenas noches, creía que el despacho estaba vacío. Lo siento.

La señora se disculpa y Salvador habla con ella, yo no me veo capaz de intentarlo, me pondré a balbucear y acabaré haciendo el ridículo. Me pongo el abrigo y compruebo que lo tengo todo en el bolso.

—Será mejor que me vaya, se ha hecho tarde.

—Te acompaño.

—¡No! —Levanto incluso una mano para detenerlo y él arruga las cejas—. No —corrijo el tono—, no hace falta. No vivo lejos.

Él sabe dónde vivo, así que esa última frase no hacía falta.

—Quiero acompañarte —insiste.

—Y yo prefiero que no lo hagas, Salvador. Quiero ir sola, llevo haciéndolo durante años.

—Estás enfadada —sugiere.

—No, no estoy enfadada.

Salvador se acerca, la distancia parece molestarle, y me mira a los ojos.

—Estás enfadada porque te has dado cuenta de que la puerta estaba abierta. Lo entiendo, pero tienes que saber una cosa, jamás habría permitido que alguien te viese así. A esta hora ya no queda nadie en esta planta. Pero aunque hubiese habido alguien, te habría protegido.

¿Cómo? ¿Por qué?, quiero preguntarle. Yo también estaba aquí, podría haberme preocupado antes por la dichosa puerta. Ha empezado él, o yo, da igual. No quiero seguir analizándolo.

—Me voy a casa, Salvador.

Me pongo de puntillas y le doy un beso en la mejilla, él no se lo esperaba y se queda completamente inmóvil. Aprovecho para salir tras susurrarle buenas noches y en el ascensor sonrío, me gusta no ser la única que se queda descolocada.

8

Ayer por la noche, de camino a casa, decidí que, si bien lo que había pasado en el despacho de Salvador había sido una de las experiencias más sensuales de mi vida, no iba a analizarla. Pasó. Fue increíble. Los orgasmos que te hacen perder el sentido existen. Viva.

La vida sigue.

Dado que no quedamos en nada, esta mañana me he despertado temprano y he ido al trabajo como siempre. Me fui tan rápido de Olimpo que ni se me ocurrió preguntarle a Salvador qué teníamos previsto para hoy. Otra cosa que tengo que recordar: esto es un trabajo, lo de pasar el día entero con él es como preparar la documentación para un artículo de investigación. Es una obligación y *no* es real.

Como los Reyes Magos.

—Buenos días, Paco.

—Buenos días, señorita.

Hoy he venido andando, un par de chicos me han mirado por la calle y creo que un grupo de chicas, que tenían el aspecto de haber venido a la ciudad de compras, me han reconocido. No me han dicho nada, me han mirado y han empezado a cuchichear entre ellas. No sé si las cosas cambiarán, si a medida que vayan pasando los meses la gente se atreverá a hablarme. Tampoco sé si estoy preparada para ello.

Es pronto, comparto el ascensor con dos hombres trajeados que tras darme los buenos días de rigor se ponen a conversar entre ellos. Bajan antes que yo y se despiden de un modo rutinario. La sexta planta está desierta y camino tranquila hasta el despacho de Salvador, durante medio segundo me he planteado si debía dirigirme a la planta de *Gea*, pero de inmediato he decidido que no. Mi mesa está allí, en su despacho, y yo no tengo miedo de...

—Buenos días, Candela.

Mierda, se suponía que él no iba a estar, que yo iba a sentarme en mi mesa y, cuando él llegase, me encontraría trabajando. Lo había imaginado a la perfección, él entraría y yo lo saludaría sin apartar la mirada de la pantalla del ordenador.

En cambio ahora estoy a punto de tropezarme con mis propios pies, y eso que llevan veintiséis años pegados al final de mi cuerpo.

—Buenos días.

Hoy lleva camisa blanca y corbata negra, y en el respaldo de la silla se encuentra la americana. Yo esta mañana me he puesto un vestido, me llega hasta la rodilla y es de un estampado de flores. Encima llevo una chaqueta de lana verde, el abrigo me lo he quitado en el ascensor y lo tengo doblado colgando del bolso.

—Tengo una reunión en la planta de Hermes dentro de media hora, he pensado que si llegabas a tiempo podías acompañarme.

—Aquí estoy. —Dejo el abrigo y me siento en mi sitio mientras enciendo mi ordenador, no quiero quedarme de pie esperando a que él siga hablando—. No sabía qué planes teníamos para hoy.

—Sí, lo sé. Lo siento. Me olvidé de comentártelo. Si prefieres trabajar en el artículo de este mes —el artículo sobre él— o contestar los nuevos comentarios que hay en la página, puedes hacerlo.

—Como dijimos, según las normas de *Los chicos del calendario*, a no ser que sea peligroso o que vulnere la intimidad de las otras personas presentes, tengo que acompañar al candidato durante su jornada de trabajo. Pero si prefieres que no asista a la reunión, no hay problema. Al fin y al cabo, eres el jefe.

La palabra no le gusta y yo intuía que así iba a ser cuando la he dicho, lo que no acabo de entender es por qué lo he hecho. Ah, sí, porque me he convertido en una idiota cuando le he visto con corbata y mi plan de empezar el día completamente centrada se ha ido al traste.

—¿Qué te pasa? Creía que había quedado claro que conmigo no tenías que representar ningún papel, que ibas a ser tú de verdad. ¿A qué ha venido esto de decir que soy el jefe? Sabes perfectamente que contigo no lo soy.

—Déjalo. Supongo que estoy de mal humor porque echo de menos a mis sobrinas —improviso.

Salvador sonríe y afloja la tensión de los hombros, aparta la silla y camina hacia la parte delantera de su mesa, donde se medio sienta.

—Háblame de ellas, ¿qué harías hoy si Lucía y Raquel estuvieran aquí?

No tiene importancia que haya recordado sus nombres. No la tiene.

—Iríamos a ver la cabalgata; esa parte no la echo de menos, asistir a la cabalgata tendría que estar considerado un deporte de riesgo, en serio. Pero después vendrían las dos a mi casa y veríamos una película atiborrándonos de palomitas. Marta las pasaría a recoger por la noche y mañana yo iría a su casa para darles los regalos y ayudarlas a montarlos o a destrozarlo todo.

—Suena bien. Lamento que este año no puedas estar con ellas.

—No pasa nada, las veré dentro de unos días, es solo que... bueno, estos días me están resultando un poco difíciles.

Salvador abandona la mesa y se acerca a mí, alarga una mano y me acaricia la mejilla.

—No pienses en Rubén, no se lo merece.

No estaba pensando en él. En realidad creo que más allá de maldecirlo por haberme tratado como si yo no importase, no he pensado en él ni un segundo. No quiero que Salvador piense que lo he hecho y voy a decírselo cuando la puerta se abre y entra Sergio.

—Buenos días, he repasado los datos que me pediste, Salva, la información es correcta. —Levanta la vista de los papeles que lleva en la mano—. Lo siento, Cande, no sabía que habías llegado. Buenos días.

—Buenos días.

—Gracias, Sergio. —Sin apartarse de mí, Salvador se gira para hablar con el recién llegado—. ¿Crees que podrías mandarme la información que te pedí de Napbuf antes de irte?

—Por supuesto, ningún problema.

—No hace falta que me esperes —sigue Salvador—, mándamela por correo y te vas. No quiero que pierdas el avión por mi culpa.

—No lo perderé.

Es la primera vez que veo a Salvador relajado con un empleado de Olimpo. Él siempre es educado y cordial, no es de la clase de jefe sobre el que circulan historias horribles, más bien es de la clase de jefe a la que la gente respeta, pero aun así, el peso de su apellido, la fama de arisco de su padre y antiguo director del grupo y que él mismo sea prácticamente un misterio, consigue que los empleados mantengan siempre las distancias con él. De repente pienso que debe de ser muy difícil ser Salvador, estar siempre rodeado de personas que en cierto modo no quieren acercarse a ti. Me gusta que Sergio no sea así y que lo trate como si existiese cierta amistad entre ellos.

—Bueno, pues por si acaso no te veo luego, buen viaje. —Salvador se dirige entonces a mí—. ¿Vienes a la reunión?

—Claro. —Me levanto y en un acto reflejo me llevo la libreta y un lápiz conmigo—. Que tengas buen viaje, Sergio.

—¡Gracias, Cande! —tiene que subir la voz porque Salvador y yo ya estamos en el pasillo.

—Supongo que sabes a qué se dedica Hermes.

—Es el sello de narrativa de la editorial —contesto.

—Sí, mi padre eligió ese nombre porque es el dios mensajero. Nunca me ha gustado.

No sé si se refiere al nombre, a la editorial en sí misma o a su padre.

—No es muy original —opto por decir también sin concretar.

—No, no lo es. Era la niña de los ojos de mi padre, aún lo es.

—¿Tú tienes alguna preferida?

—Dicho así suena como si estuviéramos jugando al Monopoly o como si yo fuera uno de esos multimillonarios de las películas americanas.

—¿Y no lo eres?

Ríe sin ganas.

—No, no lo soy. Aunque sí, mi familia tiene dinero y sé que hay momentos en los que tenerlo o no tenerlo puede marcar una gran diferencia. Por eso nunca frivolizo sobre ello.

Odio la persona que ha pulsado el botón del ascensor en la quinta planta y nos obliga a detenernos. Salvador deja de hablar en cuanto aparece el recién llegado y le da los buenos días. Hermes se encuentra en la segunda planta, Salvador me presenta sin darles la oportunidad de hacerme demasiadas preguntas y corta de raíz el tema de *Los chicos del calendario* cuando la directora de Hermes, Montse, intenta sacarlo.

La reunión es larga y un completo desastre. Salvador está hermético, adopta una postura que hasta ahora no le había visto nunca, una mezcla entre frío y autoritario. El nombre del padre de Salvador, el señor Barver, aparece muchas veces y en cada una de las ocasiones Salvador entrecierra los ojos y aprieta los dedos. Es como si ese hombre estuviera allí y su presencia pusiera a Salvador a la defensiva.

—¿Puedo? —susurra en voz muy baja refiriéndose a mi libreta y a mi lápiz. Mantiene la vista hacia la persona que está hablando pero ha apoyado los dedos sobre la Moleskine.

—Claro.

Deslizo el cuaderno hacia él mirándole de reojo.

—Gracias.

Sonríe y escribe, cuando vuelve a levantar la cabeza para mirar al encargado de prensa de Hermes, la sonrisa ha desaparecido.

—Ha sido una explicación muy extensa —dice Salvador cuando el último interviniente se sienta—. Gracias a todos por haber sido tan meticulosos con vuestro trabajo. Gracias, Montse, por haber supervisado a tu equipo hasta el último detalle. —Tengo la sensación de que esto no ha sido un piropo—. Voy a tomarme unos días para repasar vuestras propuestas y analizar el catálogo que propones para este año. Te diré algo lo antes posible. Gracias de nuevo a todos.

—El señor Barver nunca cuestionaba mi catálogo. Ya he hecho algunas ofertas.

—El señor Barver hacía las cosas a su manera. Yo revisaré la propuesta de catálogo de Hermes como cada año. Estoy seguro de que ya lo tenías previsto. Gracias, Montse.

Sentiría lástima por ella si no creyera que se tiene bien merecido lo que le está pasando. Ha estado toda la reunión alabando al señor Barver e insinuando descaradamente que Salvador no era digno sustituto.

—Bueno, será mejor que volvamos todos al trabajo —anuncia Montse incómoda al ver que todos sus empleados están mirándola—. Tenemos mucho que hacer.

Huyen de la sala despavoridos, me imagino que Montse es de la clase de superior que hace pagar a los demás sus errores. Marisa no es santo de mi devoción, pero no es tan malvada.

—Quiero proponerte algo —me dice Salvador cuando volvemos a estar en el despacho. Él se ha detenido y se ha girado hacia mí para mirarme—. Y quiero que lo pienses bien antes de negarte.

—¿Por qué iba a negarme?

—Vas a negarte y luego voy a convencerte de que aceptes.

—¿Ah, sí?

—Sí, porque no quiero que te niegues, quiero que digas que sí. Será fantástico, es justo lo que necesitamos.

—Tal vez, ¿por qué no me dices de qué estás hablando? ¿Te has fijado que lo haces muy a menudo?

—¿El qué?

—Eso. Ser misterioso.

—Yo no soy misterioso.

—Dime qué quieres proponerme, Salvador.

—Ven conmigo esta noche. —Abro los ojos y le pido a mis pulmones que respiren despacio—. Has dicho que me escucharías. Mi hermano y yo vamos a pasar la noche en casa de mi madre en Puigcerdà, ven con nosotros. Vamos.

—Yo... gracias, pero no quiero entrometerme. Sé que eres el chico de enero y que según las normas de *Los chicos del calendario* tenemos que pasar prácticamente las veinticuatro horas del día juntos, pero dijimos que había excepciones y hoy es un día especial. Tú vas a pasarlo con tu familia y...

—No te entrometes y no te estoy invitando para cumplir con las normas de *Los chicos del calendario*. Sé que tenemos que pasar el mes juntos y sé que hay excepciones, esto no tiene nada que ver con el concurso. Créeme. Te estoy invitando porque quiero que vengas. Quiero estar contigo.

—Pero tu madre, tu hermano...

—Sabía que ibas a hacer esto —suelta el aliento y parece pensar en algo, como si se le hubiese ocurrido una idea de repente—. Espera un momento. —Se aparta y se dirige hacia la puerta—. Cierro porque sé que ayer te preocupaste cuando descubriste que la puerta estaba abierta, no porque a mí me importe que alguien nos pille besándonos.

¿Besándonos?

Me sujeta la cara con las manos y me besa sin dejar de andar. Mi espalda choca con la ventana y Salvador aparta la boca solo un segundo de mis labios.

—Lo siento.

¿El qué? ¿Hacerme perder el sentido con esos besos?

Busco algo en lo que sujetarme para no caerme, las solapas de la americana resultan ser de lo más útiles. Él pega el cuerpo al mío y con la lengua seduce mi mente hasta crear imágenes que nunca antes había soñado. Imágenes sensuales que quiero hacer realidad con él. Una mano me sujeta por la cintura, me empuja levemente contra el cristal para evitar que me mueva, la otra mano pasa sinuosamente por encima de mi cuerpo.

—Quería besarte esta mañana —susurra él antes de lamerme el cuello—. Casi me vuelvo loco.

—Salvador...

—No pienses en si es lo correcto. No intentes imaginarte qué significa o si significa algo. Solo siente y deja que yo te sienta.

Me levanta el vestido con la mano y por encima de las medias me acaricia el muslo hasta llegar a las nalgas, la lycra no impide que sienta el tacto de su piel. Se pega a mí, sentir que él está tan excitado como yo hace que se me encoja el estómago. Nunca me había sentido tan valiente, tan fuerte como cuando él me besa.

—Salvador, yo...

Me muerde los labios y me besa apasionadamente. Yo aparto las manos de las solapas de la americana y busco su rostro. Quiero tocarlo y hacerle perder la razón como él a mí.

—Ven conmigo, Candela.

Lo suelto de repente, el corazón se me ha detenido.

—¿Me has besado para manipularme?

Lo aparto, la acusación le sorprende tanto que retrocede. Arruga las cejas y me mira furioso.

—No puedo creerme que hayas dicho eso. No. No te he besado para manipularte, Candela.

—¿Por qué me has invitado a pasar la noche de Reyes en casa de tu madre? —Me mantengo firme. Tengo que mantenerme firme—. Ayer por la noche dijiste que todo esto iba demasiado rápido.

—Y va demasiado rápido, joder. ¿Acaso no lo ves? —Se frota la frustración del rostro—. Y sigue siendo demasiado pronto para que puedas entenderlo.

—¡Lo ves! Ya lo estás haciendo otra vez, dices estas frases sin sentido y esperas compensar la falta de información con esos besos que me roban el sentido y que me impiden pensar en nada que no sea arrancarte la ropa. No es justo. ¡Y no sonrías!

—No estoy sonriendo.

Está sonriendo.

—Estás sonriendo.

—Vale, solo un poco. —Suelta el aliento y vuelve a acercase a mí. Me sujeta de nuevo el rostro y besa suavemente mis labios—. Te he pedido que vengas con nosotros porque quiero estar contigo —suelta un poco el aire— y porque no me gusta, no soporto, la idea de que pases esta noche y mañana sola. Quién sabe qué serías capaz de hacer, hasta podrías grabar otro vídeo.

—Ja, muy gracioso.

—Di que vendrás conmigo. Yo te he dicho el verdadero motivo por el que te he invitado, ahora te toca a ti ser sincera. No lo analices, no pienses en las normas de *Los chicos del calendario*, solo piensa en si quieres venir o no.

Obviamente me da un miedo atroz conocer a su madre y a su padrastro, por no mencionar el pequeño detalle de que dormiremos y nos despertaremos en la misma casa. Y en el día de Reyes, uno de mis preferidos de estas fiestas. Me da un miedo atroz y me muero de ganas de aceptar.

—Iré contigo. Gracias por —un beso brusco me interrumpe— invitarme.

—Gracias por aceptar. ¿Qué te parece si salimos de aquí y vamos a comer algo?, después iré a mi casa a por mis cosas, pasaré a buscar a Pablo y después iremos a por ti.

Comemos algo rápido, se nota en la calle que es el último día para hacer las compras y hay gente cargada con bolsas por todas partes. Durante el almuerzo hablamos de la reunión, deduzco que Salvador quiere introducir cambios en el sello editorial y que Montse no se lo está poniendo fácil. No habla de su padre, esquiva esas preguntas con la misma rapidez y efectividad que las que le hago sobre sus motivos por haber accedido a ser «el chico de enero» o sobre esas frases extrañas como que no estamos preparados para dar otro paso.

Al parecer el sermón que me solté a mí misma anoche sobre que todo esto no debía importarme no ha surgido efecto. Aprovecho la salida del restaurante para decirle a Salvador que me voy a casa, él se ofrece a acompañarme y la aparición de uno de los directivos de Olimpo en plena calle me salva de rechazarlo.

Los artículos que publica *Gea* sobre cómo hacer la maleta perfecta para una escapada o qué debes llevarte a la montaña nunca han captado mi atención, así que recurro a mi arma secreta: Abril.

—¡Hola, Cande! ¿Ya has terminado de escribir tu carta a los Reyes?

—¿Dónde estás? Casi no te oigo, hay mucho ruido.

—Manuel me ha llevado a un concierto, espera un momento que voy al baño. Allí habrá menos ruido. Espero.

Por entre los gritos creo oír una puerta metálica, como de garaje, que se abre y la voz de Abril diciéndole a alguien que vuelve enseguida.

—Ya está —me dice—, ¿ahora me oyes?

—¿Manuel? ¿Manuel el camarero que no paraba de traerme *gin-tonics*? ¿El mismo que podría ser...?

—Si dices que podría ser mi hijo, te juro que...

—Que podría ser modelo, eso es lo que iba a decir.

—Seguro. Dime, ¿qué tal estás?, ¿cómo va todo?

—Bien. —«Salvador me ha besado y me ha dado el mejor y mayor orgasmo de mi vida. Creo que vi unicornios y cada vez que lo veo quiero arrancarle la ropa»—. Me voy a pasar la noche de Reyes con Salvador y su hermano en Puigcerdà y no sé qué meter en la maleta, necesito tu ayuda.

—¿Qué has dicho?

—Que necesito tu ayuda para hacer la maleta.

—No, lo de Salvador y su hermano y Puigcerdà.

—Pues eso, que me voy a Puigcerdà. No hay nada más.

—¿Nada más? Tú explícamelo y ya decidiré yo si hay o no hay.

—Es el chico de enero y las normas de *Los chicos del calendario* establecen que tenemos que pasar los días juntos.

Soltarle a Abril la excusa de las normas del concurso me va de perlas, pero en mi cabeza no dejo de oír a Salvador.

«Te he pedido que vengas con nosotros porque quiero estar contigo y porque no me gusta, no soporto, la idea de que pases esta noche y mañana sola.»

—¿Barver te lleva a la casa que su madre y su padrastro tienen en Puigcerdà, donde además estará su hermano, y tú crees que lo ha hecho porque es el chico del calendario? Estás loca.

—Abril, te juro que solo es por eso. Vamos, ayúdame a hacer la maleta. Él y Pablo pasarán a buscarme dentro de un rato.

—Pablo y Barver pasarán a buscarte.

—Sí, vamos, céntrate. Necesito tu ayuda.

—Pon lo que quieras en la maleta. Es solo una noche y el día de mañana. Abrígate bien y píntate un poco. No necesitas mi ayuda, Cande, diría que lo tienes todo controlado.

—No sé a qué te refieres.

—Pásatelo bien y sé buena o los Reyes no te traerán nada y, por lo que más quieras, ten cuidado con Barver, ¿vale?

—No te preocupes, lo digo en serio, deja de preocuparte por mí. Disfruta del concierto y saluda a Manuel de mi parte.

—Lo haré. Te llamo en unos días. La semana que viene no tengo ninguna sesión fuera de la ciudad y quiero que me pongas al día de todo.

Abril cuelga y yo saco una bolsa de viaje que me regaló mi madre hace unos años y que apenas he utilizado, es de suave piel marrón y siempre me ha gustado su tacto. La lleno con dos pantalones, soy previsora, no neurótica, calcetines, ropa interior (elijo adrede la más cómoda y blanca que tengo), unas camisetas y mis tres jerséis preferidos. Después coloco encima el pijama, una chaqueta para ponerme encima, las zapatillas y voy al baño a preparar el neceser. Meto el pintalabios que me regaló Abril, perfume, mi maquillaje para tapar las ojeras y poco más. Busco otro par de guantes, los que utilizo normalmente siguen en el bolsillo del abrigo de Salvador, mi bufanda más espesa y un gorro.

El timbre del interfono suena justo cuando estoy repasando mentalmente si me he dejado algo.

—¿Sí?

—Soy Pablo, mi hermano no puede aparcar, la ciudad ha enloquecido con la cabalgata. ¿Puedes bajar? ¿Estás lista, Cande?

Lo estoy.

El camino hasta Puigcerdà transcurre con los tres hablando sin cesar. Salvador se ha quitado el traje y ahora lleva vaqueros y otro de sus jerséis negros, Pablo viste de un modo muy similar al día que lo conocí, aunque hoy me doy cuenta de que tiene un tatuaje en el brazo.

—¿Puedo preguntarte si el tatuaje tiene algún significado?

—Puedes —sonríe Pablo—, significa que bebí demasiado una noche con mis amigos y les pareció gracioso tatuarme este símbolo chino. Llevan años diciéndome que significa princesa.

—¿No los crees? ¿No has intentado averiguarlo?

—Tiene un miedo atroz de que sea verdad, por eso no lo ha preguntado a nadie. A ti te ha dicho la verdad, Candela, pero normalmente lo utiliza para ligar.

—¡No! —me río.

—Sí, confieso que es verdad. Tengo que recurrir a todas mis armas. Lo que pasa es que Salva está celoso, mi tatuaje es más sexy que el suyo.

—¿Tú tienes un tatuaje?

Salvador aprieta las manos alrededor del volante y Pablo sonríe satisfecho porque ha conseguido vengarse de su hermano mayor.

—Me lo hice hace años. ¿Tú tienes alguno? —Aprieta más los dedos, oigo el cuero crujir.

—No. Nunca me he atrevido.

—Siempre puedes decirle a tus amigas que te lo hagan el día que estés borracha —bromea Pablo—, pero deja bien claro qué quieres, no vaya a ser que acabes con un Piolín tatuado en el culo.

—Abril sería capaz de eso y de algo mucho peor.

A partir de ahí, Salvador aprovecha para desviar el tema —otra vez—, aunque no me importa porque la anécdota que cuenta sobre la primera vez que Pablo se emborrachó y vomitó en el cajón de la mesilla de noche de su dormitorio es muy divertida.

La casa de la madre de Salvador no está en la ciudad sino escondida entre dos pequeñas montañas. Llegamos de noche, las luces de las casas esparcidas por la nieve crean un aire casi mágico. Yo he viajado sentada en la parte de atrás, aunque en Barcelona Pablo ha insistido en que me sentase delante, no he aceptado y me he salido con la mía porque él se ha ocupado de guardar mi bolsa en el maletero. Bajo del coche y camino hasta un pequeño terraplén para observar las vistas, no se ve demasiado, es más una sensación, como la de entrar en un cuento de hadas.

—Tú y tu manía de no abrigarte.

Salvador aparece a mi lado y me pone un abrigo, el suyo, sobre los hombros. Sin apartarse, coloca una mano en mi cintura y me pega a él.

—Gracias.

Lo oigo respirar y aprieta ligeramente los dedos.

—Ha quedado perfecta —dice Pablo a mi espalda—, si me das tu número de teléfono, Cande, te la paso.

—¿El qué?

—La foto que os he hecho. No he podido resistirme.

Le digo el número sin buscar el móvil y sin darme media vuelta, Salvador no me ha soltado y me gusta estar así, sin hacer nada, absorbiendo su presencia a mi lado bajo las estrellas.

—Será mejor que entremos. —Salvador se aclara la garganta—. Iré a por nuestras cosas.

Pablo me acompaña hasta la entrada de la casa mientras Salvador saca del coche las bolsas de viaje. Es una casa antigua de piedra caliza y madera, unos escalones la separan del suelo y crujen bajo mis botas. Pablo abre la puerta.

—¡Ya hemos llegado! ¿Mamá, papá? Pasa, Cande —me invita. Salvador se coloca entonces detrás de mí y termina de darme el último empujón. Yo aún llevo su abrigo encima de los hombros y él, tras soltar las maletas, se sopla aire caliente en el hueco de las manos.

Estamos en el salón más bonito y cálido que he visto nunca, hay una chimenea con el hogar encendido al fondo y los sofás son de piel y están repletos de cojines y mantas. El suelo está cubierto por una alfombra y en el centro hay una mesa llena de libros y de revistas que se ven desordenados y leídos.

—¡Hola, chicos! —Una señora aparece por el pasillo que deduzco conduce al resto de la casa. Se parece a Pablo, aunque sé que no tiene sentido, tiene el pelo castaño y es más alta que yo. Cuando sonríe dibuja la misma mueca que Salvador—. ¿Por qué no me habéis llamado para avisarme que estabais a punto de llegar?

Rodea a Pablo por el cuello y él la levanta del suelo para darle un beso en la mejilla.

—Estábamos hablando y se nos ha pasado, lo siento, mamá.

—No importa —dice al volver al suelo. Me ha visto mientras se acercaba, pero ahora me mira directa a los ojos—. Hola, soy Rita.

—Yo soy Candela, muchas gracias por invitarme. Lamento molestar en unas fechas tan familiares.

Rita me sonríe y me inspecciona con la mirada durante unos segundos.

—Es un verdadero placer —dice al fin tendiéndome la mano—. Me alegro de que estés aquí.

—Hola, mamá.

La voz de Salvador me acaricia la espalda. Rita me suelta la mano, lo que me ayuda a calmarme, y abraza a Salvador igual que ha abrazado a Pablo. Creo que la oigo preguntar a Salvador si está bien, pero no estoy segura y tampoco oigo su respuesta.

—Bueno, habéis llegado justo a tiempo para cenar. ¿Por qué no vais a dejar vuestras cosas mientras yo acabo de prepararlo todo?

—¿Dónde está papá? —Pablo está subiendo por la escalera que hay en una esquina del salón.

—¿Dónde quieres que esté? Mi marido construye barcos —me explica Rita—, en miniatura, obviamente. Tiene su taller en la buhardilla y a veces creo que tendré que prender fuego a la casa para hacerlo salir.

—Voy a enseñarle a Candela su dormitorio, no tardaremos.

Salvador recoge nuestras bolsas del suelo y me indica que lo siga. Subimos por la escalera de la que Pablo ya ha desaparecido y cruzamos un pasillo de madera oscura muy largo. La casa es más grande de lo que me ha permitido ver la luna desde fuera.

—Cuando mi madre y Luis compraron esta casa estaba en ruinas. Era una masía abandonada. —La voz de Salvador suena tranquila en ese entorno, distinta a cuando está en la ciudad—. Tardaron años en reconstruirla y dejaron que Pablo y yo participásemos en el proceso. Confieso que me salté la parte de elegir grifos y papeles pintados, pero tanto mi hermano como yo tenemos una parte de la casa para nosotros solos.

Se detiene ante una puerta y la abre, me deja pasar primero y enciende la luz.

Es como estar en medio de la montaña.

—Es precioso.

La sala es una mezcla entre una biblioteca y una sala para ver una película. Hay un televisor, unos sofás tan bonitos como los de la planta inferior, y estanterías con libros. Sin embargo lo más espectacular es la pared del fondo completamente de cristal.

—Gracias. Me gusta mucho estar aquí. —Camina hasta una puerta a la derecha de la sala—. Este es tu dormitorio.

Lo sigo y entro, es muy elegante, está decorado en tonos marrones con algún detalle rojizo. Hay una cama de matrimonio, una mesilla de noche que parece antigua con una lámpara de diseño encima y un sillón de cuero.

—Y esta es la mía. —Se coloca frente a una puerta que yo había dado por hecho que era un armario y la abre—. Mi madre me convenció, dijo que algún día sería útil.

—¿Útil?

Me he sonrojado tanto que ya no tengo frío.

—Si tenía hijos, creo que fue lo que dijo. En fin, no te preocupes. Creo que hay una llave en alguna parte —señala el cerrojo—, tendré que buscarla. Nunca paso de un dormitorio al otro por aquí.

—No hace falta. No quería insinuar nada, de verdad.

Ni tenemos quince años ni Salvador es de la clase de hombre que utilizaría una estratagema tan absurda para estar con una mujer.

—El lavabo está allí y esa otra habitación está vacía. —Son las dos puertas que quedan al otro lado de la sala por donde hemos entrado.

—Gracias, todo es precioso. ¿Vienes aquí a menudo?

—No demasiado. —Sale del dormitorio y camina hasta la ventana que da al exterior—. Antes más.

Parece pensativo e inaccesible, tengo ganas de acercarme a él, rodearle la cintura desde la espalda y respirar profundamente. No lo hago porque esa muestra de cariño no sé dónde clasificarla y no quiero volver a confundirme. Pongo la bolsa de viaje encima de la cama y la abro. Hay un reloj en la mesilla de noche y veo que es tarde, le mandaré un mensaje a Marta para que dé un beso a las peques de mi parte. Al encender el móvil veo la fotografía que nos ha hecho Pablo.

Es increíble.

Salvador y yo estamos de espaldas, él tiene el brazo alrededor de mi cintura y yo la cabeza ligeramente inclinada hacia su hombro. Gracias a que los faros del coche aún estaban encendidos la fotografía tiene una iluminación preciosa y por encima de nuestras cabezas está la silueta de las montañas y el cielo lleno de estrellas. Me quedo mirándola, es la foto perfecta para compartir en las redes, sin embargo no quiero hacerlo. Quiero guardármela para mí. Pero no puedo, a este paso lo guardaré todo dentro y cuando termine el mes de enero solo me quedará un gran agujero.

Abro la aplicación de Instagram y pongo la foto sin retocarla, no le hace falta. Llego a un acuerdo conmigo misma; no se nos ve la cara, no es la fotografía de nosotros dos hablando sobre su hermano por la calle o de nosotros montados en la moto. Además, es la foto perfecta para el día de hoy y para responder a todas las preguntas que hemos recibido estos días sobre el chico de enero. Yo he contestado muchos comentarios, tantos como he podido, y creo que empiezo a cogerle el truquillo a twitter. Y debo confesar que es maravilloso sentir que hay chicas y chicos repartidos por todo el país acompañándome en esta aventura.

«El #ChicoDeEnero y el cielo. Felices Reyes Magos #HeSidoBuena #nofilter. #LosChicosDelCalendario.»

Es todo el texto que escribo bajo la foto de las estrellas y voy en busca de Salvador, que sigue de pie frente a la ventana, para enseñársela, siento que tiene que verla.

—Mira, es la fotografía que nos ha hecho tu hermano.

Él se gira y parpadea, ¿se había olvidado de que yo estaba allí? Arruga las cejas y se me forma un nudo horrible en el estómago. Se arrepiente, se arrepiente de haberme traído aquí.

Me sujeta por los brazos y me acerca a él para besarme apasionadamente. Sus ojos se han oscurecido un segundo antes, es la única señal que he tenido de que iba a suceder esto... y ha bastado para derretirme y para acelerarme el corazón. Mueve la lengua, baja las manos hasta mis nalgas y me pega completamente a él.

Jamás he deseado tanto a nadie.

El deseo de estar con él, de tocarlo, de perderme en su cuerpo y de que él se pierda en el mío me nubla la mente hasta hacer que me resulte imposible respirar. Estos besos, las miradas, las caricias, los gestos, es una larga y lenta seducción que no comprendo y que ya no quiero comprender. Solo quiero que termine, que empiece, no lo sé... Busco los labios de Salvador, tiro del jersey que lleva.

—Salvador...

—Candela...

No puedo evitar sonreír al oír cómo pronuncia mi nombre. El temblor que me recorre ahora es más insoportable y exigente que el del deseo. Salvador me gusta, me gusta de verdad. Levanto el jersey y le toco la piel. Por fin.

—¡Salva!, ¡Candela!

La voz de Pablo se entromete y Salvador se aparta de repente y se lleva una mano al rostro. Suelta el aliento. Respira despacio. Yo no puedo apartarme de la ventana en la que sin darme cuenta he acabado apoyada.

—Joder. Lo siento, Candela. Tenemos que bajar a cenar.

No sé interpretarlo, hay momentos en los que creo que puedo ver dentro de él, que poseo la clave para entenderlo, y otros, como ahora, que me resulta completamente ilegible. El problema es que él parece ser capaz de pasar de un Salvador al otro en cuestión de segundos.

—Claro —acepto tras carraspear. Él nota mi confusión, pues no soy tan buen actriz como para ocultarla.

—¿Estás bien?

No lo sé.

—Sí. Vamos. No quiero hacer esperar a tu familia.

9

El padrastro de Salvador, Luis, es encantador. No es difícil adivinar que está loco por su esposa Rita y por Pablo, y que con Salvador lo une una relación estrecha y muy respetuosa. Salvador se dirige a él por su nombre, lo conoció cuando era un adolescente y es lógico que no lo llame «papá» y realmente la palabra «padrastro» suena horrible.

Durante la cena nadie habla de *Los chicos del calendario* ni de Olimpo, ellos cuatro intercalan conversaciones desordenadas que, por extraño que parezca, me hacen que me sienta excluida pues todos, en especial Salvador, se aseguran de incluirme en ellas. Al terminar, Pablo y Salvador se encargan de recoger los platos y la cocina, y Rita insiste en que me quede con ella y con su marido en la mesa.

—¿Puedo preguntarte una cosa, Cande?

—Por supuesto.

—¿Cómo convenciste a Salva para que participase en *Los chicos del calendario*? —Rita está terminándose una copa de vino y Luis una infusión.

—La verdad es que —bajo un poco la voz— cuando le dije que quería que él fuese «el chico de enero» estaba convencida de que se negaría y echaría hacia atrás el proyecto.

—¿No querías hacer *Los chicos del calendario*? —interviene Luis—. ¿Qué pasa? —añade al ver que Rita lo mira sorprendida—, he visto los vídeos.

—Yo no sabía que mi amiga me había grabado, no dije todo eso para conseguir nada. Lo único que quería era desahogarme.

—Bueno, a veces de las situaciones más imprevistas suceden las cosas más maravillosas —señala Rita.

—Tal vez.

—¿Puedo hablar contigo un momento, Salva? —Rita ha levantado la vista hacia la puerta de la cocina por donde acaban de salir los dos hermanos.

—Claro.

—Pablo, ven a la buhardilla, quiero que me ayudes a...

—No hace falta que me lo expliques, papá, te ayudo, pero no me cuentes que el mástil de un barco del siglo catorce tenía un grosor distinto al de uno del siglo diecisiete.

Les doy las buenas noches y las gracias de nuevo por haberme invitado. Subo la escalera hacia el dormitorio con la sensación de que Salvador me está observando, no me giro porque es una tontería y porque me siento bastante orgullosa de mí misma por no darme media vuelta, a lo *femme fatale* de las películas. Es una sensación agradable, el viaje en coche, la fotografía, el beso, esta casa, no acaban de ser reales y al mismo tiempo es lo más real que me ha sucedido en mucho tiempo. No es mal regalo para la noche de Reyes.

Hay veces que te despiertas de repente, como si alguien te empujara de la cama, y te sobresaltas. Otras veces es un proceso lento, notas un cosquilleo en alguna parte del cuerpo y este se extiende despacio por el resto. Y hay momentos en los que sabes que tienes que despertarte, abres los ojos porque sabes que tienes que estar en otra parte y que no puedes perder ese instante en la cama. No me refiero a tener que asistir a una reunión o cuando no duermes porque tienes miedo de perder el avión. No, es la certeza de que tienes que estar en otro lugar. Con otra persona.

No hay ruido, es lo primero que pienso al abrir los ojos en plena noche, en Barcelona siempre se oye algo, un vecino duchándose, una moto sin silenciador, unos tacones subiendo por la escalera del edificio. Aquí no se oye nada y se ven las estrellas; me olvidé de cerrar las cortinas, me tumbé en la cama para... no sé, pensar, quizá, debí quedarme dormida. No me ha despertado ni el ruido ni la luz. Sencillamente sé que tengo que estar despierta.

Salgo de la cama y camino descalza hasta la puerta que dejé sin cerrar del todo. En el sofá de la salita está sentado Salvador, lleva un pantalón de pijama a cuadros azules y una camiseta blanca. El detalle me hace sonreír.

—Tu pijama no es negro.

Gira la cabeza hacia mí sin sorprenderle demasiado mi presencia. Aunque no he hecho ruido, me imagino que me ha oído en medio del silencio de la montaña.

—No —sonríe cansado—, ¿te he despertado?

—No, ¿estás bien?

¿Por qué tiene tantas capas? En vez de conocer un chico distinto cada mes, podría pasarme el año entero intentando conocerlo a él.

Un escalofrío se instala en mi estómago y me rodeo el cuerpo con los brazos. Es una idea absurda y no debería de haberla pensado.

—¿Tienes frío? —me pregunta él—. Vuelve a la cama.

Apenas lo oigo, «podría pasarme el año entero intentado conocerlo a él» está rebotando en mi cabeza igual que una piedra al lanzarla plana sobre el agua.

La cuestión es que me prometí que sería valiente, así que voy a serlo. Yo, con mi pijama rojo con zorritos dibujados (me gusta porque tiene un corte masculino y cuando me lo compré me sentí muy sofisticada), salgo por completo del dormitorio y me dirijo al sofá.

—¿Qué haces? ¿Adónde vas? —habla en voz baja, contenida, tengo la sensación de que tanto él como yo intuimos que está a punto de suceder algo y no sabemos cómo vamos a reaccionar cuando pase.

En mi caso es lo mismo que siento cuando tengo que abrir un regalo. Por un lado quiero saber qué hay dentro, espero que sea algo maravilloso, justo lo que quería o lo que necesitaba, pero por otro tengo miedo de llevarme una decepción.

Me detengo, la alfombra marrón claro que cubre el suelo me hace cosquillas en los pies y lo miro confusa. ¿Salvador es un regalo o un trabajo? ¿Es el chico de enero o un chico al que he conocido en el momento más surrealista de mi vida? Es el chico de enero, pero ¿es solo eso?

—¿Adónde voy? —Creo que nos lo pregunto a los dos, a él y a mí misma, ¿adónde voy?

—Sí, ¿adónde vas?

—Iba a sentarme contigo. Pareces preocupado y... quiero besarte.

Salvador cierra la boca y aprieta la mandíbula, no sé si está furioso o atónito. Lo que sé es que la idea no parece hacerle ninguna gracia y que yo estoy preguntándome si esto de ser sincera y arriesgarme vale la pena.

—Quieres besarme.

—Sí.

Sigue sin moverse, así que tal vez debería dar media vuelta y volver a la cama. Mañana le diré que soy sonámbula y que no me acuerdo de nada.

—Candela, si solo quieres *besarme*, será mejor que vuelvas a la cama.

A veces pronuncia mi nombre como si le gustase sentirlo en su lengua, otras lo hace para provocarme, como ahora.

—No.

Una cosa es que yo decida irme y otra muy distinta que lo haga porque él me intimide. No es así y no voy a permitir que él lo crea. Me da igual que Salvador lo tome como un desafío, un reto, o lo que le dé la gana.

—Entonces, ¿por qué no me dices lo que quieres de verdad? ¿De qué te escondes?

—Yo no me escondo. —Me paso las manos por el pelo, espero que no haya visto que me están temblando—. Mira, si no quieres... esto —nos señalo a él y a mí—, no pasa nada. No tienes por qué ponerte desagradable.

—«Esto.» —Tiene las rodillas separadas y las manos entrelazadas en medio con los antebrazos apoyados en los muslos—. Ni siquiera eres capaz de decirlo.

—Yo... —balbuceo. No quiero balbucear—. ¿Qué está pasando, Salvador? Hasta ahora has sido confuso, misterioso, cariñoso, sarcástico e incluso, en algunos momentos, cuando no te das cuenta, divertido, pero nunca cruel.

—¿Yo soy cruel? ¿Y tú?

—¿Yo? —Tengo ganas de sacudirlo a ver si así le quito de encima este humor tan extraño, o quizá si me muevo descubriré que sigo dormida en la cama y este ha sido el sueño más surrealista de mi vida—. ¡¿Yo soy cruel?! —Estoy justo delante de él, la pernera de mi pijama roza sus rodillas—. ¿Cómo? Explícamelo.

—Vuelve a la cama.

—No. Explícamelo. ¿Qué te pasa? ¿Has discutido con tu madre o con tu hermano?

—No. —Se le escapa una risa ronca y mueve la cabeza de un lado al otro—. Tienes que decidirte, Candela.

—¿Yo? Yo te he dicho qué quiero, eres tú el que me ha rechazado y que está en plan héroe atormentado. ¿Es eso? ¿Estás jugando un papel? ¿Es así como ligas?

—Yo no ligo, Candela. Joder. Deja de decir tonterías. —Levanta las manos y me sujeta las caderas con firmeza—. Deja de moverte. Vuelve a la cama.

Estoy furiosa. Furiosa y excitada. Me tiembla todo el cuerpo y me cuesta respirar, casi siento los labios de Salvador en los míos.

—No.

Le sujeto el rostro por debajo de la mandíbula y le levanto la cabeza hacia mí. Busco conseguir lo que él ha logrado con todos sus besos, le separo los labios con la fuerza de los míos y le beso con toda la pasión de la que soy capaz (mucha más de la que creía hasta ahora). No dejo de sujetarle el rostro, aprieto los dedos en las mejillas, noto que tiemblan bajo mis yemas cuando él separa la mandíbula para que podamos besarnos más profundamente.

Salvador muerde mis labios y tira de mí.

Yo lo muerdo a él e intento mantenerlo sentado en el sofá tal y como está. Durante un segundo no sé si nos estamos besando o peleando, sea lo que sea, la ropa me molesta y los gemidos que salen de su garganta y de la mía me están volviendo loca.

Más.

Lo beso más, lo aprieto más, respiro más para ver si así ese perfume a locura, deseo y pasión —y a Salvador— se queda dentro de mí y me ayuda a salir del laberinto en el que no dejo de perderme con él.

—¿Qué quieres, Candela? Quiero que me lo digas.

Dice esa frase y después me recorre el labio con la lengua.

—¿Y tú? ¿Tú qué quieres?

—Ah, no, Candela. —Aparta las manos de la cintura y detiene los dedos en el último botón de la camisa de mi pijama—. Tu has empezado este beso. Este beso es tuyo y también lo que suceda esta noche. Tú decides.

Siento que es una prueba, aunque no sé si es para él o para mí.

—Quiero quitarte la ropa. —Tiro de la camiseta blanca—. Quiero verte desnudo.

—De acuerdo.

Se aparta un poco, suelta mi camisa y levanta los brazos para que yo le quite la camiseta. Creo que podría pasarme horas mirándolo... y tocándolo. Coloco las manos en los pectorales, que Salvador iba a tener un cuerpo de infarto ya lo sabía (basta con haberlo visto vestido un par de veces para asumir que esos trajes o jerséis que lleva no le quedan bien por casualidad), lo que no sabía es que iba a tener la piel tan caliente o cómo me afectaría descubrir que mis caricias podían hacerla cambiar de textura y erizarla.

—¿Qué más?

—¿Qué? —Él ha empezado a desabrocharme los botones y toda mi atención está fija en sus manos. Las mías suben hasta sus hombros y después por el rostro, que él mantiene agachado, hasta el pelo y deslizo los dedos por entre los mechones negros.

—¿Qué más quieres de mí?

—Quiero —se me escapa un gemido porque Salvador ha acabado de desabrocharme la camisa, separa la tela y me besa el ombligo—... quiero acostarme contigo.

Sonríe sobre mi piel, el cosquilleo entra justo por el estómago, me recorre por dentro y termina haciéndome temblar las piernas que aprieto de manera inconsciente como si así pudiera parar la reacción de mi cuerpo.

—No —vuelve a sonreír—, tú no quieres acostarte conmigo.

—¿No?

Desliza le lengua por la cintura del pantalón y levanta las manos para tirar de las mangas de la camisa.

—Suéltame el pelo un segundo. Quiero desnudarte.

Me aparto tan rápido que me tambaleo un poco. Salvador deja caer la prenda al suelo y muy despacio vuelve a sujetarme por la cintura para acercarme a él. Me besa las costillas, respira pegado a ellas, su pelo me hace cosquillas y sus dedos suben y bajan en mi espalda.

—Salvador...

Tengo que aferrarme a sus hombros para no caerme.

—Yo no quiero acostarme contigo. —Un jarro de agua fría no me habría helado la sangre tan rápido. Me escuecen los ojos y tengo que apretar los dientes para que no se me escape nada. Intento apartarme, las manos de Salvador me retienen—. Y tú tampoco quieres acostarte conmigo. Sé sincera, Candela. Puedes hacerlo. Ya has empezado. —Vuelve a besarme el ombligo—. No vuelvas atrás.

—No te entiendo.

No sabrá jamás lo que me ha costado y dolido confesarle eso. En el vídeo ya queda dolorosamente claro que los hombres no son lo mío, no se me da bien seducirlos ni dejar que ellos me seduzcan a mí. Si lo del amor es como ir en bicicleta a mí nunca me han sacado los ruedines y siempre que me caigo me hago daño. A él, a Salvador, un chico que en principio pasa este mes conmigo por cumplir con las normas de un concurso, acabo de mostrarle lo vulnerable que me siento y espero no haberme equivocado.

Pero si me he equivocado, pienso, da igual. Al menos yo estoy aprendiendo a pedalear con más fuerza y seguridad que antes.

—Sabía que era demasiado pronto... —Levanta el rostro tras otro beso—. Mírame, Candela. Yo quiero follarte.

Trago saliva y mi cuerpo, aunque se sonroja en partes que no sabía que podían sonrojarse, se estremece.

—Yo...

—Yo quiero follarte hasta hacerte perder el sentido. Dilo, es lo que quieres, ¿no?

—Sabes que sí.

—Entonces dilo. No digas que quieres acostarte conmigo o que quieres hacer el amor, eso es absurdo.

Salvador sigue sentado en el sofá, es tan alto que a pesar de que yo estoy de pie su cabeza queda a la altura de mis pechos. Ahora la tiene inclinada y está besándome y acariciándome las costillas y el ombligo mientras sus manos me dibujan en la espalda.

—Yo quiero... —*Follar* no es una palabra tan difícil, la he pensado cientos de miles de veces, la he deseado, pero no me sale.

—Dilo.

Levanta la cabeza y atrapa un pecho entre sus labios, lo besa, lo recorre con la lengua y cuando se aparta retiene el pezón entre los dientes.

—Quiero follarte, Salvador.

—Por fin. —Suelta el pecho y se pone en pie para sujetarme el rostro entre las manos—. Ya era hora, Candela.

Que hayamos dicho nuestros nombres es especial, el modo en que él lo dice es especial. El modo en que yo reacciono con él es de otro universo y quizá por eso estoy buscándole más sentido del que tiene.

—No pienses tanto, cariño. —Me echa la cabeza hacia atrás y me besa con mucha más provocación que antes. Fuera lo que fuera lo que retenía a Salvador ha desaparecido—. Me vuelves loco cuando lo haces, quiero meterme dentro de tu mente y entenderte, Candela. Y no debería de ser así. Joder, eres... —me muerde el labio y desliza la lengua por encima de la marca de los dientes— ...demasiado.

Suelto el aliento que no sabía que contenía. Con Rubén y con mis otras parejas siempre hablaba de hacer el amor o como mucho de echar un polvo. Y ellos no están aquí ahora y yo por nada del mundo volvería con ellos así que efectivamente se han convertido en polvo, ese que lanzas a la basura, y amor no lo fueron nunca.

Salvador en cambio no ha utilizado ni una sola vez esas palabras, en realidad tengo la impresión de que le producen urticaria. Él es sincero, honesto y me desea. Me desea mucho, quizá tanto como yo a él.

Entonces, ¿por qué no lo estoy tocando?

—Salvador.

Coloco las manos en su torso, antes solo he podido tocarlo unos segundos, las bajo lentamente hacia el ombligo intentando aprenderme de memoria las zonas que más se erizan a mi paso. Me detengo en la cintura del pantalón y separo los labios para que su lengua pueda perderse en mi boca. Deslizo las manos por debajo de la prenda, acaricio las caderas.

—Dilo otra vez.

—Quiero follarte, Salvador.

—Y yo a ti, Candela. —Otro de esos besos—. Quiero pegarte a esa ventana y follarte mientras miras el paisaje, ¿crees que alguien nos vería desde fuera? —Se me escapa un gemido y aprieto las piernas. Él sonríe al darse cuenta—. Eres más atrevida de lo que crees, Candela. —Un dedo de Salvador baja por mi espalda—. Quiero follarte en esa mesa, en realidad, quiero follarte en todas las mesas que he visto desde que el lunes entraste en mi despacho, ¿me dejarás hacerlo?

Voy a correrme solo con lo que está diciéndome. Dios mío, he empezado a temblar.

—Salvador, por favor...

—Por favor ¿qué?

Me lame el cuello y captura el lóbulo de la oreja con los dientes, lo muerde, lo recorre con la lengua y después sopla y espera a que mi piel me delate.

—Deja de hablar y fóllame de una vez.

Se ríe durante un segundo, esa risa que con toda seguridad acabará conmigo y que impide, aunque él no lo sabe, que esa palabra suene tan frívola. Me da un beso en los labios y me levanta del suelo para llevarme en brazos.

—¿Y la mesa, y la ventana?

Vuelve a sonreírme y camina decidido hacia su dormitorio.

—Después.

Caemos en la cama, él no me suelta y se tumba encima de mí. Los besos cambian, se vuelven tan frenéticos como nuestras respiraciones y mis manos se marean, son incapaces de elegir entre la espalda, el pecho o el pelo de Salvador. La mano derecha de él tira de mi pantalón y cuando levanto las caderas para ayudarlo y mi cuerpo se presiona contra su erección gimo y lo beso más profundamente.

—Desnúdate —le pido.

Salvador acaba de quitarme el pantalón e interrumpe el beso para hacer lo mismo con el suyo. Está de rodillas en la cama, observándome y sé que si fuera cualquier otro sentiría la necesidad imperiosa de tirar de la sábana y taparme. Con él no, con él quiero ser atrevida, quiero hacer realidad todos mis deseos y hacer que él, ¿cómo lo ha dicho antes?, pierda el sentido. Apoyo los antebrazos en la cama para observarlo con la misma intensidad que él a mí, levanto la rodilla derecha y separo las piernas.

—Sí, Candela, enséñame qué quieres de mí.

¿Aún quiere más? Este es probablemente el gesto más atrevido que he hecho nunca.

—¿Qué más quieres?

Seré poco sofisticada, pero tengo el presentimiento de que lo que más le gusta de mí a Salvador es mi sinceridad.

—Tócate, enséñame qué te gusta. Hazlo. —Se acerca a mí y coloca una mano plana en medio de mis pechos—. Quiero verlo.

A él se le oscurecen los ojos y mi corazón está perdido en combate. Él tiene razón, es muy excitante la honestidad.

—¿Y tú?

No quiero ser la única que corra ese riesgo.

—¿Quieres que me masturbe?

Nunca había pensado que ese acto pudiese resultarme erótico, nunca lo había hablado con ninguno de mis novios. Desvío la mirada hacia la erección de Salvador y literalmente se me seca la garganta. Subo los ojos por sus abdominales y veo que están tensos y brillan por el sudor. De repente sé que necesito verlo perder el control y esta es mi oportunidad. Ese cuerpo en pleno orgasmo tiene que ser...

—Sí. —Salvador enarca una ceja—. Sí, quiero que te masturbes delante de mí.

Ya está, lo he dicho y el mundo no se ha acabado.

—De acuerdo.

Baja la mano por mi estómago, la detiene en los rizos que cubren mi sexo y tras una leve presión que está a punto de hacerme gritar de placer la aparta. La habitación sigue a oscuras, la única luz que nos ilumina es suficiente y me sorprende que Salvador se incorpore un poco y alargue el brazo hacia la mesilla de noche que hay al lado de la cama.

Abre el cajón y saca un condón que deja en la sábana junto a mi cadera. Después vuelve a ponerse de rodillas entre mis piernas y apoya la parte posterior de sus muslos en las pantorrillas. Me mira, aunque no me toca siento la caricia del mismo modo y suelta el aliento al mismo tiempo que dice:

—Candela.

Lleva la mano a su erección y empieza a moverla despacio, aprieta los dedos y controla el ritmo, que no la respiración y es ese detalle, esa fractura en la imagen perfecta y erótica de Salvador, la que me lleva a bajar mi mano y acariciarme. Sé hacerlo, me gusta hacerlo, en realidad creo que los mejores orgasmos de estos últimos años han sido mérito mío... y ninguno puede compararse a la sensación de tener los ojos de Salvador fijos en mí.

Suspiro su nombre y cierro los ojos. Si pienso que estoy sola perderé las inhibiciones que me quedan y podré masturbarme como me gusta. Quizá si tengo un orgasmo podré respirar de nuevo.

—Nada de trampas, Candela. Abre los ojos y mírame.

La voz ronca se desliza por entre mis piernas y gimo al mover los dedos por esa zona que sé que me precipita hacia el final.

—Y nada de ir rápido —añade al adivinar mis intenciones.

Él sigue masturbándose, utiliza solo una mano y con la otra se aparta un mechón de pelo que se le ha pegado a la frente. Está muy excitado, una gota de semen brilla en la punta y mis ojos la siguen atentos.

Sin darme cuenta, por pura desesperación, mi otra mano aparece en mis pechos y los acaricio. Levanto las caderas, me tiemblan los brazos y las piernas y nada parece calmarme.

—Salvador, no puedo más.

—¿Y qué quieres?

—Quiero... —Mis dedos quieren ayudarme, encuentran el modo de darme cierto alivio y durante un segundo puedo pensar.

Aparto la mano de mis pechos y busco el condón que él ha dejado antes. Salvador me está observando sin dejar de masturbarse y cuando ve que tengo el paquetito cuadrado sisea:

—¿Qué quieres, Candela?

Rompo el plástico y con unos movimientos que no sabía que era capaz de hacer, le aparto la mano de la erección y le coloco el condón.

—A ti, Salvador.

Apoyo una mano en su hombro para alzarme lo necesario y sujetando la erección con la otra lo guío hacia mi interior.

En cuanto nuestros cuerpos se unen, las manos de él aparecen en mis caderas y me retienen con firmeza.

—Joder, Candela. Por fin.

Sonrío y le doy un beso, le aparto el pelo de la frente, está empapado y empiezo a moverme despacio. En realidad mi cuerpo me pide un ritmo frenético, sé que con dos movimientos bruscos podría correrme y él también. Y sé que sería un orgasmo épico, de esos de los unicornios. Pero quiero más y se me encoge el estómago al darme cuenta de que Salvador me ha hecho querer más.

Subo y bajo lentamente sin dejar de besarlo, los besos son agresivos, los suyos y los míos, y sin embargo las mitades inferiores de nuestros cuerpos se mecen al ritmo de una marea lenta. El contraste es enloquecedor.

Rodeo el cuello de Salvador con las manos y le acaricio la nuca, pego los pechos a su torso, el vello me hace cosquillas y él aprieta los dedos que siguen en mi cintura.

—Candela. —Suena a advertencia, así que obviamente necesito hacer algo más, algo que sacuda y desmonte a Salvador hasta que se quede tan confuso y perdido como yo. Me incorporo un poco, un poco más, su erección se desliza hacia abajo y cuando los dos aguantamos la respiración porque tenemos miedo de que nuestros cuerpos se separen, aprieto los músculos de mi sexo y desciendo hasta que los muslos de Salvador acarician mis nalgas—. Hasta aquí —creo que es la frase que se escapa entre sus dientes

No estoy segura porque entonces las manos de él desaparecen de mi cintura y coloca una en mi nuca y otra en la cama para tumbarme en ella. Él está encima, me mira y sé que nadie me ha deseado nunca tanto. Está inmóvil y siento que él tampoco es así con otras. No tengo modo de saberlo, solo de sentirlo. Lo que estamos haciendo, follar, llámalo como quieras, no es por el concurso, ni porque estemos aquí los dos solos y tengamos ganas de sexo. ¿De verdad solo hace unos días que le conozco? ¿De verdad hace una semana que Rubén se largó de mi vida?

Salvador cierra los ojos y se muerde el labio al mismo tiempo que empuja con las caderas. Gime y tensa los pectorales, es impresionante observar cómo su cuerpo controla el deseo. Es hipnótico y tan erótico que creo que podría llegar al orgasmo solo mirándole. Él vuelve a empujar, se suelta el labio y se lo humedece. Sigue con los ojos cerrados y de repente me duele que no me mire, que quizá intente distanciarse.

Y no voy a permitírselo.

Levanto la cabeza de la almohada y atrapo sus labios con los míos. No soy la única a la que nuestros besos —¡nuestros besos!— le vacían el cerebro. Salvador también debe sentirlo porque me levanta un brazo y después el otro por encima de mi cabeza y me sujeta las muñecas. ¿No quiere que lo acaricie? Bien, lo haré de otro modo, retiro los labios y le recorro el cuello con la lengua. Él no se aparta.

—Dobla las rodillas y separa más las piernas.

Lo hago confusa, mis extremidades se han movido sin pedirme permiso y se lo agradezco. Salvador me penetra aún más, su torso está completamente pegado al mío y él respira junto a mi oído. Sigue reteniéndome las muñecas con una mano y está completamente inmóvil.

Los dos respiramos solo para sobrevivir, giro el rostro y nuestros labios se encuentran y retoman la batalla.

—Muévete, Salvador —susurro desesperada, yo no me puedo mover ni un centímetro con él encima y, aunque es muy erótico, si no alcanzo el orgasmo de una vez, voy a perder el sentido—. Fóllame de una vez o danos la vuelta para que pueda follarte yo a ti. —Me sonrojo, absurdo, lo sé, y me excito aún más. A él le sucede lo mismo y el muy sádico sigue inmóvil—. Joder, Salvador, ¡no puedo más! —No puedo contener las palabras, al parecer es lo único que puedo utilizar para convencerlo—. Quiero correrme. —Empuja levemente y suspiro aliviada, incluso creo que me resbala una lágrima—. Quiero que te corras y quiero correrme contigo.

No sé si dice «por fin» o si ya empiezo a oír cosas, pero Salvador se incorpora un poco, atrapa mis labios en el beso más sensual, húmedo, salvaje y erótico que ha existido nunca y mueve las caderas a un ritmo frenético que solo es superado por el de los latidos de mi corazón.

Gimo, pronuncio su nombre, palabras que no me he atrevido a decirle nunca a ningún hombre salen de mis labios y, cuando mi cuerpo está al borde del colapso buscando ese orgasmo que él ha conseguido retener varias veces, Salvador disminuye la intensidad del beso y lo convierte en el más dulce y lento de mi vida.

Me destroza, no podré recomponerme después de esto.

El orgasmo nace tras mis pupilas, se extiende por el rostro, baja por el cuello y, al llegar a mi corazón, mi estómago y mi sexo, es incontrolable.

Él grita mi nombre, no grita exactamente, dice «Candela» junto a mi oído y a mí se me mete dentro. Tensiona la espalda, me juro que la próxima vez me aferraré a ella, y no deja de mover las caderas hasta que nuestras piernas amenazan con pegarse entre ellas para siempre.

Cuando por fin me suelta las muñecas tardo un instante en abrazarlo y lo que hago primero es acariciarle el pelo y la frente. Salvador suspira.

Ese suspiro me cala demasiado hondo.

Él se levanta de la cama y sale del dormitorio, a través de la puerta veo que enciende la luz del baño. Quizá tendría que levantarme, no quiero hacerlo, mi corazón se ha rendido, mi cuerpo no está por ninguna parte y mi conciencia, cuando se recupere de la impresión, me recordará que él solo es «el chico de enero».

Pero ahora estamos en enero, así que no me muevo de la cama.

Salvador vuelve, sigue desnudo y se acerca a mí para levantarme en brazos. Me preparo para no sorprenderme cuando me deje en mi dormitorio. No me lleva a ninguna parte, solo me aparta para poder apartar la sábana y meterme en la cama.

No digo nada, no puedo decir nada, corro el riesgo de empezar a hacerle preguntas. Él camina hasta el otro lado y se mete también bajo la sábana. Me rodea por la espalda y me abraza. Creía que iba a irse, lo había dado por hecho y me parecía bien. Quizá él ha caminado hasta la puerta con esta intención y al final ha cambiado de idea y ha decidido quedarse. No lo sé y me doy cuenta de que me da igual el motivo de este cambio o si de verdad ha existido o no. Él está aquí y yo quiero dormir con él.

—Buenas noches, Candela.

Me da un beso en el omoplato.

—Buenas noches, Salvador.

10

Sola en la cama.

Sola en la cama la mañana de Reyes, en una cama que no es la mía y en casa de un chico que ahora no está por ninguna parte. Si me hubiese despertado en mi dormitorio, el que Salvador me adjudicó, habría creído que todo había sido un sueño. Sé que no lo ha sido porque aún estoy desnuda y porque hay partes de mi cuerpo que han empezado a echar de menos otras partes del cuerpo de Salvador.

Salvador, el chico que nos ha dejado aquí sin decirnos nada.

Giro la cabeza hacia ambos lados en busca de una nota que sé que no voy a encontrar. Ya es de día, aunque a juzgar por la luz todavía es pronto. Ese dormitorio es casi idéntico al mío, quizá la cama es más grande y hay unos cuantos libros en una de las dos mesillas de noche, pero parece una habitación bastante impersonal. Aun así, me sentiré más cómoda en la mía. Veo el pantalón del pijama en el suelo y me lo pongo aunque sea para dar dos pasos. Al levantarme descubro la camisa del pijama en los pies de la cama.

—No es ningún detalle, no seas idiota, Candela.

Anoche estuvo bien, muy bien, quizá signifique algo, ahora no lo sé y no quiero darle más vueltas. De momento Salvador se ha comportado como un tío más, bueno, lo que ha sucedido en esta cama ha estado muy por encima de la media, ¿por encima? Lo de anoche deja en ridículo cualquier gráfica. Pero la mañana después está siendo muy del montón.

Ataviada con el pijama me siento más la de siempre y no esa chica que ayer hizo de todo con Salvador.

Salvador, que no está por ninguna parte y que me ha dejado tirada después de pasar la noche durmiendo juntos. Durmiendo de verdad, pienso furiosa. Sí, primero *follamos*, ya que a él parece gustarle tanto esa palabra voy a utilizarla, pero después dormimos juntos. Camino decidida a mi dormitorio y veo la cama tal como la dejé hace unas horas.

Solo han sido unas horas.

Miro la hora en el móvil, apenas son las siete, si estuviera en Barcelona ya estaría preparándome para abrir regalos con mis sobrinas. Dado que estoy en medio de la montaña con un chico que ha desaparecido tras *follar* conmigo, lo mejor será que vuelva a meterme en la cama e intente dormir un poco.

Durante unos minutos temo no lograrlo; el cansancio, sin embargo, me demuestra lo contrario.

No despierto hasta que oigo a alguien decir mi nombre:

—¡Cande! ¡Cande! ¿Estás despierta? ¿Puedo pasar?

Es Pablo y, tras parpadear, farfullo un sí y él aparece de repente. Menos mal que me puse el pijama porque no habría tenido tiempo ni de taparme.

—¿Qué pasa? ¿Qué hora es?

—Las doce.

—Oh, lo siento, no quería dormir hasta tan tarde. Me daré prisa en ducharme y...

—Salva no está, el muy gilipollas ha ido a hacer de las suyas. Tienes que acompañarme a buscarlo. Te espero abajo, date prisa.

—Pablo, mira... —Me aparto el pelo de la cara, seguro que parezco un espantapájaros—. No sé qué crees que sucede entre tu hermano y yo, pero te aseguro que no tenemos esa clase de relación.

—No digas gilipolleces. —Se frota el rostro—. Joder, lo siento, es que suelto muchos tacos cuando estoy nervioso.

—Iré a ducharme, tú espérame abajo, ¿vale? No tardaré y puedes contármelo todo mientras me tomo un café.

—Está bien. De acuerdo. —Se da media vuelta para irse, ha entrado tan acelerado que yo ni siquiera he salido de la cama. Se detiene y vuelve a girarse hacia mí—. Gracias, Cande.

En la ducha busco algún indicio de que Salvador ha estado antes allí y no encuentro ninguno, ninguna toalla y los botes de champú, que huelen a Salvador y por su culpa voy a pasarme el día entre excitada y cabreada, no están mojados. Me visto y tras asegurarme de que no tengo ningún chupetón, Salvador fue muy *exhaustivo* con mi cuello, voy en busca de Pablo. Lo encuentro en la cocina con la cafetera lista y dos tazas de café.

—No es que quiera darte prisa, pero tenemos que irnos ya. ¿Llevas zapatos cómodos?

Él lleva botas de montaña y hoy su prótesis está oculta bajo la ropa.

—Sí, ¿puede saberse adónde vamos?

—Ponte el abrigo, la bufanda y los guantes y te lo cuento. Tengo que encontrar a Salva antes de que mamá y papá se enteren.

Le hago caso porque parece preocupado de verdad y abandonamos la casa. Para mi sorpresa no nos dirigimos al coche sino que nos ponemos a andar hacia una de las montañas, el camino no es horrible, aunque me alegro de llevar mis botas más cómodas.

—¿Adónde vamos?

—¿Sabes lo que es el barranquismo o la escalada extrema?

—No, la verdad es que no.

—Son dos deportes que se practican en estas montañas, en verano, básicamente, y siempre con un monitor o con el equipo adecuado. Bien hechas no son peligrosas, siempre y cuando actúes con cabeza y no seas un hijo de puta temerario. Practicar estos deportes en esa época es una locura. —Estamos caminando, vamos subiendo la montaña por una senda—. Y practicarlos sin ningún tipo de protección o de arnés de seguridad es de gilipollas. Te juro que cuando lo encontremos, lo mataré.

—¿Tu hermano está haciendo una de esas cosas? ¿Ahora? ¿Aquí?

Hay nieve y frente a mí veo que el camino por el que estamos caminando está habilitado para ello, pero que cerca hay despeñaderos y paredes de montaña con ganchos de acero incrustados.

—Sí. Mierda. Creía que ya se le había pasado. Mierda.

—¿Ya lo ha hecho antes? —Si lo ha hecho antes, señal que está preparado, me digo para tranquilizarme.

—Hace tiempo. Mierda —repite—, anoche debió sucederle algo. No ha salido porque sí, créeme. Se discutiría con mamá o llamaría alguien de Olimpo. Joder, si llamó el desgraciado de su padre, entonces habrá ido a subir el Everest.

—¿Estás seguro de que está aquí? Quizá haya tenido que ir a la ciudad.

—Su coche sigue aparcado en frente de casa y su traje de neopreno no está. Menos mal que he abierto ese armario por error, porque de lo contrario no habría sospechado nada.

—¿Has intentado llamarlo al móvil?

—Lo ha dejado en casa. Tú eres lo único que se me ha ocurrido utilizar para hacerlo entrar en razón.

—Dudo mucho que pueda ayudarte. —«Quizá tu hermano se ha ido a escalar porque hemos estado juntos», pienso.

—Te ha traído aquí, ¿no?

—Sí, pero solo ha sido por...

—Por nada. ¿Te ha traído aquí sí o no?

—Sí.

—Es lo único que necesitaba saber. Vamos, según lo ofuscado que esté habrá intentado escalar una vertiente u otra. ¿Cómo de cabreado crees que está Salva?

—¿Mucho? —Al parecer se le ha olvidado lo de la sinceridad en cuanto ha *follado*—. No lo sé.

—Empezaremos por aquí.

Giramos hacia unas rocas y dos segundos más tarde aparece Salvador. Va vestido con un traje de neopreno negro, unos zapatos que yo no había visto en mi vida y está empapado, no sé si es sudor o de agua de nieve, y tiene una herida en la ceja y otra en la mejilla.

—¿Qué estáis haciendo aquí?

Pablo realmente tiene que contenerse para no darle un puñetazo, veo que le tiembla el brazo.

—Prometiste que no volverías a hacerlo.

—Solo he salido un rato.

Exceptuando esos segundos iniciales cuando nos hemos encontrado, Salvador no ha vuelto a mirarme. Reparto los ojos entre su hermano y algún punto en el horizonte.

—¿Has salido un rato? Joder, Salva, eres un capullo, lo sabes, ¿no? Por supuesto que lo sabes. —Se acerca a él y le empuja el torso con un dedo—. No llevas los arneses, ni el casco, ni guantes, ni nada, ni tu jodido teléfono. Joder.

—Estás exagerando, Pablo.

—¿Exagerando? —Le golpea la frente con la palma de la mano. La herida de la ceja sangra un poco más—. Unos centímetros más arriba y te partes la cabeza. ¡Joder, Salva! Tendrías que...

—¡Basta, Pablo! Cállate.

Salvador mira a su hermano fijamente y de repente Pablo se gira hacia mí.

—Lo siento, Cande. Tengo que irme a casa antes de que haga o diga algo de lo que me arrepienta. ¿Te importa quedarte con él? Y tú, Salva, hazme un favor, ¿quieres? —Le fulmina con la mirada durante unos segundos—: Espérate aquí, tengo que recordarme que en realidad no quiero matarte.

—Por mí...

—¡Cállate, Salva! Cállate. Joder. Me voy. Vigílalo, Cande, por favor. Si viene detrás de mí, acabaré pegándole.

—Nos quedaremos aquí un rato, descuida —le aseguro tocándole el brazo.

—Gracias.

Pablo se sube el cuello del abrigo y se aleja por el mismo camino por el que hemos venido farfullando insultos a su hermano mayor. Yo podría haberle dicho que me iba con él y dejar a Salvador allí solo, de todos modos él no parece querer mi compañía.

Me he quedado porque si ayer me atreví a desnudarlo, a tocarlo y a mostrarme vulnerable ante él ahora no tengo de qué esconderme. Él quizá sí, quizá por eso se ha ido esta madrugada.

—Tienes sangre en los nudillos —le digo como si no fuera nada.

—He resbalado a media escalada.

—¿Y la herida de la ceja y de la mejilla?

—Soy torpe.

—Pues muy bien que hayas decidido escalar sin equipo en pleno enero, ¿no?

—Sí. Genial.

Camino hasta donde está él.

—¿Tan horrible fue lo de anoche que has decidido jugarte la vida escalando una estúpida montaña?

Salvador entrecierra los ojos como si no pudiera creerse que se lo haya preguntado directamente. Aunque si eso es así, si de verdad lo he sorprendido, lo oculta enseguida.

—Lo de anoche no tiene nada que ver.

—Genial. —Lo imito para ver si así me convierto en el témpano de hielo que es él. De momento no parece funcionar—. Creo que tu hermano ya nos lleva la suficiente ventaja, ¿qué te parece si volvemos y dejas de comportarte como un imbécil? Le has dado un susto de muerte a Pablo y no se lo merece.

—No te metas en mis asuntos.

¿He oído un ruido? Ah, sí, mi corazón idiota se ha escantillado un poco y mis esperanzas de haber encontrado un chico que valiera la pena se han desplumado. Tengo que recordarme que a pesar de la intensidad de anoche aún no le conozco y que entre nosotros... no sé qué existe entre nosotros. Voy a centrarme en lo enfadada que estoy con él por haberse ido sin decirme nada y por haber asustado a su hermano, el resto lo resolveré conmigo misma cuando esté sola.

—Tranquilo, no tengo intención de hacerlo. Por mí puedes irte a escalar el Himalaya en bañador, pero si lo haces ten la decencia de dejarle una nota a Pablo o de llevarte el jodido móvil. —Estoy completamente pegada a él. No sé si ha sido él el que se ha movido o yo. El neopreno está empapado y mi abrigo no me protege ni del frío ni de las chispas que saltan en los ojos de Salvador—. ¿Está claro?

—Clarísimo.

La corteza del árbol que tengo a mi espalda rasca.

El chico que tengo delante tiembla.

Estos son los últimos pensamientos en abandonar mi mente cuando Salvador me besa con rabia y deseo y me pega al pino o a lo que sea que tengo detrás. Yo no lo aparto, yo también estoy enfadada porque me he despertado sola y me ha hecho dudar de lo bien que me sentí anoche por haber sido tan sincera en la cama con él, y porque hace un rato, cuando Pablo me ha explicado esto de la escalada, ha logrado que me preocupase por él.

Los dos estamos furiosos y al parecer a nuestras bocas les importa un rábano y lo único que quieren es besarse y pegarse la una a la otra. Su lengua se enreda con la mía, su sabor es distinto al de anoche, es más intenso o quizá soy yo que estoy convirtiéndome en adicta a él. Nunca había deseado tanto unos besos. La fuerza del de ahora me empuja contra el árbol y la parte posterior de mi cabeza choca con una protuberancia del tronco. Un gemido de dolor sale de mis labios y se entromete en el beso.

—Joder, lo siento, Candela.

Salvador me suelta y da un paso hacia atrás. Está completamente despeinado, mis manos han empeorado el estado en el que esos mechones negros ya se encontraban, y los ojos se le ven mucho más negros que de costumbre de lo pálido que está. Me doy cuenta de que no soporto la idea de que haya salido a escalar una montaña o a lanzarse por un barranco después de haber pasado la noche conmigo y aunque he decidido ser valiente, creo que esta vez no me atrevo. Si le digo que el sexo de anoche ha sido el más intenso de mi vida tal vez se ría o me diga que no me monte películas y estoy harta de sentir que soy yo la que está equivocada. No lo estoy.

—No pasa nada. —El golpe en la cabeza ha servido para que recuperase el sentido y recuerde dónde estamos—. Deberíamos volver.

—Sí, por supuesto.

Me tiende la mano, manda a paseo la calma que he recuperado, y volvemos andando a casa de su madre. Ni Salvador ni yo llevamos guantes y cuando mis dedos se entrelazan con los suyos me sorprende descubrirlos cálidos, esperaba que estuviesen helados como los míos. Inclino la cabeza hacia nuestras manos y veo de nuevo que tiene pequeños cortes en los nudillos, aunque esta está mejor parada que la otra donde una laceración le llega a la muñeca y se mete bajo la manga del traje de neopreno negro.

Nunca había visto a nadie vestido así para hacer esta clase de deportes, siento cierta curiosidad y quizá este tema sea el más seguro ahora. Sin duda prefiero hablar de esta tontería a preguntarle por qué ha salido a subir una montaña con las manos desnudas después de acostarse conmigo.

—¿Siempre escalas con este traje?

—El neopreno es lo mejor contra el agua y el frío, aunque en verano utilizo un traje con manga y pantalón corto.

—¿Y qué haces exactamente? Confieso que no sé demasiado acerca de la escalada.

—La naturaleza me gusta.

Caminamos en silencio, esa última respuesta no me anima a continuar. Él no tiene ganas de hablar y la verdad es que yo prefiero seguir enfadada, así seguro que se me pasa la tontería de lo de anoche. Es normal que me monte películas, el sexo fue espectacular y yo, lamentablemente, no estoy acostumbrada. Pero ahora que lo he descubierto no voy a volver atrás, voy a exigir fuegos artificiales y orgasmos de infarto cada vez que me acueste con alguien, aunque tenga que hacerlo yo sola.

Llegamos a la casa y la observo con tranquilidad por primera vez. Ayer por la noche estaba oscuro y hace un rato he salido escopeteada detrás de Pablo. Es preciosa, el arquitecto que la rehabilitó supo encajar a la perfección las nuevas adiciones al edificio antiguo y el resultado final es espectacular.

—Iré a ducharme —anuncia Salvador al abrir la puerta— y después me disculparé con mi hermano.

Eso último podría no habérmelo dicho, «no es asunto mío».

—No te preocupes por mí, creo que saldré a pasear un rato.

Asiente y me suelta la mano. Yo no me quedo mirándolo mientras sube la escalera bajándose la cremallera del traje de neopreno (que acabo de definir como una de las prendas más sexys del mundo), compruebo que llevo el móvil en el bolsillo del abrigo y salgo afuera. Caminaré un poco, buscaré un lugar donde sentarme y contemplar el paisaje y llamaré a Marta para hablar con las niñas.

Estoy en medio de unos árboles con pequeños montículos de nieve a mi alrededor cuando me sucede algo que no me sucedía en muchísimo tiempo: tengo una idea para el libro. El manuscrito que mandé a Hermes, la editorial de Olimpo, es una mierda. Lo sabía entonces y lo sé ahora. Supongo que lo mandé porque quería recibir un «no».y obligarme así a darle portazo a mi sueño de escribir. Sin embargo, la idea que acaba de ocurrírseme ahora no es mala, quizá no sea la más original del mundo, pero siento un cosquilleo en los dedos y una sonrisa en el rostro. Ojalá pudiera anotarla en mi cuaderno, tendré que conformarme con hacerlo en las notas del móvil. Lo desbloqueo y la cantidad de alertas que aparecen en la pantalla me sobrecoge un poco (mucho).

Es culpa de la foto de ayer, la que nos hizo Pablo y yo colgué más tarde. Hay no sé cuántos «me gusta» y comentarios llenos de *ohhhs* y *ahhhs* y de corazoncitos y unicornios y ese emoticono absurdo de una pareja besándose.

¿Tanto exageran la realidad las redes? En ese momento no estábamos haciendo nada, solo mirábamos las estrellas. Por la noche sí que hemos justificado los suspiros, los unicornios y ¿existe el emoticono de una cama ardiendo? Me sonrojo en medio de la nada y me digo que tengo que centrarme.

Intento observar la fotografía con objetividad, imaginándome que no somos Salvador y yo y tengo que confesar que es muy romántica.

Leo al azar unos comentarios, elijo los que no tienen corazones ni unicornios ni estrellitas.

—«¡Bravo por el chico de enero! Qué envidia, Candela, si todos son así vas a tener el mejor año de tu vida.» —Sigo con otro—: «Joder qué vistas, el chico de enero no juega limpio, pero espera a que vengas a nuestra tierra y conozcas a uno de los nuestros». —Y otro más—: «El amor está en el aire, se nota, seguro que en unos meses tendrás que rectificar y decir que los hombres de España son los mejores amantes del mundo». —Trago saliva y voy a por el último, después de este dejaré de leer—: «Coño, Barver, cómo se nota que sabes lo que te haces». —Deduzco que la persona que ha escrito esto lo conoce—. «En febrero tendrás que quitarte a las tías de encima.» —No me gusta la sensación que deja y sucumbo a la tentación de seguir deslizando la mirada por la pantalla—: «Queremos más fotos y ¿podrías escribir un post o grabar otro vídeo? Todo esto es tan romántico, tan sexy. ¡¡¡Más fotos!!!»

Aparto el móvil y miro el paisaje, las montañas nevadas consiguen serenarme un poco.

¿De verdad voy a poder hacer esto durante un año?

Suena el teléfono, es Marta y contesto aliviada. Mis sobrinas están histéricas, locas de felicidad por todo lo que les han traído los Reyes, se pelean por contarme los detalles, me las imagino en medio del salón de casa de los padres de Pedro rodeadas de papel de regalo y con cajas por todas partes. Cuando creen que ya me han contado todo lo interesante (aunque quizá se han cansado de hablar conmigo y quieren ir a jugar), le devuelven el teléfono a mi hermana lanzándome besos.

—El sábado de la semana que viene te las regalo. Tienes que quedártelas, dime que puedes quedártelas —me pide Marta—. Ya me las devolverás cuando tengan veinte y dieciocho años.

—El sábado puedo quedármelas —le aseguro con una sonrisa—, pero te las devuelvo el domingo.

—Está bien, acepto, estoy desesperada y no sé negociar. ¿Cómo estás?

—Bien.

—He visto la foto; gracias a ti me estoy aficionando a Instagram. —Años de hablar sobre ligues hacen que detecte de inmediato la intención de mi hermana.

—No ha pasado nada —miento como una bellaca—, solo es una foto.

—Y el *Titanic* solo era un barco.

—Te prometo que estoy bien —se me rompe un poco la voz—, lo único que pasa es que os echo de menos.

—¿Has hablado con Rubén?

—Una vez, fue desagradable. No puedo creerme que estuviera tanto tiempo con él.

—Yo tampoco.

—¡Marta!

—¿Qué? Es un alivio poder decirte al fin que ese tío no me gustaba.

—La verdad es que a mí tampoco y por eso estoy tan enfadada, ¿por qué estaba con él?

—No lo sé, así es la vida, supongo. Mira, ya sabes que la filosofía se me acabó tras el segundo parto, con dos niñas, el trabajo y Pedro no tengo tiempo para darle demasiadas vueltas a nada. Lo único que sé es que ahora eres más sabia y que no volverás a ir con un tío así. Más no se puede pedir, Cande. Has aprendido la lección y has crecido, ahora sabes lo que quieres.

—Muy zen todo, Marta.

—Es lo que hay después de haber dormido tres horas y haber montado la casita de muñecas del infierno. Te veo el viernes, te llamaré en cuanto estemos en casa, y tú prométeme que tendrás cuidado. Aunque no estuvieras enamorada de Rubén, y las dos sabemos que no lo estabas, te ha hecho daño. Lo de *Los chicos del calendario* parece apasionante y el de enero te ha llevado a pasar la noche de Reyes cerca de las estrellas... pero yo soy tu hermana mayor y mi obligación es decirte que tengas cuidado.

—Tendré cuidado, te lo prometo.

Guardo el móvil en el bolsillo; no voy a volver a mirar la fotografía ni entraré en la página de *Los chicos del calendario*, todo eso seguirá allí mañana, pero yo no estaré aquí mañana y quiero llevarme tantas vistas como pueda. Me agacho para recoger un montoncito de nieve, está helada, y lo voy desmenuzando con los dedos.

Salvador me encuentra más tarde, se ha duchado y ahora va vestido con unos vaqueros, un grueso jersey cuyo cuello sobresale del abrigo y unas botas de montaña.

—Estás aquí.

—Sí, estoy aquí —afirmo—. ¿Te has curado las heridas?

Parece confuso durante unos segundos y, sin levantarme del tronco que he limpiado hace un rato antes de sentarme, le señalo los cortes del rostro.

—Sí, me los he desinfectado. Gracias. —Él está de pie, tiene las manos en los bolsillos, y yo giro la cara de nuevo hacia el paisaje—. Es hora de comer, mi madre nos ha preparado algo. Después, volveremos a Barcelona.

—Genial.

—¿Vienes?

Yo sigo sin moverme, realmente he corrido un riesgo tras otro desde que el lunes entré en el despacho de Salvador y quizá quiero que mi regalo de Reyes sea que él corra alguno, que diga algo, que haga algo que explique su comportamiento de esta mañana. No lo estoy mirando, pero noto que está detrás de mí. Lo oigo soltar el aire por entre los dientes y hay algo al final, una especie de suspiro, aunque tal vez me lo imagino, que me lleva a darme la vuelta.

Salvador tiene la mano extendida hacia mí.

La observo durante unos segundos, él no la aparta y cuando levanto la mirada me encuentro sus ojos. Acepto la mano y él levanta la mía y se la lleva a los labios.

Caminamos hasta la casa, Rita grita desde la cocina que ha habido un imprevisto, la ha llamado una de sus amigas, y que aún faltan cuarenta minutos para que la comida esté lista. Deduzco que la madre de Salvador no sabe qué ha sucedido, ella le sonríe y él le dice que va a hablar con Luis. Yo me quedo ayudándola hasta que metemos la bandeja de canelones en el horno, entonces me echa porque ya no podemos hacer nada más excepto esperar.

Es buen momento para anotar en mi cuaderno lo que se me ha ocurrido mientras paseaba, Rita va a cambiarse y yo subo la escalera hacia el dormitorio donde sigue mi equipaje. Salvador no está por ningún lado, abro la cremallera de mi bolsa, saco la Moleskine roja y busco un lápiz. Me hago un recogido improvisado y me siento mirando el impresionante paisaje.

—¿Qué estás haciendo?

Salvador me aparta los mechones que se me han soltado y me besa en el cuello.

—Nada... —Los labios se alejan y él camina hasta situarse a mi lado. Se gira y se apoya en la mesa para mirarme—. Estaba anotando algo. —Cierro el cuaderno—. Antes he estado ayudando a tu madre.

—Esto es para ti —me sorprende entonces y deja frente a mí un pequeño barco de madera. Cabe en la palma de mi mano y no debe de tener más de diez centímetros de alto, no sé cómo se llaman las distintas clases de embarcaciones que existen, pero creo que es un velero—. Luis cree que somos malos anfitriones porque no te hemos hecho regalo de Reyes.

—Es precioso.

Recorro con los dedos los detalles de la madera, es delicado y al mismo tiempo parece tan sólido como un barco de verdad.

—Me alegro de que te guste.

—Pero no hacía falta. Yo no tengo regalos para nadie, ni siquiera se me ocurrió pensarlo —añado sonrojada.

—No te preocupes. —Salvador sonríe—. Creo que todos estamos improvisando.

—Sí, supongo que sí.

Salvador va a apartarse, cambia la postura de los pies y antes de que pueda hacerlo paso los dedos de la mano que tengo libre por encima de la que él tiene apoyada en la mesa.

—Esta mañana tu hermano estaba asustado.

—Estaba cabreado —se tensa antes de soltar el aliento— ...y se preocupa demasiado.

No me gusta estar sentada con Salvador de pie, siento que puede observarme demasiado, me levanto y me coloco frente a él. Busco su mirada, durante unos segundos me sorprende ver su rostro con las montañas y las nubes de fondo. El sol del mediodía se está retirando y la luz que entra por esa enorme ventana hace que esa sala parezca parte de la naturaleza y no de una casa.

—Es lo que hacen los hermanos, preocuparse —le digo y levanto una mano para acariciarle la herida de la mejilla—. ¿Por qué has salido a escalar tan mal equipado? Pablo cree que...

Sus labios no me dejan continuar, han aparecido casi de repente encima de los míos, el único aviso que he tenido ha sido un leve destello en su mirada y su boca se ha adueñado de la mía. En medio del beso ha intercambiado nuestras posturas y ahora yo tengo la mesa detrás de mí, me levanta del suelo y me sienta en ella.

—Candela, deja que....

No termina la frase, me besa de nuevo mientras tira del coletero con el que me he recogido el pelo para dejarlo suelto.

—Salvador, espera. —Le aparto, tengo que sujetarle el rostro para hacerlo y cuando veo que se lame el labio inferior un gemido escapa de los míos—. Espera.

—Pues no me mires así y déjame...

—¿Me estás besando porque no quieres responder a mis preguntas?

—No. —Entrecierra los ojos y los fija en los míos—. No quiero responder a tus preguntas, Candela.

Aflojo las manos y empiezo a apartarme. Esta vez es él el que impide que uno se aleje del otro. Me sujeta por las muñecas y apoya las palmas en su pecho. Las retiene allí y agacha el rostro hacia mí para darme otro beso.

Empieza suave, con los labios cerrados, después los separa con la lengua hasta que yo vuelvo a gemir y separo las piernas para que él quede encajado entre ellas.

—Te he besado porque quiero besarte. No quiero responder a tus preguntas, a estas no.

—¿Has ido a escalar por lo que sucedió anoche entre tú y yo?

—¡No, Dios, no! —Suelta las muñecas y vuelve a sujetar mi rostro para besarme apasionadamente. Cuando se detiene me da otro beso lento y susurra en mis labios—: No ha sido por ti, Candela. Eso sí puedo decírtelo.

—Está bien —siento que debo decir algo, Salvador sigue acariciándome las mejillas y a través de sus dedos siento el temblor que domina sus brazos—. Está bien —repito besándole ahora yo a él.

Salvador afloja las manos y las desliza por mi cuello hasta llegar a mis hombros, allí acaricia unos segundos los mechones de pelo y sigue hasta pasar los nudillos por encima del jersey y de mis pechos. El beso se vuelve más sensual, no nos separamos, nuestras lenguas se torturan y humedecen. Las manos llegan a mi cintura y tira de mí hacia el extremo de la mesa para desabrocharme el pantalón.

Yo también coloco las mías en su pantalón y aunque no tengo su destreza consigo aflojar el botón. Consigo meter mi mano por entre los dos extremos de la tela y le acaricio la erección por encima de la ropa interior. Él responde gimiendo en mis labios e imitando mi movimiento, solo que sus dedos se mueven con delicadeza.

—Salvador.

Se aparta al oír su nombre y parpadea durante un segundo, me acaricia el pelo y me da un beso en los labios.

—Esto es una locura, Candela —susurra tras otro beso—. No te muevas.

Sigo sentada en la mesa y veo que camina hasta la puerta para asegurarse que está cerrada. Después va al dormitorio y vuelve con un condón en la mano.

—Salvador... tú... la comida...

Me besa otra vez.

—No podemos bajar así, Candela. Míranos. —Me acaricia el rostro con una mano y la otra la lleva a mi sexo—. Joder. Somos incendiarios.

Muevo las caderas, jamás me he comportado así y no siento ni el menor atisbo de vergüenza. Esto, Salvador, es, como dice él, incontrolable como el fuego.

—Date prisa —le pido.

Él sonríe durante un segundo y pienso que esa mueca es muy peligrosa para mi corazón.

—Confía en mí.

Vuelve a besarme y se aparta para quitarme las botas, los calcetines y los vaqueros. Mueve las manos por mis piernas, suben despacio y acaricia los muslos. Cuando las detiene en mi cintura me quita la camiseta, el jersey y acaba de desnudarme.

Él sigue completamente vestido.

—Mierda —dice molesto—. No tengo tiempo de hacer todo lo que quiero.

—Haz algo.

Se ha quedado mirándome y mi piel no sabe si sonrojarse o erizarse.

—Algo haré.

Separa mis piernas y se coloca en medio para recorrerme primero un pecho y luego el otro con la lengua.

—Salvador.

Él sonríe y captura un pezón con los dientes.

Le tiro del pelo y le aparto.

—Esto quiero hacerlo otra vez pero al revés —le digo cuando me mira a los ojos. No sé de dónde me salen estas palabras, es como si una parte de mí supiese exactamente qué quiere de él y está dispuesta a pedírselo.

—¿Al revés?

—Tú desnudo. —Suelto una mano y la paso por su torso cubierto de ropa—. Yo vestida.

—De acuerdo.

Baja le lengua por mi esternón y mis brazos se aflojan. La boca de Salvador está en mi ombligo y entonces me empuja suavemente con las manos hasta que mi cabeza y mi espalda están en la mesa.

—No te muevas. Quédate quieta.

Dibuja con los labios caricias en mi estómago mientras con las manos me acaricia los pechos. La mesa de madera es suave bajo mi espalda y aunque es de un material cálido parece helado comparado con el calor que desprende Salvador.

Arqueo la espalda, levanto las caderas. Él apoya una mano en mi hombro derecho la desliza por el brazo para retenerme. Me besa entre las piernas, giro el rostro hacia la ventana y tengo que morderme el labio para no gemir. Salvador debe verlo porque su pulgar aparece en mi rostro y acaricia la boca. Mi lengua lo acaricia.

—Candela.

Mi nombre, él se aparta y se prepara. Son solo unos segundos y cuando la erección entra en mi cuerpo me han parecido demasiado largos.

Intento levantarme, es un instinto que nace con cada uno de los movimientos de las caderas de Salvador, pero él apoya la palma de su mano derecha entre mis pechos y me pide que me detenga.

—Joder, cariño, no te muevas. Sujétate a la mesa, por favor. —Abro los ojos y le miro, él tiene la frente cubierta de sudor—. La próxima vez lo haremos a tu manera, pero ahora confía en mí.

Mueve la mano, me acaricia un pecho y lo pellizca.

—Salvador, yo... —No puedo acabar la frase, tengo que cerrar los ojos y tragar saliva.

—Los dos estamos demasiado al límite, Candela. Deja que me ocupe yo, ¿de acuerdo?

Aflojo un poco la tensión en mi espalda y vuelvo a apoyarla en la madera.

—De acuerdo.

—Tú solo siente, Candela...

No sé si le digo algo más porque la otra mano de Salvador aparece encima de mi sexo y empieza a acariciarme al ritmo que mueve las caderas, despacio, demasiado despacio.

—Salvador... Salvador...

Levanto las piernas y le rodeo por la cintura, los vaqueros, el jersey, son una caricia más atormentándome la piel.

—Joder, Candela. Dios. Estar dentro de ti es...

Mueve los dedos, sabe dónde tocarme, es como si mi cuerpo le hubiese entregado un mapa que ni siquiera yo conozco, aunque él no es el único que se está aprendiendo el camino. Aprieto las piernas y le empujo hacia mí y él, por fin, pierde el control y echa la cabeza hacia atrás para pronunciar mi nombre en silencio y dejar que el orgasmo nos libere a los dos de este fuego del que es imposible que salgamos ilesos.

Los temblores nos unen íntimamente, él hunde los dedos en mis caderas y unos segundos antes de terminar, justo cuando la última ola del clímax te recorre el cuerpo, aparta las manos para cogerme por los hombros y levantarme de la mesa.

Nos miramos un segundo.

Sus ojos oscuros brillan repletos y confusos. Los míos ahora, en este instante, solo le ven a él.

Me besa. Le tiemblan los labios y cuando los míos los acarician ese orgasmo de por sí brutal pasa a pertenecer a otra categoría, una en la que aún nos queda mucho por descubrir. El beso, el sexo, llega a su fin, Salvador se aparta con cuidado y desaparece para volver con una toalla. Me acaricia el pelo y vuelve a besarme.

—Candela.

Él antes ha dicho que no quería responder a mis preguntas y descubro que quiero hacerle muchas más. Yo también le acaricio el pelo.

—Tengo que vestirme —le digo.

Salvador parece suspirar aliviado.

—Claro.

Me ayuda a bajar de la mesa y veo que mi ropa está en el baño, él la habrá dejado allí. La puerta está abierta y la luz también.

Voy a vestirme, cierro la puerta y consigo recomponerme sin mirarme al espejo. No quiero hacerlo porque sé que si lo hago me veré distinta. Pero de eso se trata, ¿no? Por muy sofisticada que seas me niego a creer que puedes estar así con un chico, o un chico puede estar así contigo, sin que algo cambie en los dos.

Cuando salgo Salva está sentado en el sofá, le sonrío pero él tarda unos segundos en verme.

—¿Estás bien?

—Perfectamente, ¿y tú?

Por fin me devuelve la sonrisa.

—Sí, también. Estoy muy bien.

Camino hasta la mesa y veo que el barco de madera está tumbado. Es un milagro que no se haya caído al suelo y haya ido a parar al lado del cuaderno. Recojo el cuaderno y lo coloco al lado del velero.

—¡Cande, Salva! —la voz de Rita nos llega desde la escalera.

Busco el móvil en el bolso y saco una fotografía de lo que hay encima de la mesa. El cuaderno rojo queda muy bonito al lado de la madera ocre de la maqueta.

—¿Qué es? —pregunta Salva.

—Mi regalo de Reyes —respondo mientras cuelgo la foto—. Mira.

Le paso el teléfono para que lo vea:

—#MiRegaloDeReyes —lee— #ChicoDeEnero #LosChicosDelCalendario. Dime que pones estos *hashtags* ambiguos para torturarme.

—Solo a ti te parecen ambiguos.

—Lo sabía —me coge de la mano y tira de mí hacia la escalera—, lo haces para torturarme.

El almuerzo es igual de relajado que la cena de anoche a pesar de la tensión que sigue flotando entre Pablo y Salvador. Ellos intentan disimular y ocultársela a su madre, aunque estoy segura de que ella puede verlo. Yo puedo. Le doy las gracias a Luis por la preciosa maqueta y hablamos de lo mucho que se parece su obsesión por los barcos a la de su hijo Pablo por los ordenadores. Rita no habla de su trabajo directamente, pero gracias a unos comentarios deduzco que trabaja en un museo o en una galería de arte. Ayudo a recoger la mesa al terminar a pesar de que Rita intenta evitarlo y subo al dormitorio a recoger mis cosas.

No miro el sofá, no lo miro, y tampoco la ventana. No me sonrojo cuando veo la puerta que comunica mi dormitorio con el de Salvador. Me siento orgullosa de mí misma, solo me he sonrojado una vez; cuando he mirado la mesa y me digo que es normal. Nunca más podré mirar una mesa como antes.

Salgo de allí apresurada y al llegar abajo Pablo y Salvador me están esperando. Nos despedimos de Rita y Luis, yo me aparto un poco para dar intimidad a la familia y, cuando llega mi turno, me acerco al matrimonio y les doy las gracias por haberme invitado.

—Ha sido un placer, Cande. —Luis me da dos besos y se coloca al lado de su esposa.

—Me ha gustado mucho conocerte. Espero que volvamos a vernos muy pronto —dice Rita.

—Me encantaría. —Lo digo de verdad, aunque sé que es poco probable. Transcurrido el mes de enero... no sé qué pasará transcurrido el mes de enero.

Mis compañeros de viaje ya están en el coche, se han ocupado de cargar las bolsas y el motor está en marcha. Esta vez, a diferencia de ayer por la tarde, Pablo está sentado en la parte posterior del vehículo y me ha dejado libre el asiento del acompañante. Señal que los hermanos aún no han hecho del todo las paces.

No voy a discutir, no voy a decir nada sobre eso, no quiero crear otro motivo de discusión y tampoco quiero que Salvador piense que no puedo o quiero estar sentada a su lado. Entro y me abrocho el cinturón de seguridad sin más. La Candela de ahora es muy sofisticada me recuerdo, siempre lo he sido.

11

Me han dejado a mí primero.

El trayecto de vuelta a Barcelona ha sido mucho más silencioso que el de ida a Puigcerdà. Pablo y yo hemos estado hablando un rato sobre libros y series de la tele, su pierna sigue siendo un misterio para mí. Salvador ha intervenido en la conversación en alguna ocasión, pero no ha aportado demasiado. Ese chico apenas ve la tele al parecer. También me han contado un par de anécdotas sobre la casa, cuándo la compraron, cuánto tiempo duró la reforma, nada trascendental. Cuando hemos llegado a la ciudad, Salvador no nos ha preguntado nada, ha conducido directamente a mi calle y ha tenido la suerte de aparcar delante.

—No bajes, Pablo. —Me he girado en el asiento y él ha puesto la mano en el respaldo, se la he estrechado y él ha hecho lo mismo—. Gracias por todo.

—¿Gracias? No hay de qué. Espero volver a verte pronto, Cande. Seguiré de cerca a tus «chicos del calendario». —Ha sonreído un segundo antes de ponerse serio—. Llámame si necesitas algo, ¿de acuerdo?

—Lo haré.

En un impulso, me he deslizado por entre los asientos del coche para acceder a la parte posterior y le he dado a Pablo un beso en la mejilla.

Salvador estaba esperándome en la calle, me ha dado la bolsa de viaje y me ha acompañado hasta la puerta. Iba a decirle que no hacía falta, son solo unos metros, hasta que él ha hablado:

—Mañana tengo que volar a Estados Unidos, a California. Estaré fuera una semana, quizá diez días. —Creo que he intentado hablar, pero de mis labios no ha salido nada—. Tendría que habértelo dicho antes, iba a decírtelo cuando te he encontrado escribiendo pero se me ha ido el santo al cielo.

¿El santo? El santo estará escandalizado si nos ha pillado. En el caso de que me estuviese diciendo la verdad, llámame desconfiada, Salvador se había olvidado de lo del viaje porque me había regalado una maqueta preciosa de un barco y después nos habíamos desnudado y acostado en una mesa. Bueno, él se había quedado vestido, pero la idea es la misma.

—Bueno.

Sí, he dicho bueno. No he dado para más. ¿Era este el motivo por el que esa mañana había salido a escalar, porque se había acordado de ese viaje? ¿O Salvador es más listo que Rubén y sabe fabricar una excusa más sólida para largarse sin dar una explicación?

—Tendría que haberlo previsto. Lo siento. Creo que esto incumple las normas de *Los chicos del calendario*.

¿Qué estaba insinuando, que quería dejarlo? El viaje no me molesta, entiendo que él no tiene por qué contarme hasta el último entresijo de su trabajo. Por lo que sé Salvador dirige el grupo Olimpo y por muy chico de enero que sea ningún concurso puede obligarle a compartir con nadie todos los detalles de su negocio. Tampoco me molesta que antes se le haya olvidado comentármelo, es más, me gusta pensar que me deseaba tanto que se le ha ido, como ha dicho él, el santo al cielo. Supongo que lo que me molesta es que esté dispuesto a dejar *Los chicos del calendario* sin más y supongo que no debería de sorprenderme. Era lo que esperaba desde el principio.

Yo no voy a abandonar, la idea fue suya, cierto, pero se trata de mi vida y de mi año. El año Candela.

—No pasa nada, son solo unos días. Es el primer mes, todo ha sido muy de repente, tú mismo has dicho antes que todos estábamos improvisando. No creo que pueda considerarse que estés infringiendo las normas, sencillamente es una excepción, y ya establecimos que si el chico del calendario era cirujano, yo no iba a entrar en el quirófano a operar con él. Me imagino que este viaje tuyo es como una operación a corazón abierto, así que no hay problema.

Si quiere dejarlo tendrá que decírmelo claramente.

—Este viaje es importante y no puedes acompañarme —insiste, no sé si para sí mismo o para mí.

—Está bien. Yo aquí tengo mucho que hacer, tengo que preparar el artículo y contestar todas las entrevistas que me han mandado los de comunicación. Que tengas buen viaje, Salvador.

Iba a darme la vuelta y a entrar en casa sin más, pero a última hora me he puesto de puntillas y le he dado un beso en los labios. Los he mantenido cerrados y no ha durado nada, ha sido un beso dulce. Se lo he dado porque he pensado que él es el chico de enero y yo soy la nueva Candela y no voy a cometer los mismos errores de antes.

He entrado en casa, he dejado la bolsa tirada en la cama y me he preparado la bañera. La bañera es el motivo por el que al final me decidí a comprarme el piso. Es una bañera antigua, de esas blancas con patas de gato (no son de gato, yo las llamo así). La grifería es de metal y me compré una bandeja de madera que coloco en horizontal, de un extremo al otro de la bañera, y donde dejo una revista, un libro, aún no he decidido qué voy a leer, y una vela, incluso a veces una copa de vino. Hace meses que no me baño, Rubén solía burlarse de este ritual, decía que era ridículo.

Hoy me he bañado, he llenado la bañera, he echado unas sales que huelen a menta y a un montón de hierbas más y he encendido la vela.

Estaba muy bien, estaba maravillosamente bien hasta que el interfono ha empezado a sonar. No he ido a abrir. Ni Marta ni Abril están en la ciudad, mis padres tienen llaves; hoy es el día de Reyes, seguro que son unos niños haciendo el gamberro.

Después han llamado a la puerta. Primero han llamado al timbre, el sonido me ha sorprendido porque nadie lo utiliza, siempre que llama alguien desde la calle le abro ambas puertas a la vez. Después han combinado el timbre con golpes en la puerta.

He salido de la bañera, me he puesto el albornoz chorreando y he llegado hasta aquí. Hasta este momento en el que estoy sujetando la puerta completamente empapada y al otro lado está Salvador.

—¿Qué haces aquí?

—Tenemos que cumplir las normas. —Tiene la voz ronca y el pelo completamente despeinado—. Tenemos que pasar tantas horas juntos como sea posible. Decidimos que tenías que estar tanto tiempo como fuera posible con el chico del calendario. —Da un paso hacia mí y me coge la mano—. Aún estoy aquí. Ahora estoy aquí. Deja que me quede contigo hasta que tenga que irme. Por favor.

«Aún.»

«Ahora.»

«Por favor.»

Tira de mí y con la otra mano me sujeta la nuca mojada y me besa apasionadamente. Cierra la puerta de un puntapié y con el beso me empuja hasta la pared. Suelta mi mano y lleva la suya a la cinta del albornoz, no la suelta, desliza los dedos por los extremos de la toalla y me acaricia la piel hasta llegar a los pechos.

—Está bien —accedo en voz baja—. Quédate.

Separa más la mandíbula y el beso nos quema. Le quito el abrigo, la prenda cae al suelo detrás de él, tiro del jersey y se lo paso por la cabeza tan rápido como puedo junto con la camiseta que lleva debajo. Me gustaría haber sido capaz de resistirlo, haberme hecho la dura y echarlo. Habría podido decirle que se fuera y que sí, que con ese viaje incumplía las normas que él mismo había creado y que por tanto estaba descalificado. Podría haberle exigido que buscásemos otro chico para enero. O podría haberle dicho que sospecho que ese viaje es una patraña.

Podría haberme mentido a mí misma y decirme que no quiero desnudarlo, besarlo, tocarlo, sentirlo dentro de mí y sí, tomando prestadas sus palabras, «follármelo». Podría haberme acobardado y haber vuelto a ser la Candela que no reconoce sus deseos o que los niega.

Pero no lo he hecho.

Cuando lo he visto de pie en la puerta se me ha parado el corazón y mi cuerpo ha empezado a gritar ¡aleluya! ¿De qué habría servido echarlo? De nada, solo para que fuera a la cama excitada y de mal humor.

Deseo a Salvador, lo deseo como no sabía que podía desear a alguien. Ya se me pasará y si no, ya soy mayorcita y sabré asumirlo.

Había decidido que no pasaba nada porque se fuera de viaje sin casi apenas despedirse, que me daba igual (más o menos) que me hubiese dejado en casa sin mencionar lo que había pasado anoche en Puigcerdà, o este mediodía en esa mesa. Le había dado un beso y me había metido en la bañera para recordarme cómo empezó todo esto y qué significa.

Él es el chico de enero, después vendrán once meses más y once chicos más. ¿Qué sucederá con ellos? ¿Qué sucederá con él? Salvador seguirá estando detrás de este proyecto, ¿qué pretende? Y, lo más importante, ¿qué pretendo yo? Quiero seguir adelante, seguir descubriéndome, pero ¿con él?, ¿sola?

Sigo besándole, sus besos son distintos a los de esta mañana o a los de ayer, no son imaginaciones mías, poseen más desesperación. Como su voz cuando ha llegado. Si no hubiese dicho ese «por favor», sí lo habría echado y habría asumido mi frustración, pero lo ha dicho. Y ese «por favor» significa algo, quizá más que el viaje a California. Si me hace daño, o si termino haciéndomelo yo sola, al menos sabré lo que es estar con él.

Durante los once meses siguientes no voy a estarlo.

Tras quitarle el jersey, Salvador apoya las manos en la pared y se pega a mí.

—Joder. Tengo la sensación de que hace siglos que no estoy dentro de ti. —Abre los ojos y los clava en los míos—. Dime que quieres estar conmigo. Dime que puedo tenerte aquí y ahora.

—Puedes. —Tengo las manos apoyadas en su torso y el temblor que lo sacude se convierte en el mayor afrodisíaco del mundo—. Pero antes te tendré yo a ti.

Jamás he hecho algo así, pero con Salvador no puedo quitármelo de la cabeza. Además, si mañana va a irse durante diez días, diez días en los que seguramente aprovechará para distanciarse de esto que está sucediendo, quiero que se vaya tan afectado y tan confuso como lo estoy yo. Me dejaré la piel intentándolo porque sé que él va a lograrlo conmigo. Y sí, una parte de mí, la que ha descubierto lo increíble y poderoso que puede ser el sexo, quiere que el cuerpo de Salvador me eche de menos, me necesite y sea incapaz de pensar en otra.

Llevo las manos al cinturón de los vaqueros y se los desabrocho. El botón sigue después y tras darle un suave beso en los labios empiezo a tirar de la tela hacia el suelo a medida que me arrodillo.

—Joder, Candela.

Él tiene las manos apoyadas en la pared, apenas hay espacio entre esta y el cuerpo de Salvador, pero tengo de sobra para quedar de rodillas en el suelo frente a su erección. Creía que esta postura me haría sentirme inferior, quizá un poco humillada, pero al levantar la vista y ver el temblor que sacude a Salvador de la cabeza a los pies, el modo en que me mira, desesperado, casi suplicante, y el modo en que se muerde el labio inferior después de humedecérselo con la lengua, me siento deseada, fuerte, seductora, con más poder del que he tenido nunca sobre ninguno de los chicos con los que he estado.

Bajo los vaqueros y los calzoncillos, recorro la erección con el dedo índice de una mano y con la otra le acaricio las nalgas. Una idea absurda se me cruza en la mente.

—¿Dónde tienes el tatuaje?

—¿Qué?

Sonrío, creo que es la primera vez que él está más aturdido que yo. Me inclino hacia delante y lo beso.

—¿Dónde tienes el tatuaje?

—En la espalda. En el omoplato izquierdo. Joder, Candela.

Recorro el pene con la lengua, nunca he sido tan atrevida, cuando he hecho esto a alguna de mis parejas siempre he sentido que, en parte, lo hacía por obligación. O por buena educación, como devolver una visita.

Con Salvador no, a él quiero tocarlo, saborearlo, sentirlo temblar en mis manos y en mis labios. Quiero hacerlo enloquecer, ahora lo entiendo. Me he pasado años acostándome con chicos que aunque creía quererlos, físicamente me daban bastante igual. Me parecía que el sexo era una consecuencia más de los sentimientos que, en teoría, me unían al hombre con el que estaba en la cama. Con él, con el chico que tengo ahora frente a mí, me comporto como una posesa, si me atreviera (y me atrevo) lo compararía a una adicción. Cuando él me toca, mi cerebro prácticamente deja de funcionar y mi cuerpo despierta, se derrite, se vuelve exigente. Pero no es solo eso, no es solo lo que él me hace a mí, lo que más me sorprende, lo que me tiene verdaderamente alucinada es todo lo que yo quiero hacerle a él. Mi corazón de momento está relativamente a salvo, o eso espero, pero ¿cuánto tiempo conseguiré protegerlo si mis manos, mi boca, mi piel, se mueren por tocar a Salvador y porque él haga lo mismo conmigo?

No puedo seguir dándole vueltas, seguir preguntándome si haber iniciado el camino al revés me llevará adonde quiero ir, necesito tocarlo de verdad. Lo acaricio con la mano y sujetándolo lo acerco a mi boca. Primero respiro, intento entender por qué ahora, por qué él, y cuando lo doy por imposible, pues no existen respuestas para esto, separo los labios y lo guío hacia el interior.

Salvador ruge y yo sonrío, y noto que los pechos se erizan bajo el albornoz. Yo estoy desnuda bajo esa prenda y él tiene los vaqueros y los calzoncillos atrapados en los pies. Miro hacia arriba y veo que tiene los ojos cerrados y los músculos de los brazos tensos. Dentro de mi boca, deslizo la lengua por la erección, lo noto estremecerse y repito la caricia.

—Dios, Candela.

Las piernas de Salvador tiemblan del esfuerzo que hace para no moverse, esa pizca de control que retiene me molesta, él insiste en que yo sea sincera, quiere que diga «follar» y que le confiese mis deseos. ¿Acaso no es una especie de mentira el que intente contenerse? Intento separar más los labios y coloco las manos en sus nalgas para empujarlo hacia delante.

Salvador ruge, sí, eso es exactamente lo que hace y yo me siento la reina de Saba, Angelina Jolie y Lara Croft al mismo tiempo. He conseguido hacerlo rugir, bravo por mí, y estoy tan excitada que gimo alrededor de la erección.

Él dice entre dientes algo incomprensible y cuando oigo un golpe levanto la vista y veo que él ha apoyado la frente en la pared y ha doblado los brazos. Tiene los ojos abiertos y me está mirando. Le sonrío, no sé si es sexy, pero es lo que quiero hacer y a él le recorre un escalofrío.

—Más, Candela. Quiero más.

Le clavo las uñas en las nalgas y lo empujo hacia mis labios, muevo la lengua, le recorro la erección y dejo de contener mis gemidos cuando estos se escapan al imaginarme esa parte del cuerpo de Salvador que estoy besando dentro de mí. Él susurra entre dientes, la voz se ha desvanecido y solo atina a respirar. De repente tensiona los muslos y coloca una mano en mi pelo, la baja hasta el rostro, me acaricia la mejilla.

—Candela... —Lo miro, creo que es lo que está intentando pedirme— basta. Voy a correrme.

Oírlo hablar me excita, no me había sucedido con nadie, pero con él me bastan sus palabras para erizarme la piel. Me está pidiendo permiso, si me aparto me levantará del suelo y me dará uno de esos besos. Quizá después lo haremos aquí en el suelo o quizá me levantará en brazos e iremos a mi dormitorio. Él tomará el mando igual que hizo anoche y lo cierto es que fue maravilloso. Pero hoy me ha hecho daño cuando me ha dejado sola en la cama y ahora está aquí para luego volver a irse y me dejará con mis dudas sin explicarme nada. Así que no, no voy a apartarme, voy a hacerle perder el control y voy a quedármelo todo yo.

Muevo la lengua, suspiro por entre los labios y lo sujeto por la cintura. Él podría soltarse, aunque dudo mucho que vaya a hacerlo.

—Sí, Candela. Sí. Más. Por favor.

Pronuncia esas palabras con los ojos cerrados, la frente sigue en la pared y tiene ambas manos en mi cabeza, acariciándome el pelo, las mejillas, temblando. Succiono una vez más, muevo la lengua y él se estremece y cierra los dedos alrededor de mi pelo como si sin ellos fuera a caerse al suelo. El impacto de su orgasmo es apabullador, mi cuerpo está tan sintonizado al suyo tras estos pocos días que creo que estoy a punto de alcanzar el mío solo mirándolo, sintiéndolo.

Da miedo, me da miedo asimilar que existe un deseo y una conexión sexual tan intensa entre nosotros.

Salvador, ajeno al tumulto de emociones que me sacude, se agacha un poco y me levanta del suelo. Pega mi cuerpo a la pared en el mismo instante en que sus labios se pegan a los míos y los devoran, los separan, busca su sabor con la lengua.

—Joder, podría besarte siempre.

Mis pechos se erizan contra el vello del torso de Salvador y un gemido flota entre los dos. Él sigue besándome y baja una mano hacia mi entrepierna.

—Eres perfecta —susurra en mis labios al penetrarme con un dedo—. Tu cuerpo, tu boca —es casi como si estuviese hablando en sueños—, jamás había sentido algo así.

—Salvador.

Al oír su nombre sacude ligeramente la cabeza y se aparta. Quizá estaba soñando, quizá tras ese orgasmo se ha olvidado de dónde estaba, de con quién estaba.

—Quiero follarte, Candela.

Clava los ojos negros en los míos. Suspiro aliviada al comprobar que sabe perfectamente quién soy y lo que le provoco.

—De acuerdo.

Sonríe, estoy segura de que esa sonrisa es mía.

—Gracias.

¿Por qué me vuelven tan loca estos instantes?

—Date prisa —le exijo—. Te deseo mucho. —Esta frase tampoco la había dicho antes, tal vez a él le parecerá cursi, pero a mí me ha parecido perfecta.

Salvador se agacha, se quita los zapatos y acaba de desnudarse, del bolsillo del pantalón saca un condón. Podría enfadarme, pero sería una hipocresía, me alegro de que haya sido previsor. Yo tengo los míos en el baño y ahora mismo esa distancia me parece infranqueable.

Rompe el paquete con los dientes y se lo pone en cuestión de segundos. Todo lo que hace me excita, incluso verlo respirar. Se coloca frente a mí, afloja la tira del albornoz, que por algún milagro no se ha soltado, y separa los dos extremos. Una mano toca uno de mis pechos, lo acaricia, pellizca el pezón, otra va a mi sexo y lo penetra.

—Yo también te deseo, Candela. Mucho. Demasiado. —Retira el dedo, mi cuerpo se queja, él sonríe y con ambas manos me levanta del suelo para que le rodee la cintura con las piernas. Me penetra y me apoya contra la pared. El albornoz absorbe los golpes y Salvador se mueve despacio—. Joder, Candela. Tienes que correrte, cariño.

Lo beso, le rodeo el cuello con los brazos y me entrego a sus labios, a ese sabor adictivo que creamos juntos. Él me devuelve el beso pero sigue sin mover las caderas. Lo noto muy excitado en mi interior, estamos tan unidos que siento que Salvador llega a lugares que yo no me atrevía a visitar.

—Salvador —suspiro su nombre. ¿Qué más puedo decirle? No sé qué me está pasando, mis teoría sobre el sexo, el deseo, incluso el amor no me sirven para nada ahora. Él es lo único que mi cuerpo y mi cerebro entienden en este instante.

—Tócate, Candela. Acaríciate y córrete, yo no voy a soltarte. Necesito que estés muy excitada para hacerte todo lo que quiero.

—Lo estoy. —Le muerdo el labio.

—Más. Vamos, córrete. Estoy dentro de ti, quiero sentir cómo te corres a mi alrededor. Hazlo, Candela.

Me besa frenético, estoy apoyada en la pared y noto sus manos sujetándome por las nalgas. Los muslos le tiemblan por el esfuerzo. Bajo una mano entre nuestros cuerpos y en cuanto me acaricio empiezo a temblar y a correrme. Él no deja de besarme, de vez en cuando suspira mi nombre y me dice lo mucho que le gusta verme así, o quizá me lo estoy imaginando porque mi mente se ha desvanecido del todo.

En cuanto el orgasmo empieza a retroceder, Salvador empieza a moverse. Primero despacio, marcando cada movimiento de sus caderas con un beso, una mirada. Creo que empiezo a descifrarle, no del todo, pero hay gestos, reacciones, que a él también se le escapan. Me da un vuelco el corazón.

No me estoy enamorando de él.

No puedo enamorarme de él.

Apenas le conozco, es demasiado pronto. No puede ser. Tengo un año entero por delante y él seguirá sin mí. Yo quiero seguir sin él.

—Muévete más rápido —le pido, me falla la voz porque estoy abrumada, confusa, por mucho que intente engañarme mi corazón está involucrado. No puede ser, tengo que tener cuidado, durante un segundo intento pensar en la dichosa foto de Rubén, en mis fiascos anteriores, pero Salvador me muerde el labio en medio de un beso y me lo impide. Solo puedo pensar en él, pero será mejor que recuerde qué está pasando entre nosotros—. Fóllame.

No puedo enamorarme de él.

—Aún no.

Salvador mantiene un ritmo lento que nos enloquece a ambos a juzgar por el sudor que le humedece la frente y el tórax. Yo intento mantener las distancias tanto como puedo, y no puedo demasiado. Durante unos minutos consigo decirme que es solo sexo, sexo maravilloso, increíble, pero solo sexo. Pero cuando él dice mi nombre y me besa el cuello, cuando me aparta el pelo para morderme la oreja y susurrarme al oído lo preciosa que soy para él y lo increíble que es estar dentro de mí, pierdo cualquier posibilidad de sobrevivir.

No sé si Salvador nota el instante en que decido dejar de resistirme, el segundo preciso en que me doy permiso para sentir algo más que ese arrollador deseo por él, o si sencillamente presiente que mi cuerpo y el suyo ya no pueden soportarlo más porque cambia el ritmo. Planta firmemente los pies en el suelo y empieza a moverse con la contundencia y brutalidad que yo esperaba cuando me ha levantado del suelo. Yo creía que entonces iba a entrar dentro de mí y que íbamos a follar —su palabra— como salvajes. Pero no, Salvador ha tenido que hacer esto y destrozarme. Mi corazón no ha podido seguir manteniendo las distancias y ha entrado en el juego. Ya no puedo fingir que no siento nada por él, lo único que puedo hacer ahora es tener cuidado y no engañarme. Puedo llegar a enamorarme de Salvador, eso es tan evidente como peligroso. No por él, sino por mí. Yo aún no sé qué quiero y necesito averiguarlo. Quizá el amor no me ayude, quizá el deseo tampoco, quizá Salvador sea el mejor chico para mí en el peor momento posible.

Enero en vez de diciembre.

Hundo el rostro en su cuello y le beso la clavícula, ¿qué habría sucedido si le hubiese conocido en diciembre, al final de mi año y no al principio? ¿O antes de que hubiese empezado?

—Candela, joder, Candela. Esto es demasiado. Demasiado.

Es lo último que dice antes de alcanzar el orgasmo y provocar el mío. A pesar de que él no deja de temblar es capaz de sujetarme y tal como ha prometido no me suelta.

El problema es que sé que tarde o temprano va a dejarme caer.

Lo beso, ahora no voy a pensar en esto, lo beso y acepto sus besos y sus caricias, su fuerza y su pasión. Al terminar, Salvador sale con cuidado de mi interior y me acaricia el rostro. El día que vino a buscarme le enseñé dónde estaba el baño y deduzco que es allí donde se dirige cuando se aparta. Yo sigo de pie apoyada en la pared porque tengo miedo de que me fallen las piernas si me alejo.

—Mi avión sale temprano, tengo que irme de la ciudad a las cuatro de la mañana. —Sigue desnudo, decido interpretarlo como que está dispuesto a mostrarse vulnerable conmigo. Quizá es una estupidez—. Tengo las maletas en el coche. ¿Puedo quedarme?

—Quédate.

De madrugada, cuando suena el despertador que se ha puesto Salvador, me hago la dormida. No quiero ver cómo se va, no estoy preparada para tener una conversación absurda en la que los dos fingimos que lo de anoche no pasó y tampoco estoy preparada para hablar de ello. Así que me hago la dormida y él finge que no se da cuenta.

Me espero inmóvil cinco minutos, me aseguro de que se ha ido del todo y suelto el aliento. Afuera todavía está oscuro. No se cuela ni un rayo de luz por la persiana mal cerrada. Tengo que dormir, necesito descansar si mañana no quiero parecer un esperpento y pretendo comportarme como una persona normal. Doy vueltas y más vueltas y a las seis me doy por vencida y salgo de la cama. No puedo pegar ojo y a este paso acabaré poniéndome aún más nerviosa. Es pronto para ducharme, es sábado y es mi primer fin de semana de mi año Candela. El anterior, el primero según el calendario, voy a ignorarlo porque me lo pasé encerrada en casa maldiciendo a Rubén, comiendo helado y bebiendo sin demasiado criterio. Este fin de semana va a ser distinto, no sé qué voy a hacer, pero no voy a quedarme aquí pensando en Salvador. Voy a la cocina para beber un vaso de agua, no tengo sed, necesito hacer algo y empezar a organizarme.

La intensidad de lo que hicimos anoche me ha afectado, eso puedo reconocerlo, pero ahora voy a tener unos días para poner las cosas en su sitio y dejar de verlas como lo que no son. Salvador no me ha prometido nada, ni siquiera me ha pedido nada, excepto que reconociera que quería follármelo, pienso con cierta amargura. Él ha sido sincero y honesto conmigo, exceptuando sus frases misteriosas, él siempre me ha dicho la verdad.

Él es el chico de enero.

Él me ha enseñado que el sexo puede ser increíble y que para ello tengo que confiar en mí y reconocerme lo que deseo de verdad. Eso vale mucho. Pase lo que pase con Salvador, aunque termine haciéndome daño, eso siempre tendré que agradecérselo.

Si solo pudiera convencerme de ello... si pudiera meter a Salvador en una cajita con una preciosa etiqueta fuera, una que pusiera exactamente lo que es o lo que puede llegar a ser para mí, estaría mucho más tranquila.

Una cajita en la que mi corazón no estuviese involucrado y en la que hubiese una lista de contraindicaciones igual que con un medicamento. Salvador, como el resto de los hombres, no es perfecto. No es tan estúpido como Rubén, eso seguro, pero aun así no puedo cometer el error de olvidarme de los momentos en que su comportamiento me ha dolido.

—Es el chico de enero —digo en voz alta—. Esta es la etiqueta de Salvador. Es «el chico de enero» y punto.

Voy en busca del calendario que tengo colgado en la pared de la cocina, anotaré los días que faltan, seguro que puedo sobrevivir a ellos y que cuando Salvador regrese ya no correré el riesgo de enamorarme de él, o no tanto.

Mierda.

Esa última frase voy a tener que matizarla. Estoy en grave peligro.

Salvador ha escrito algo en mi calendario de cocina:

«Llámame. —Ha vuelto a anotar su número—. Al menos así podré oír tu voz.»

Aunque es muy temprano, cojo el móvil y le mando un mensaje a Abril para poner mi fin de semana en sus manos.

12

Estoy en el trabajo, en la mesa que tengo en el despacho de Salvador, desde que las vacaciones llegaron a su fin, los comentarios y las propuestas en la web del concurso han aumentado muchísimo. Resulta imposible contestar a todo el mundo, aunque creo que lo consigo. Gracias al plan de Sofía he ido subiendo fotos y *Los chicos del calendario* han aparecido en varias revistas y periódicos ajenos al grupo Olimpo. Las fotos del fin de semana con Abril, Manuel —sí, el chico de los *gin-tonics*— y sus amigos han sido todo un éxito. Creo que hacía tiempo que no me reía tanto y como le prohibí a Abril mencionar a Salvador mi corazón ha descansado del combate de boxeo al que le sometí el viernes.

También han hablado del vídeo y de *Los chicos del calendario* en varios canales de Youtube, algunos de los cuales no me han dejado demasiado bien, pero supongo que forma parte del juego, y me han pedido que vaya a la tele, pero eso hemos decidido dejarlo para más adelante, aún tenemos once meses por delante.

La gente empieza a reconocerme por la calle, de momento no es nada agobiante, me sonrojo y paso vergüenza, pero la verdad es que bastantes chicas se han acercado a mí para darme las gracias por haber puesto las pilas a los hombres de este país. También me han hablado algunos chicos, ellos suelen ser más tímidos y siempre bromean un poco, pero lo cierto es que estoy empezando a plantearme que quizá fui muy dura con ellos. No digo que hoy, cuando apenas estamos a medio enero, haya cambiado de opinión sobre los hombres, solo digo que tal vez hay unos cuantos que no están del todo mal.

Hoy voy a comer con Pablo, ha llamado hace un rato y ha insistido en invitarme. Apago el ordenador, me despido de Sergio, que estoy convencida de que es un extraterrestre porque puede con todo y nunca pierde el sentido del humor, y bajo a la calle.

—¡Hola, Cande!

—¡Hola, Pablo!

Me da un abrazo y al soltarme me da un beso en la mejilla.

—No puedo creerme que el idiota de mi hermano se haya largado a Estados Unidos —me dice al apartarme.

—Bueno, es un poco complicado para el concurso, pero me las estoy apañando muy bien.

—No lo decía por eso, aunque da igual. Me alegro mucho de verte, lamento mucho lo que sucedió el día de Reyes en Puigcerdà.

—No te preocupes, no pasó nada.

Paseamos por Paseo de Gracia, han empezado las rebajas y sigue habiendo gente por la calle, las luces de Navidad ya no están colgadas y durante un segundo echo de menos pasear por aquí con Salvador.

Resulta que puede echarse de menos lo que nunca has vivido y que esa ausencia es más dolorosa que un recuerdo cualquiera. Sin embargo, no me permito darle demasiadas vueltas. El fin de semana me ha ido muy bien y solo he pensado en él porque Pablo le ha mencionado. Hoy él lleva la prótesis tapada, el vaquero le cubre la pierna y me imagino que si no lo sabes, solo percibes una ligera cojera. Aún no me he atrevido a preguntarle qué le sucedió. Huimos un poco del centro, Pablo me lleva a un local donde preparan unas hamburguesas deliciosas y bocadillos estupendos, y me cuenta en qué está trabajando y lo mucho que le gusta la universidad:

—En el instituto no encajaba, ¿sabes? En cambio en la facultad soy uno más.

—Sí —suspiro—, a mí a veces me gustaría viajar al pasado y decirle a mi yo adolescente que no se preocupe tanto, que los dramas del instituto se quedan allí.

—¿De verdad lo crees?

—Bueno, quizá parte de esas situaciones se quedan dentro, pero las superamos, ¿no te parece?

—Eso espero.

Acompaño a Pablo hasta su casa, él quiere acompañarme a mí hasta Olimpo, pero insisto en lo contrario. No tengo ganas de volver a encerrarme en ese despacho donde me apabulla la ausencia de Salvador. No vive lejos de allí, me cuenta que ese apartamento pertenecía al padre de Salvador y que fue a parar al patrimonio de Rita con el divorcio.

—Salva nunca ha querido vivir aquí —apunta—, pero se queda a dormir de vez en cuando si está en el trabajo hasta demasiado tarde o en época de exámenes porque mamá le obliga a vigilarme.

—Os lleváis muy bien.

—Depende del día. Pero estoy muy feliz de tener un hermano mayor como Salva.

Pablo se despide con un beso en la mejilla y me promete que me llamará en unos días. Yo no tengo hermanos pequeños, pero tras este almuerzo me muero de ganas de llamar a Marta y de decirle lo mucho que me alegro de tenerla en mi vida.

Estoy ñoña perdida.

Es el efecto secundario de los Reyes Magos.

De vuelta a Olimpo decido evitar cualquier tema relacionado con *Los chicos del calendario*, así quizá consiga no pensar en Salvador durante diez segundos, bueno, cinco. La paz que había conseguido gracias a Abril y sus chicos, creo que voy a llamarlos «los músicos enloquecidos» —es una larga historia—, corre el peligro de esfumarse. Voy en busca de Sergio.

—Sergio, el otro día oí que Salvador te preguntaba por Napbuf, ¿verdad?

—Sí, así es.

—Estoy algo cansada de contestar comentarios y he pensado que... ¿Crees que yo podría hacer algo relacionado con ese tema? Los números no son lo mío, más vale que te lo confiese de entrada, pero quizá podría echarte una mano en algo. Me imagino que si Salvador se está planteando comprar la editorial también tendrá que analizar el catálogo o decidir qué libros comprar en el futuro.

—¿Salva te dijo que quería comprar Napbuf? —Está un poco sorprendido—. De acuerdo. La verdad es que entre la información de Napbuf también se encuentra la lista de posibles adquisiciones para este año. Quizá podrías ayudarme con eso, a mí todos los cuentos infantiles me parecen iguales.

—Genial. Gracias.

Media hora más tarde estoy sentada en la mesa con tres manuscritos. No sé en qué estaba pensando. Yo no soy editora. ¿Cómo voy a saber si una de estas historias vale la pena?

La perspectiva de dejar esta tarea a un lado y de volver a dedicarme a la página de *Los chicos del calendario*, a la que empiezo a considerar como mi casa, es tentadora, pero al mismo tiempo tengo ganas de leer un poco más. La primera historia no está nada mal; no es original pero me ha enganchado en apenas unas páginas. Tengo que conseguir algo parecido con mis artículos. No puedo permitir que la gente los lea solo por morbo.

¿Y qué voy a contarles? ¿Que el chico de enero es todo un misterio y que me ha hecho descubrir cosas de mí misma que desconocía?, ¿que me ha besado como nunca me habían besado antes?, ¿que se ha largado y me ha dejado del revés? Sí, quizá sea esto precisamente lo que tengo que contarles.

Puedo hablarles de que, con él, las calles de Barcelona que he recorrido cientos de miles de veces se convierten en calles desconocidas, en avenidas donde pierdo la cabeza. Puedo escribir sobre las estrellas de Puigcerdà sobre cómo brillan si las miras abrazada a alguien. Puedo hablar de mi apartamento, del albornoz y del calendario. Pero esos detalles no sé explicarlos, así que me limito a lo que por ahora sé que es verdad. Salvador no está, yo sí, el mes sigue adelante; foto del calendario, de la entrada del concierto al que Abril me llevó, *selfie* con los amigos de Manuel.

He decidido, y a Sofía y a Jan les parece buena idea, que me reservaré el veredicto final de cada chico del calendario para fin de mes. El artículo aparecerá en el número siguiente, es decir, el veredicto del chico de enero saldrá publicado en la revista de febrero, y el vídeo se colgará también entonces. Pero cada día colgamos algo, una foto, un comentario, un tweet para recordar que el año Candela sigue avanzando.

—¿Puedo pasar?

Creo que es la primera vez que suspiro aliviada al ver aparecer a Abril por sorpresa.

—¡Abril! ¿Qué haces aquí? —Me pongo en pie y corro hacia ella—. ¿No me dijiste el sábado que tenías un trabajo fuera de la ciudad? Creía que te ibas y que no volvías hasta dentro de unos días.

—Cambio de planes. Tuvieron que anular la sesión porque anunciaron un huracán en la zona o algo así. —Abril me tiene estrujada entre sus brazos—. ¿Cómo estás? El fin de semana ha pasado, así que tu prohibición de mencionar a Salva ha caducado. Desembucha.

—Estoy bien, de verdad.

Tengo el presentimiento de que no me cree porque no me contesta y me abraza aún más fuerte.

—¿Desde cuándo tienes una mesa aquí, en el despacho de Barver? —Se aparta e inspecciona el espacio.

—Desde hace unos días. Es por lo del concurso, dice que no quiere incumplir las normas.

—¿Barver no quiere incumplir las normas? ¿Y dónde está ahora?

—En Los Ángeles.

Por el modo en que me mira Abril es obvio que le molesta que el sábado no le explicase la verdad y que le dejase creer que él sencillamente no estaba disponible.

—Ah, buena manera de no incumplir las normas... veo que se nos está acumulando el trabajo. Ya sabía yo que lo de este fin de semana se debía a algo. ¿Vamos a cenar esta noche? Iré a casa a dejar mis cosas, no recuerdo la última vez que pasé por allí, y paso a buscarte por la tuya, ¿qué te parece?

—Genial.

Abril lleva el pelo rubio recogido en un moño y, aunque va espectacularmente maquillada como siempre, parece un poco cansada. Sé que si le digo que se quede a dormir me echará la caballería encima, así que ni siquiera lo intento. Y además tengo ganas de hablar con ella.

Vuelvo al manuscrito, la protagonista, una niña que cruzando un armario va a parar a distintos momentos de su vida, está metida en un buen lío. ¿Qué haría yo si pudiera viajar al pasado y hablar conmigo misma? ¿Echaría a Rubén antes? ¿Estaría yo aquí ahora si Rubén no hubiese existido?

¿Por qué pienso estas cosas?

Sigo sin entender ciertos detalles de *Regreso al futuro* y eso de la paradoja temporal me angustia, además es absurdo.

El icono del correo se ilumina y cuando lo abro encuentro un correo de una de las chicas de *marketing* que ha sido asignada a *Los chicos del calendario*; empezamos a tener un equipo, aunque de momento no es oficial porque Salvador está de viaje. Yo me mareo solo de pensarlo. Tengo que reconocer que me da un poco de miedo y que al mismo tiempo es lo más emocionante que me ha sucedido nunca.

Vanesa, la chica de *marketing*, me manda la lista provisional de los candidatos a chicos de febrero que han elegido de momento. No han decidido nada oficialmente, es solo una lista, la decisión final nos corresponde a Salvador y a mí y solo estamos a principios de mes. Debería ojear los nombres y leer sus candidaturas, pero no puedo. Se supone que tendré que pasar un mes entero con el chico de febrero, un mes en otra ciudad, ¿qué pasará entonces conmigo y con Salvador? ¿Tiene sentido que me preocupe por esto? (¿Por qué no me atrevo a decir «nosotros»? Que me preocupe por *nosotros*...) ¿Acaso él espera que lo que ha sucedido con él me suceda también con los otros chicos? ¿¡Con febrero, marzo, abril, mayo, junio, julio, agosto, septiembre, octubre, noviembre y diciembre!?

¿Acaso lo espero yo?

Que agotador y peligroso... y tentador.

Cierro la aplicación de correo antes de que mi propia imaginación se me vaya de las manos. Intento seguir leyendo el manuscrito de Napbuf, concentrarme en algo, lo que sea, con tal de dejar de hacerme esta clase de preguntas. Los nombres de los candidatos flotan ante mis ojos: Manuel, un ingeniero convertido a carpintero de Galicia; Jon, un casco azul retirado del País Vasco; Ulises, un profesor de instituto de Madrid que según su hermana jamás se ha recuperado del abandono de su primer amor...

¿Qué habría escrito Salvador en su candidatura? Nada. Él no habría escrito nada porque él jamás se habría presentado y ninguno de sus amigos, a los que no conozco, lo habría presentado. Y su hermano Pablo, tampoco. Pablo solo habría apuntado a Salvador como candidato a chico del calendario si hubiera querido provocar a su hermano. Probablemente las personas que mencionaron su nombre en los comentarios del primer vídeo trabajan para la competencia y creyeron que todo esto es un montaje desde el principio o quizá fueron sus amigos, los mismos que he deducido que dejaron esos comentarios en la foto de las estrellas sobre lo mucho que él iba a ligar en el futuro. Vaya amigos, no sé si quiero llegar a conocerlos.

Basta, hace un rato me he prometido que no iba a pensar en Salvador y él no deja de aparecer en mis pensamientos. Guardo el manuscrito (estoy leyendo una copia impresa) y voy a despedirme de Sergio. Aquí solo consigo ponerme más nerviosa cada minuto que pasa.

Cuando llego a casa, veo que hace unas horas he recibido un mensaje de Salvador: «Ya estoy en Los Ángeles». He estado evitando mi propio móvil adrede. Cuando se fue conté las horas que tardaría en llegar a su destino y me preocupé por él, no pude evitarlo, pero al no recibir nada me dije que era lo mejor y me esforcé en pensar en cualquier cosa excepto Salvador. Hasta ahora más o menos me ha funcionado y tengo intención de seguir así. Le contesto con un simple «Gracias por decírmelo. Espero que estés bien» y dejo el teléfono en el salón. Definitivamente tengo que quitármelo de la cabeza y poner un candado para que no vuelva a entrar.

Me evado poniendo cierto orden en la cocina, no demasiado porque entonces no encontraré nada y, dado que aún dispongo de un poco de tiempo, pongo en marcha el televisor para seguir distrayéndome. No puedo bajar la guardia o el chico de enero se colará otra vez y me liará irremediablemente.

El móvil suena y respondo sin fijarme en el nombre que aparece en la pantalla.

—¿Sí?

—¡¿Espero que estés bien?! —Salvador—. ¿Espero que estés bien? ¿En serio no se te ha ocurrido nada más frío que escribirme?

Ya está, tengo calor y me sudan las manos. No estoy liada, ahora mismo es más fácil desenredar una madeja de lana que mis emociones.

Mierda.

—Hola, Salvador.

—Hola.

—¿Qué tal estás?

Lo oigo bufar, o tal vez se ha reído de mí.

—Bien, ¿y tú? ¿Quieres hablar del tiempo?

—No, no quiero hablar del tiempo.

—Yo tampoco. —Suspira exasperado, no sé si está enfadado conmigo (sí lo está) o si está cansado—. ¿A qué ha venido ese mensaje, Candela? Creía que teníamos un acuerdo. —¿Tenemos un acuerdo?

—¿Qué tiene de malo ese mensaje? Solo dice que espero que estés bien.

Me lo imagino frotándose el puente de la nariz, algo que creo que no le he visto hacer nunca.

—No tiene nada de malo, excepto que no es la verdad. No querías escribir eso.

—¿Cómo lo sabes?

—Joder, Candela, lo sé porque yo jamás te escribiría eso.

—Oh. —Aprieto el aparato y me centro—. Tu mensaje solo dice que has llegado a Los Ángeles. Y me lo has mandado no sé cuántas horas después de tu llegada. No me vengas ahora con que el mío te ha molestado, al menos yo te he contestado en cuanto lo he visto.

—Llevo no sé cuántas horas sin dormir, Candela. Joder. En el calendario de tu cocina, antes de irme, cuando mi cerebro aún funcionaba en la franja horaria que le corresponde, te he escrito otro mensaje.

—Me pedías que te llamara, sí.

—¿Ves cómo no es tan difícil pedir lo que uno de verdad quiere?

—Te fuiste sin despedirte y sin darme un beso.

—Me fui y tú te hiciste la dormida.

—Mierda —se me escapa.

—Sí, mierda. —Un silencio de largos segundos—. No he llamado para discutirme contigo, Candela.

—¿Ah, no? —Tengo unas absurdas ganas de llorar. Salvador me descoloca demasiado—. ¿Por qué me has llamado entonces?

—No puedo dejar de pensar en ti —suena enfadado—. Por eso te he llamado, porque quería oír tu voz y ver si así te echaba menos de menos.

—¿Y?

—¿Y qué? —Salvador se hace el despistado.

—¿Me echas menos de menos? —le pregunto directamente.

—Te echo de menos y para que lo sepas, oír tu voz ha empeorado las cosas.

—¿Ah, sí?

—Sí. ¿Vas a decirme que tú también me echas de menos o quieres seguir castigándome con frases de ascensor y con esas malditas fotos que no dejas de colgar en Instagram?

—Yo también te echo de menos.

Esta vez sí se distinguir su sonrisa a través de la línea telefónica.

Y casi por arte de magia en medio de ese silencio me imagino su sonrisa y sus labios acercándose a los míos y sus manos sujetándome el rostro y... Tengo que detenerme.

—Las fotos son para *Los chicos del calendario*, no pretendo castigarte con ellas.

—Las veo, y soy el chico de enero. No creo que pueda olvidarlo.

¿Qué quiere decir con eso? ¿Esta es otra de sus frases a medias o ya estoy haciendo cábalas de nuevo? Será mejor que nos alejemos del tema.

—¿Qué tal el viaje?

—Más o menos. ¿Y tú, qué tal? He recibido un correo de Olimpo con una lista, no elijas a ninguno sin mí y no te olvides de que aún queda mucho enero por delante.

Me molesta que mencione la lista en medio de nuestra supuesta reconciliación. La lista en la que aparecen sus sustitutos. ¿Nos estamos reconciliando?¿Nos habíamos enfadado? ¿Existe un sustituto para Salvador? Con él no estoy segura de nada, excepto de que no tengo con qué ni con quién compararlo.

—¿Cuándo vuelves? —Al infierno con intentar parecer sofisticada.

—Dentro de unos días.

Y él vuelve a ser incapaz de concretar. Al parecer en esto sí que es constante, como en lo de desaparecer casi de inmediato después de estar conmigo y de que practiquemos la clase de sexo que yo creía que solo salía en los libros o en las películas.

—He estado leyendo uno de los manuscritos de Napbuf, espero que no te importe. Quizá tendría que habértelo consultado antes, pero...

—No me importa. Me alegro de que los estés leyendo. Gracias.

—De nada.

—¿Son buenos?

—De momento hay uno que me ha llamado la atención.

Oigo un sonido tras la voz de Salvador, no está solo. Me ha llamado, ha mandado al traste mi decisión de no pensar en él, me ha dicho que me echa de menos y no me ha contado ni dónde está exactamente ni qué está haciendo. Genial, a este paso lo que me hizo Rubén será un juego de niños a su lado.

—Tengo que dejarte, Candela.

Mejor, pienso, así yo me recuerdo a mí misma qué está pasando.

—Sí, yo también tengo que irme. Esta noche salgo con Abril.

—Esto último lo has añadido a posta.

—Sí —acepto decidida. No tengo de qué esconderme. No debo esconderme.

—Me alegro —sonríe. Lo sé—. Buenas noches, Candela. Llámame.

—Te llamaré.

No concreto el cuándo y creo que le oigo gruñir al despedirse. Yo sonrío.

Entre la ducha y los caóticos minutos que me paso eligiendo la ropa me pregunto si esa última sonrisa de Salvador y ese «me alegro» no son mucho más efectivos para que me pase la noche pensando en él que un estúpido ataque de celos.

Durante la cena con Abril ella me pone al tanto de su relación con nuestro camarero, el de la famosa y fatídica noche del vídeo. Él es mucho más joven que ella, algo que a Abril nunca le ha importado. Nunca hasta ahora. Lo cual me intriga y hace que descubra una nueva capa de mi amiga, esa en la que es tan insegura como yo. Como todas.

—¿Qué hace con una mujer como yo?

—¿Cómo que qué hace? —La miro atónita—. Probablemente les está dando las gracias a Dios y a todos los santos por haberte conocido. No seas tonta, por favor, creo que no podría soportarlo.

—Ay, Cande, es que me gusta mucho.

—Pues disfrútalo y no te pongas melodramática.

—Tú has echado un polvo.

Me sonrojo e intento ocultarlo tras mi copa.

—No. —Técnicamente es verdad, Salvador insistió en que él y yo no «echábamos un polvo». Vaya si insistió.

—Sí.

—No.

—Vale, no me lo cuentes... —Se queda observándome con la misma técnica que utiliza para intimidar a las modelos que fotografía. No se acuerda de que me lo contó y que gracias a ello estoy preparada para soportarlo—. No me lo cuentes, pero ten cuidado. Piensa que se supone que estás pasando el mes de enero con Barver y que ahora hay mucha gente pendiente de tus movimientos. Él no tardará en volver de Estados Unidos y tendréis que seguir adelante con el mes. Si tienes un ligue, asegúrate de que sabe a qué atenerse.

¿Debería sentirme ofendida o aliviada de que mi mejor amiga ni siquiera se haya planteado la posibilidad de que me haya acostado con Barver y que haya dado por hecho que he estado con otro?

—No he echado ningún polvo con nadie, ¿de acuerdo?

—Está bien.

—Salvador volverá dentro de unos días, creo que le he cogido el truco a *Los chicos del calendario* y te aseguro que no haré nada que pueda poner en peligro este proyecto. El día que eche un polvo con alguien, serás la primera en saberlo.

—Eso espero. Manuel tiene un amigo muy guapo, es el batería de su grupo, ahora no recuerdo cómo se llama.

Un par de chicos se acercan entonces al lugar donde Abril y yo estamos hablando. Ella flirtea un poco, menos de lo habitual, pero más que yo porque es Abril al fin y al cabo, y acabamos charlando con ellos un rato. Uno de ellos, Jordi, me ha reconocido y se ofrece, con más elegancia de la que cabría esperar en un hombre con una copa de más, a demostrarme que hay chicos «como Dios manda» en todas partes. Lo rechazo aunque lo invito a consultar las bases del concurso en la web cuando esté sereno.

Mientras Abril y yo esperamos un taxi en la calle ella me felicita por haberme desecho de nuestros admiradores.

—Has estado muy bien. El año Candela me encanta. Ha sido genial cuando ese pobre chico, Jordi, ha intentado besarte y tú le has esquivado y has escrito en la servilleta la web de *Los chicos del calendario*. ¿Rubén no ha vuelto a llamarte?

—La verdad es que no —le contesto sorprendida por el cambio de tema—. Ni siquiera pienso en él.

—Me alegro. Han pasado muy pocos días y tenía miedo de que recayeras.

—No, no temas. No corro ningún peligro de recaer.

—La verdad es que creo que me gustaría que Rubén apareciera e intentase recuperarte—. Abro los ojos como platos al oír esa sugerencia—. Me encantaría ver cómo lo rechazas.

Nos subimos al taxi riéndonos, se me han ocurrido un montón de *hashtags* con los que podría vengarme de Rubén.

En casa, acurrucada bajo la sábana que aún retiene un poco del perfume de Salvador, tengo la sensación de que, a pesar de lo que diga el calendario, ha transcurrido mucho tiempo desde el día que me olvidé de Rubén.

Alargo el brazo y busco el móvil que he dejado en la mesilla de noche. Marco sin levantar la cabeza de la almohada y sin encender la luz.

—Solo llamo porque antes me he olvidado de decirte algo.

—¿El qué?

—Buenas noches, Salvador.

—Buenas noches, Candela.

En el bar he esquivado a ese chico porque no quería que me besase alguien que no fuese Salvador, eso no voy a contárselo, pero me ha gustado oír su voz antes de dormirme.

13

Marta me ha pedido un favor, me ha dicho que si se lo hago, Pedro me perdonará y se olvidará de que lo mencioné en el vídeo. Tengo que hacérselo, no solo se lo debo, sino que Raquel y Lucía me matarán si no me quedo con ellas este sábado y las obligo a ir a casa de los abuelos. Mis padres son geniales, pero no pueden competir conmigo, obviamente.

El favor consiste en que me quede con mis sobrinas este sábado. Marta tiene una cena de trabajo y mi cuñado ha accedido a acompañarla. Creo que solo lo ha hecho porque sabe que así yo tendré que quedarme con sus hijas, pero Marta está loca de felicidad porque Pedro es lo más parecido a un ermitaño que Dios ha puesto en la faz de la tierra. Las compañeras de trabajo de Marta creyeron durante años que se inventaba eso de que estaba casada, no dejaron de tomarle el pelo hasta que se quedó embarazada y él apareció un día a buscarla con un ramo de flores.

Marta se merece esa cena y yo tengo tantas deudas con mi hermana mayor que bien puedo quedarme con las niñas este fin de semana.

Salvador llega el sábado.

El mismo sábado.

Después de una semana sin vernos y de llamadas cortas que solo han servido para que lo eche mucho de menos, me confunda aún más y mi cuerpo esté desesperado por hacer de todo con el suyo (detalle que él se ha encargado de fomentar con varios mensajes que me reservo para otro momento, ya que si vuelvo a pensar en ellos, perderé la cabeza).

No me he atrevido a decírselo, no es porque tenga miedo de que él se enfade. Sé que no lo hará. Creo que estos días, por extraños, peculiares y alejados que estén de mi zona de confort habitual —muy alejados—, han servido para que conozca mejor a Salvador. No se lo he dicho porque cada vez que hablábamos por teléfono, y han sido unas cuantas, hemos acabado flirteando, algo que yo creía que se me daba muy mal y en lo que al parecer soy una experta, al menos con él. Y si por casualidad yo intentaba reconducir una de nuestras conversaciones hacia un tema más formal como por ejemplo el trabajo, él decía algo para descolocarme y ponerme la piel de gallina. O derretirme las rodillas, según el día. En cierto modo esta semana hemos separado lo que sea que esté pasando entre nosotros de *Los chicos del calendario*. Exceptuando esa primera llamada, Salvador no ha vuelto a mencionar el tema y yo tampoco. Él me ha escrito correos preguntándome por el proyecto, por si he elegido a algún candidato para febrero o si he reducido la lista. También me ha escrito correos cortos, de apenas unas líneas, para quejarse de las fotos que he estado subiendo estos días en Instagram y de los comentarios que según él utilizo para torturarle.

Hubo una fotografía, una mía y de Abril en el local donde solté mi discurso, que consiguió que me escribiese apenas unos segundos después de que la colgara. El correo decía: «¿En serio has escrito #AdiósRubén #AñoCandela #AquíEmpezóTodo #ChicoDeEnero #PrepárateFebrero? ¿Prepárate febrero? Eres lo peor, pero te echo de menos;-)

Prepárate para mis *hashtags*.

Salvador.»

Esa palabra no me había parecido sexy hasta ese momento.

En los correos sí que mencionábamos el trabajo y *Los chicos del calendario*, pero nunca por teléfono. Si llega a estar fuera dos días más creo que habría hecho mucho más que hablar por la línea telefónica. Una muestra más de lo atrevida que me he vuelto. Hemos quedado que iría a recogerle al aeropuerto, esa conversación fue tan sensual que mientras la manteníamos me olvidé por completo de mis sobrinas, así que ahora tengo que llamarle para decirle que nuestros planes han cambiado.

Espero que conteste, a esta hora tendría que estar en el aeropuerto para iniciar el viaje de vuelta a Barcelona.

—Creo que ya he decidido qué es lo primero que quiero hacer. Quiero que tú te...

—Tengo que quedarme con mis sobrinas. —Lo interrumpo porque se me ha acelerado el corazón y se me ha anudado el estómago, por no mencionar que me tiemblan las piernas y se me ha secado la garganta. Si lo oigo terminar esa frase, lo más probable es que gima o que le suplique que siga.

—¿Todo el fin de semana?

—Mi hermana me las traerá mañana temprano, unas horas antes de que tu vuelo aterrice, y vendrá a buscarlas el domingo por la mañana. O se las llevaré yo a su casa, aún no lo hemos decidido.

—¿No quieres que tus sobrinas me conozcan?

—¿Qué? ¡No! Es decir, sí. ¿Tú quieres que mis sobrinas te conozcan?

—No soy ningún secreto, Candela, y no estamos haciendo nada malo.

No ha respondido exactamente a mi pregunta, pero su voz me ha erizado la piel.

—Tengo ganas de verte. —Es lo que acabo diciéndole.

—Y yo a ti. —Respira—. Muchas.

Sonrío como una idiota.

—¿Por qué no vienes a mi casa cuando llegues? Las niñas y yo estaremos aquí viendo alguna película y comiendo palomitas.

—¿Quieres que venga?

—Sí.

No contesta de inmediato. Me digo que no tengo motivos para enfadarme o ponerme quisquillosa. Él ha estado fuera trabajando, yo he estado ocupándome de *Los chicos del calendario* y esquivando las preguntas cada vez más sagaces sobre dónde estaba el chico de enero. Aunque ha sido él el que ha sacado el tema de conocer a Raquel y a Lucía, a qué persona en su sano juicio le apetece estar con dos niñas de nueve y siete años después de un vuelo transatlántico.

—Te llamaré cuando llegue, ¿de acuerdo?

—De acuerdo.

Los altavoces del aeropuerto de Los Ángeles suenan por encima de la voz de Salvador cuando se despide con un sencillo «adiós, Candela, nos vemos mañana».

Será imposible que no sueñe con él.

Marta llega con Raquel y Lucía y, dado que hace un día resplandeciente, aprovecho y me llevo a mis sobrinas al zoo. Marta se ha adelantado, pero hoy no me importa, cuantas más horas esté con las niñas menos tiempo pasaré dándole vueltas a mi vida.

El zoo de Barcelona es bonito. La parte que más les gusta a Raquel y a Lucía es la granja donde pueden dar de comer a las cabras y tocar los conejos, supongo que es porque allí pueden dejar de disimular y comportarse como las dos niñas asilvestradas que son en realidad.

—¿Podemos llevarnos uno a casa? —me pregunta Raquel. Ya sabe la respuesta, tenemos esta conversación siempre que estamos aquí (no es la primera vez que visitamos el zoo, ni la segunda).

—No, tu madre me mataría.

—Pues llévatelo tú —sugiere Lucía— y nosotras te ayudamos a cuidarlo.

—No le quieras tanto mal a este pobre animalito, Lucía. En casa conmigo se aburriría y acabaría comiéndose el sofá.

—Aquí pone que este pato se llama *Botas*, pero tiene cara de *Fernando*. —Raquel inicia una discusión sobre el pobre *Botas* y Lucía no tarda en unirse.

Abandonamos el zoo sin ningún animal vivo, pero con dos de peluche. No he podido resistirme a comprárselos, ha sido como pasar un segundo de la mañana de Reyes con ellas. Y con este inocente pensamiento recuerdo dónde pasé la mañana del día de Reyes.

Raquel y Lucía me devuelven al presente, comemos unas pizzas enormes en una pizzería italiana que hay cerca del viejo edificio de correos y después nos subimos a un bus para ir a casa. Las baño porque me temo que se han llevado parte de la arena del zoo pegada al cuerpo y después, mientras ellas deciden qué película vemos primero, me doy una ducha y me pongo cómoda. Evidentemente no he sabido nada de Salvador durante todo el día, está encerrado en un avión cruzando el Atlántico, y yo casi he conseguido no pensar en él. Casi.

Después de mucho negociar, mis sobrinas han decidido empezar la sesión de cine con *Big Hero 6*. Devoramos palomitas y discutimos sobre la credibilidad de ciertas escenas, cuando sean mayores Raquel y Lucía pondrán en un aprieto a cualquiera de los críticos de cine de La 2. Ahora le toca el turno a *Rompe Ralph* y le damos un descanso a las palomitas. Lucía, la pequeña, se queda dormida en el sofá antes de que termine la segunda película, Raquel la mira con aire de superioridad, aunque las dos sabemos que ella también está a punto de desmayarse, aun así, le digo:

—Ahora solo quedamos las mayores.

Me sonríe y yo me siento invencible. Todavía falta mucho para que yo quiera tener una personita así propia, pero en momentos como este entiendo por qué Marta y Pedro creen que vale la pena ir de culo por ellas.

Cuando Raquel se queda dormida, me paso unos minutos viendo el final de la película. Veo brillar la pantalla del móvil y me lo acerco:

«He ido con retraso y acabo de aterrizar. ¿Puedo pasar a verte?»

Dudo con el dedo encima del teclado y entonces recuerdo que Salvador me pidió que con él no disimulase. Tecleo un «sí».

Quiero verlo y deduzco que él también, de lo contrario no me habría preguntado si puede acercarse, así que ese «sí» es la única respuesta posible. Me levanto del suelo donde he acabado sentada hace un rato y voy a la habitación que he preparado para mis sobrinas. A ellas les encanta dormir aquí. Es su habitación, dicen, y cuando ellas no están, es mi cuarto de la plancha, mi trastero, mi escritorio y todo lo demás. Hay una mesa en un rincón, encima está mi ordenador portátil y varios libros. Apoyada a un lado está la tabla de planchar y en el suelo una cesta con toda la ropa que tengo pendiente y que probablemente acabaré poniéndome sin planchar. La casi totalidad del espacio está ocupado por una cama de matrimonio que normalmente está inundada de trastos, abrigos, mantas y toallas que no ordeno y que ahora están amontonados también en el suelo. Preparo la cama, coloco bien la sábana y dejo encima los dos muñecos que he comprado en el zoo, tanto Raquel como Lucía han insistido en que querían dormir con ellos, y voy a por las niñas. Las dos caminan como zombis hasta la cama.

Estoy recogiendo los cuencos vacíos de palomitas cuando suena el timbre una única vez. No me he cambiado, ni se me ha pasado por la cabeza, y veo que llevo unas mallas negras y una camiseta con un gato con gafas (tengo debilidad por las camisetas con animales con gafas de pasta). Bueno, me digo, ahora ya es demasiado tarde para hacer algo al respecto.

—¿Sí?

—Soy Salvador.

Como si pudiera ser alguien más.

Abro la puerta de abajo con el interfono y espero junto a la de mi piso. En el edificio somos solo cuatro vecinos, es una finca pequeña y todos nos saludamos al pasar. Podría dejar la puerta abierta y esperar a Salvador dentro, pero tengo muchas ganas de verlo y esos segundos de más me molestan.

—Hola —le digo en cuanto él elimina el último tramo de escalones. Tiene las mejillas oscurecidas por la barba incipiente, está despeinado y tiene ojeras. Me sacude de repente lo muchísimo que lo he echado de menos. Me asusta, no estoy preparada para tanto.

A él también le sucede algo, no sé qué, y no puedo preguntárselo porque me sujeta el rostro con ambas manos y me besa. Más que besar respira a través de mí y yo a través de él. Mi espalda está contra la pared y el cuerpo de Salvador está pegado al mío y no es suficiente. Él me levanta la camiseta y mueve la mano debajo hasta acariciarme los pechos por encima del sujetador. Yo intento levantarle el jersey pero él captura mi muñeca.

—¿Dónde están tus sobrinas?

—En la habitación de invitados.

Salvador tiene la frente apoyada en la mía y los ojos cerrados.

—¿Al lado de la tuya?

—Sí. —Me humedezco los labios de las ganas que tengo de volver a besarlo.

—No servirá. Dios, Candela.

Volvemos a besarnos con torpeza, violencia y la desesperación de los días que nos han separado.

—Dame las llaves de tu piso —me pide interrumpiendo de nuevo el beso y presionando mi cuerpo contra la pared. Estoy tan confusa y excitada (más excitada que confusa) que alargo el brazo que tengo libre hasta el cuenco donde están las llaves y se las doy. Él las acepta y se las guarda en el bolsillo del pantalón—. Ven conmigo.

—No puedo irme a ninguna parte, las niñas...

Me sujeta la mano y tira de mí hacia el rellano, voy a insistir, no puedo irme a ningún lado. Salvador abre el ascensor y me pide que entre.

—No iremos a ninguna parte, solo te he pedido las llaves por si la puerta de tu casa se cerraba por accidente. No quiero que te preocupes. Jamás haré nada que no desees, solo necesito estar contigo unos minutos.

Mueve el pestillo de la puerta del ascensor para evitar que se cierre. Es un ascensor antiguo, de reja, la caja es de metal y de madera, dentro hay incluso un banco donde sentarse. Es un milagro que lograran restaurarlo y que pase los controles legales y de seguridad.

—¿Quieres que entre en el ascensor?

—Sí. Por favor. Te prometo que no iremos a ninguna parte y que aquí no nos verá nadie.

El cristal del ascensor es traslúcido y son las dos de la madrugada, dudo mucho que alguno de mis vecinos entre o salga del edificio a estas horas, pero si lo hace y llama al ascensor este no se moverá. Y si pasa por delante no nos verá demasiado.

—De acuerdo.

Salvador levanta una mano para detenerme.

—¿Tú quieres estar conmigo? No entres en ese ascensor solo por mí, Candela.

—Quiero estar contigo.

Utiliza la mano para tirar de mí y meterme dentro. La reja se cierra a mi espalda y Salvador me besa sin el atisbo de control que retenía antes. Yo pierdo el mío ese mismo segundo.

—Creo que jamás había insultado tanto a una línea aérea en mi mente —confiesa—. Me moría por verte.

—Y yo, Salvador.

—No puedo ir despacio.

—No quiero que vayas despacio.

La mano de Salvador baja por dentro de las mallas negras y él me muerde el cuello cuando descubre lo excitada que estoy. Me avergonzaría si no fuera más que evidente que él se estremece al tocarme. Quiero desnudarlo, pero sé que no puedo, no tengo ni el tiempo ni la paciencia para hacerlo. Llevo las manos a su espalda, lo acaricio y durante un segundo me doy cuenta de que aún no he visto su tatuaje.

—¿Qué tienes tatuado?

—Números.

Vuelve a besarme, me muerde los labios un segundo, la lengua pasa por encima del mordisco y después enreda una mano en mi pelo para echarme la cabeza hacia atrás y besarme el cuello y esa parte que hay debajo de la oreja y que me pone la piel de gallina. La otra mano deja de acariciarme y tira de las mallas.

—Tengo el condón en el bolsillo trasero de los vaqueros —me susurra al oído después de morderme el lóbulo—. Ocúpate tú, yo no puedo y no voy a dejar de tocarte.

Y a mí acaban de fallarme las rodillas y mis manos tiemblan como las hojas de un árbol en un huracán. Aun así son capaces de encontrar el condón y sujetarlo mientras le desabrocho el cinturón y el pantalón.

Salvador sigue besándome tal como ha prometido, me recorre el cuello, la clavícula, esa camiseta tiene el cuello holgado, y me acaricia los pechos.

—Salvador...

—Estoy aquí. Estoy aquí —repite antes de besarme de nuevo en los labios. La intensidad de los besos, los sentimientos y las emociones que creo y quiero encontrar en ellos hacen que tiemble aún más.

Las caricias sin embargo son carnales, desesperadas, propias de dos personas que han estado vagando por el desierto cuando por fin encuentran agua. No sé qué hacer con todo esto, salvo dejarme llevar. Salvador presiona la erección, aún oculta por los calzoncillos, contra mí y aumenta la profundidad y crudeza del beso.

Me aparto, mi cuerpo al menos sabe que necesito estar con él. Abro el condón y se lo pongo. En cuanto termino Salvador dice algo en voz baja, no logro oírlo o entenderlo porque en mi mente solo proceso el deseo y las ansias por sentirlo dentro de mí.

Salvador me levanta con cuidado y yo guío la erección hacia mi interior. Me apoya en la pared del ascensor y se mueve muy despacio. No sé si tiene miedo de que el aparato centenario no pueda aguantar los movimientos más violentos o si se ha propuesto hacernos enloquecer a ambos.

—Joder, Candela. ¿Cómo he podido estar tanto tiempo sin ti?

—No lo sé —Le aparto el pelo que el sudor le ha pegado a la frente—. Yo tampoco lo entiendo, se me ha hecho eterno esperarte.

Me besa, atrapa mis labios y la sonrisa que se había formado en ellos tras escucharlo decir esa frase. Nuestras lenguas se mueven con la brutalidad que contiene el resto de nuestro cuerpo, la erección entra y sale despacio de mi sexo, bajo una mano por el jersey de Salvador y le acaricio la única piel desnuda que encuentro.

—Sí, tócame.

Aprieto las piernas a su alrededor y gimo en sus labios. Él tiene las manos ocupadas sujetándome y voy a aprovecharme. Bajo la prenda de lana recorro con las yemas las líneas de los abdominales y después la zona donde empieza su pene. Tiene la piel suave y firme, al tocarla pienso que si el fuego pudiera tocarse sería así.

—Quítate la camiseta —me pide.

—No puedo. No quiero dejar de tocarte.

—Mierda —sonríe pegado a mi cuello—. Estás increíble cuando dices lo que quieres.

Le acaricio la nuca y acerco los labios a su oído.

—Tú también.

Salvador vuelve a besarme y durante el beso me sorprende sentándose en el banco de madera que hasta ahora quedaba a nuestra derecha.

—Quiero tocarte. —Es la única explicación que recibo cuando una mano de Salvador se mete bajo mi camiseta para pellizcarme los pechos. La otra sigue en mi espalda, asegurándose que no me caigo y que estoy donde ambos necesitamos.

Salvador levanta las caderas en el mismo instante en que me besa. Es demasiado, mi cuerpo está precipitándose y mis labios, besando los de Salvador, son lo único que me mantiene a salvo. Él entonces tira de mi pelo hacia atrás, recorre el cuello con la lengua y me habla al oído:

—¿Quieres correrte?

—Sí...

Aparta la mano de mi espalda y la de mi pelo y las coloca en el banco de madera. Parpadeo confusa y veo que aprieta los dedos hasta que los nudillos le quedan blancos.

—Entonces hazlo —dice con la voz ronca—. Úsame.

Esa palabra me molesta, es como cuando acaricias un trozo de terciopelo en sentido contrario, desagradable, y no tiene sentido entre los dos. Salvador cree que me conoce, lo veo en su mirada, y supongo que hay una parte de mí que sí, que incluso puede decirse que él la ha descubierto. Pero eso no significa que no existiera antes o que no pueda existir sin él. Y además él no es el único que está empezando a conocer al otro.

Ha dicho «úsame». porque sabe que yo no estoy acostumbrada a esta clase de palabras. No es ningún secreto, nunca he fingido lo contrario. Pero si pretende hacerme retroceder o asustarme, está muy equivocado.

Coloco las manos en sus hombros y empiezo a moverme despacio. Él aprieta aún más los dedos en el banco y sonrío.

—De acuerdo —susurro y le paso la lengua por el labio.

Quizá esta clase de palabras me incomodasen antes, ahora sin embargo estoy dispuesta a adaptarlas a mi vocabulario y a ponerlas en práctica. Usar a un hombre, uno tan atractivo como él y que además ha conseguido que mi corazón prácticamente baile salsa, no va a resultarme difícil. Mi cuerpo se muere por el suyo y después, cuando Salvador se vaya, ya me soltaré a mí misma un sermón si me hace falta.

Que le use, él me lo ha pedido, así que va a saber qué se siente al ser usado.

Cierro los ojos y echo la cabeza hacia atrás, intento fingir que me da igual que sea él el chico que me ha llevado hasta este punto, el que lleva días en mi mente y que me está enseñando lo complejo e intenso que puede ser el deseo, y que lo único que sucede es que estoy excitada y a punto de tener un orgasmo en mi ascensor.

Aprieto los párpados hasta que aparecen unos puntitos blancos en medio de la oscuridad, borro el rostro de Salvador, su respiración es la de un desconocido, no le permito que me bese para dar más fuerza a la fantasía. Si noto el sabor de Salvador en mis labios se desmoronará. Es erótico, no voy a negarlo, mucho, pero mi cuerpo ha perdido la urgencia que lo dominaba hace unos segundos. Puedo correrme, y si lo hago será maravilloso, aunque faltará algo. Aun así no voy a parar, no puedo, de un modo u otro esto tiene que terminar.

Apoyo las manos en sus hombros y me incorporo despacio, luego vuelvo a descender y me muerdo el labio mientras intento vaciar mi mente y centrar todo el placer en mi cuerpo. Salvador debe notarlo porque se tensa y sus manos aparecen en mi cintura para detenerme.

—Candela, mírame —dice entre dientes.

Logro no sonreír gracias al orgasmo que al oír su voz y sentir su tacto ha reaparecido como un huracán en mi garganta y va bajando hasta el estómago.

Abro los ojos y en los de él brilla algo que me confunde porque a pesar de mi corta y patética lista de ex novios sé distinguir cuándo alguien me mira como si sintiese algo por mí. Salvador siente algo por mí y me ha dicho que lo usase.

¿Por qué?

Quiero pegarle, pero me conformo con levantar las manos y sujetarle el pelo y echarle la cabeza hacia atrás.

—Tú y tus palabras, Salvador.

Se le dilatan las pupilas un segundo igual que le sucede antes de besarme y aprieta los dedos en mi cintura como hace unos segundos apretaba la madera del banco.

—Joder, Candela, no vuelvas a hacerme esto.

—Me has dicho que te usase —no puedo ni quiero ocultar el doloroso efecto que me ha producido esa palabra.

Aparta una mano y me acaricia el pelo. Está temblando.

—Lo sé. Lo siento.

Quiero preguntarle por qué lo ha hecho, pero él lleva la mano a mi nuca y me empuja con cuidado hacia él para besarme. Los dos gemimos, las leguas se unen y no se separan.

Dos segundos, un movimiento hacia arriba, otro hacia abajo y nuestros cuerpos ceden ante un orgasmo que quedará grabado a fuego en mi piel.

Minutos más tarde sigo encima de él, le aparto el pelo y le beso el cuello. Él me está acariciando la espalda.

—Te he echado de menos, Candela. Mucho más de lo que creía posible.

—Y yo a ti.

Me besa en lo alto de la cabeza y respira despacio. Siento como si una capa de Salvador desapareciera y quedase otro un poquito más indefenso y sincero ocupando su lugar.

—Tienes que entrar en casa. Vas a coger frío. —Estamos en enero y he salido al rellano en camiseta, pero hasta ahora no me he dado cuenta.

Separarme de él no termina de gustarme, y es un poco incómodo en el ascensor. Me recompongo como puedo y le doy un beso en los labios.

—Buenas noches, Salvador.

—Buenas noches, Candela. Nos vemos mañana.

La sonrisa de él me acompaña hasta la cama.

Al cabo de unas horas, cuando estoy preparando el desayuno a mis sobrinas, suena el teléfono:

—¿Os apetece salir a navegar?

—Niñas, ¿queréis ir a navegar con un amigo mío?

Gritan de contentas.

Salvador no tiene un barco, tiene un velero que es prácticamente idéntico a la maqueta que su padrastro me regaló el día de Reyes. En cuanto lo he visto me he dado cuenta, hay ciertos detalles en la proa y en la popa que son inconfundibles, y me he preguntado si de verdad el regalo era de parte de Luis. Vamos a pasar la mañana del domingo navegando por el Mediterráneo en un velero un poco destartalado que al parecer Salvador compró hace años. Sé que él tiene dinero y si me hubiese invitado a subirme a una lancha o una motora último modelo no me habría sorprendido, aunque, ahora que lo pienso, esa clase de barcos no encaja para nada con Salvador.

Este velero sí.

Raquel y Lucía lo han saludado algo tímidas, le han dado dos besos y lo han observado con el mismo detenimiento que ayer observaron los leones o el rinoceronte del zoo. Pero al cabo de media hora han empezado a tocarlo y a tratarlo como a los conejos y a las ovejas, es decir, se han colgado de él y han empezado a hacerle preguntas y a hablarle como si fuera su mejor amigo.

Sí, tendría que haber supuesto que Salvador iba a sorprenderme.

Lucía ha decidido que quiere adoptarlo y tiemblo solo de pensar en lo que va a contarle a su madre cuando esta tarde las lleve a casa. Esta mañana, cuando he llamado a mi hermana para preguntarle si podía quedarme con las niñas un poco más, he conseguido zafarme de sus preguntas porque Marta apenas podía creerse que podía dormir hasta tarde. Esta noche no tendré tanta suerte.

El velero es precioso, Salvador lo reconstruyó él mismo y aún no está terminado, pero ya puede salir a navegar con total seguridad.

No me menciona que es el mismo cuya miniatura me regaló y yo decido dejar esa pregunta para más adelante.

—Veamos, grumetes —les está hablando a Raquel y a Lucía—, enseñadme lo bien que sabéis abrocharos los chalecos salvavidas.

—¿Yo también tengo que ponerme uno?

—Por supuesto, Candela. No pienso tirarme al agua a buscarte —bromea guiñándome el ojo—, está helada. —Camina hasta mí y me pasa el chaleco por la cabeza—. Además, así tengo una excusa para besarte.

Agacha la cabeza y me besa, y cuando se aparta veo que su espalda nos ha ocultado de las miradas de las niñas, aunque ellas están tan concentradas con sus chalecos que ni nos miran.

—Pareces cansado —le digo y me atrevo a acariciarle la mejilla.

—Es el *jet lag*, no te preocupes.

Me da otro beso y se aparta para ir a ayudar a mis sobrinas. Pasamos la mañana navegando; Salvador nos tiene a las tres yendo de un lado al otro del velero cumpliendo órdenes y no deja de repetir que en un velero todo el mundo está siempre ocupado, de lo contrario pone en peligro al resto de la tripulación.

Descubro que el mar es importante para él y que los niños se le dan mucho mejor de lo que podría haberme imaginado. Hay algún momento en que hace uno de esos comentarios que aún no logro entender, como por ejemplo que el viaje a Estados Unidos ha sido más difícil de lo que creía o que jamás se había imaginado sentir tanta paz al navegar, pero esta vez creo, o quiero creer, que Salvador es como un laberinto con muchas puertas y pasadizos secretos del que empiezo a poseer unas cuantas llaves y mapas.

Saco unas cuantas fotos, una en la que se ve el mar y la espalda de Salvador al timón la cuelgo en las redes: «ElMar y el #ChicoDeEnero #ComoUnaOla #LosChicosDelCalendario». Sonrío al imaginarme la reacción de Salvador cuando lea mi pequeño homenaje a Rocío Jurado, seguro que le encontrará un doble significado y que dirá que lo he escrito para torturarle. Tiene razón.

Las fotos en las que sale Salvador sonriendo porque les está explicando a Raquel y a Lucía cómo limpiar un pescado (creo que se lo está inventando) me las quedo para mí. Y una foto que Raquel nos saca a los dos, también.

Cuando volvemos al puerto, las tres le ayudamos a amarrar el velero. No sé si realmente ayudamos o molestamos, pero Salvador insiste en que no podría haberlo hecho sin nosotras. Raquel y Lucía se le cuelgan del cuello para darle un beso en la mejilla y yo aprovecho y hago lo mismo.

Nos lleva a casa, él hace un rato ha recibido una llamada y tiene que irse.

—¿Te veré esta noche? —le pregunto en la puerta, las niñas están derrotadas en el sofá esperando a su madre.

—No, está noche no puedo.

Sí, tendría que haber sabido que Salvador puede sorprenderme.

—De acuerdo —me obligo a sonreírle—. Nos vemos mañana.

—¡Candela! —Grita mi nombre desde la ventanilla del coche.

—¿Sí?

—*Como una ola de fuego y de caricias*. Me encanta Rocío Jurado, pero no se lo digas a nadie. —Me guiña el ojo y me sonrojo. Veo que tiene el móvil en la mano y la fotografía de antes está en la pantalla—. Siento tener que irme, de verdad. Creo que ese *hashtag* se merece algo especial.

—Gracias por llevarnos a navegar—. Corro hacia él y me apoyo en el coche para darle un beso en los labios.

La sonrisa de esta segunda despedida es sincera.

14

Sigo sin saber cuál fue el motivo del viaje de Salvador a Estados Unidos o por qué anoche no pudo estar conmigo. Esta mañana cuando he llegado a Olimpo él ya estaba en el despacho, llevaba las gafas puestas (detalle que ha afectado a mi capacidad para concentrarme más de lo debido) y ha sonreído al verme, así que me he dicho que podía esperar a que él me lo contase.

Primero he respondido los nuevos comentarios que han llegado a la web y después he recuperado el manuscrito de la editorial Napbuf, pero antes le he dado las gracias a Salvador de parte de mi hermana (y he omitido el interrogatorio al que ella me sometió y durante el cual mentí como una bellaca todo el rato).

—De nada, me lo pasé muy bien con tus sobrinas.

—No lo digas muy alto o las tendremos cada fin de semana. —Me sonrojo al terminar la frase y él vuelve a dirigir la mirada al ordenador. Sea lo que sea lo que está leyendo, lo tiene muy concentrado.

—¿Te apetece salir a comer? —me pregunta al cabo de unas horas.

—Claro.

Aunque he estado cómoda leyendo y escribiendo con él en silencio, me muero por recuperar cierta normalidad entre nosotros. Hace un rato he dejado el libro a un lado y he empezado a escribir ideas para el artículo; por mucho que intente negarlo, ya hemos pasado la mitad del mes. No sé cómo enfocarlo, las anteriores veces que he intentado ponerme a escribirlo nunca consigo dar con algo que me guste. Se supone que el objetivo de *Los chicos del calendario* es encontrar un hombre que valga la pena. Tengo que recorrer el país, convivir con doce chicos distintos y ellos tienen que demostrarme que mi discurso tras el *Instabye* de Rubén estaba completamente equivocado. En el nuevo vídeo tengo que hablar de esto y decir en qué ha acertado y en qué ha fallado el chico del mes. ¿Cómo encaja Salvador en esto? Él ha compartido conmigo muchas partes de su vida personal y profesional, podría decirse que en este sentido ha cumplido con las condiciones del concurso, pero siento que no es suficiente o que en su caso no ha sucedido solo eso. Además, por *culpa* de Salvador me siento confusa, ¿tan fácil soy de convencer, de enamorar? O, como mínimo, de encaprichar. Yo nunca lo he creído así, aunque cuando pienso en él no logro definirle como a un chico más, un mes más.

¿Puedo decir todo esto en el próximo vídeo, escribirlo en el artículo? ¿Puedo mostrar que he empezado a cambiar y que no sigo siendo la chica dolida y abandonada del treinta de diciembre? El mérito del cambio no es de Salvador, es mío, ¿por qué no puedo contarlo? ¿Por qué siento que la gente creerá que mi evolución es mérito de un chico?

No lo es, de esto estoy segura.

No puedo decidirme y sé que en parte se debe a que aún no he hablado con él de todo esto. Los dos lo evitamos, él a su manera y yo a la mía. Salvador con sus frases a medias, sus palabras enigmáticas, su pasión, su deseo y sus detalles absurdos y quizá anticuados como el de ahora mismo.

En la calle, enrolla una bufanda alrededor de mi cuello y entrelaza nuestros dedos antes de ponerse a andar. Enarco una ceja cuando lo hace y él me mira como diciéndome que si no me parece bien que haga algo para impedírselo. Me pongo de puntillas y le doy un beso en la mejilla. Él sonríe y caminamos, es el primero en volver a hablar:

—He recibido un correo de Jan, dice que ya tienen una lista actualizada de candidatos para el mes de febrero.

—Sí, he estado hablando de ello con Vanesa estos días. No dejamos de recibir nuevas propuestas y hemos intentado ordenarlas y clasificar a los posibles candidatos por grupos. Vanesa y yo pensamos que podía estar bien organizar un recorrido por España que tuviese cierto sentido, es decir, si un chico del calendario es de Pamplona, elegirlo para el mes de julio, cosas así.

—¿Vanesa es...?

—Una de las personas que han asignado al proyecto. Esperábamos a que volvieras para seguir adelante.

—Es verdad, Vanesa, ya me habías hablado de ella. No sé en qué estaba pensando, lo siento. Hoy tengo un día muy complicado. Vuestra idea me parece genial, muy acertada. Estamos teniendo más visitas de las que habíamos previsto, el próximo número de la revista va a ser un éxito. ¿Cómo llevas el artículo y el vídeo?

—He empezado a prepararlos. Aún tengo tiempo. Si tan liado estás, ¿puedo hacer algo para ayudarte?

—No, no tiene que ver con el trabajo.

Lo miro y veo que tiene la mirada ausente, es obvio que está preocupado y que no tiene intención de explicarme los motivos que le han llevado a arrugar las cejas y apretar los labios. Espero, me digo, que con él es lo que mejor funciona, darle tiempo para que se dé cuenta de que estoy aquí y de que puedo conocerle si me deja. Para una chica como yo, que hace apenas unas semanas había decidido no acercarse a ningún hombre a menos de diez metros, es un gran avance.

Nos detenemos frente a un restaurante unas calles más arriba de Olimpo, suele estar lleno de oficinistas o de los dependientes de las tiendas de la zona porque los camareros son muy rápidos y la comida no es solo para turistas.

—¿No vas a decirme nada más? —Me pregunta Salvador cuando nos sentamos—. Sobre el artículo, quiero decir.

—¿Qué crees que voy a escribir?

—No lo sé, es tu mes.

—En realidad es *tu* mes, «chico de enero». Yo tengo todo el año.

—Lo sé, créeme.

—Este mes es de los dos. El resto del año, ya veremos —añado casi para ver si las arrugas de su frente disminuyen—. Pero enero es nuestro.

—Un año da para mucho, pueden suceder muchas cosas en doce meses.

—Quedan once. ¿Qué está pasando, Salvador? ¿Me estás provocando adrede?

—Estás enfadada —sugiere y pienso que quizá sí lo estoy un poco, sé que si esta conversación sigue adelante romperemos esta falsa normalidad que se ha establecido entre los dos—. ¿Por qué? Quedan pocos días de enero, escribirás sobre mí al concluir el mes, y en febrero te irás a otra ciudad para convivir con otro chico del calendario. Solo he señalado lo evidente.

—¿¡Lo evidente!? No puedes decirlo en serio, pero si los dos llevamos días fingiendo que no vemos la realidad. Es increíble que elijas este momento para hablar del tema.

—Solo te he preguntado cómo llevabas el artículo, Candela. Nada más.

Aparece el camarero y Salvador y yo le pedimos la comida sin prestarle demasiada atención. Aprovecho y bebo un poco de agua, se me ha secado la garganta de lo confusas que son mis emociones. Él sigue fingiendo que no pasa nada, que esto es un mero desacuerdo, un malentendido quizá solo relacionado con el trabajo.

—¿No te molesta que escriba sobre ti y sobre mí?, ¿sobre nosotros? —le pregunto tras dejar el vaso y por fin algo cambia en su mirada.

—Por supuesto que me molesta Candela. Me he pasado la vida evitando la prensa, irónico, lo sé, teniendo en cuenta el negocio de mi familia, pero así ha sido. De pequeño, cuando mis padres aún estaban casados, odiaba que los periodistas nos fotografiasen y que mi padre les invitase a nuestras celebraciones familiares. Me pasé la adolescencia evitándoles, haciéndoles una putada tras otra. Huí a otro país durante el divorcio y me ha costado media vida lograr que se mantengan alejados de mí, y ahora soy el jodido chico de enero y voy a tener que soportar que escribas un artículo y hagas un vídeo hablando de mí. Así que sí, Candela, me molesta. Preferiría arrancarme los huevos a dejar que el mundo entero sepa qué hemos estado haciendo este mes.

Ha dicho todo eso en voz baja, con los ojos fijos en mí y con un músculo vibrándole en la mandíbula. Los tacos han sonado cortantes y la intensidad que desprendía cada pausa me ha erizado la piel y alterado la respiración.

—Entonces... ¿por qué aceptaste?

—Tenía que hacerlo.

¿Tenía que hacerlo? ¿Por qué? Miro a mi alrededor, jamás me había imaginado mantener esta conversación en un restaurante.

—¿Por qué? ¿Tanto querías que el proyecto funcionase?

—*Los chicos del calendario* tenían, y tienen, que funcionar. Pero esa no es la cuestión.

«La revista», pienso, «*Gea*, él ha hecho todo esto para salvar *Gea*».

—¿Ah, no, y cuál es?

Tiene que haber algo más, si tanto odia dejar que la prensa, o parte de ella, entre en su vida, tiene que haber algo más. Y ahora mismo no se me ocurre nada más importante que averiguar de una vez por todas por qué Salvador aceptó ser el chico de enero aunque él no me contesta, creo que nunca he esperado que lo hiciera.

—Dime por qué te has puesto de tan mal humor cuando te he preguntado por el artículo. Yo odio ser objeto de escrutinio, soy un hombre muy reservado, pero cuando acepté ser el chico de enero sabía que iba a tener que asumir las consecuencias de mi decisión. Igual que tú, Candela. Dime por qué te molesta que te pregunte por el artículo de este mes o que mencione los siguientes.

—Está bien, de acuerdo, Me molesta que hables de ti como si fueras uno más, que te refieras a ti como al «chico de enero» y que insinúes que dentro de dos semanas, ¡joder, Salvador, dos semanas! estaré con otro y todo seguirá igual. Dime la verdad, ¿no te molesta que ahora me vaya a pasar un mes con otro chico, a otra ciudad?

—No.

A un camarero se le cae una bandeja y cuatro copas se hacen añicos al golpear el suelo. En mi pecho la catástrofe es aún mayor.

—Genial. Me alegro de que hayamos dejado las cosas claras. ¿Me dejas probar tu pasta?

Salvador enarca una ceja y coge mi tenedor para pinchar uno de los triángulos de pasta que hay en el plato que el camarero ha dejado hace unos segundos. No puedo creerme que esté diciéndome todo esto y al mismo tiempo se acuerde de que hace días le dije que desde pequeña tengo la manía absurda de no comer nunca del tenedor o de la cuchara de otra persona.

—Toma. —Me pasa el tenedor con cuidado y lo observo. Si solo fuera el chico de enero no se fijaría en estos detalles. O quizá sí, pienso de repente—. Creía que tú y yo nos decíamos siempre la verdad —añade al ver que no digo nada y que la pasta sigue intacta.

—No siempre.

Acabo de descubrirlo en este preciso instante.

—¿Qué te pasa, Candela?

—A mí nada, ¿y a ti? —Me como el triángulo blanco y bebo un poco de vino. No suelo beber al mediodía, pero hoy haré una excepción—. ¿Qué fuiste a hacer a Estados Unidos?

Ya puestos voy a preguntarle todo lo que me dé la gana. Él no va a contestarme, pero yo no volveré a quedarme con la sensación de haberme mordido la lengua.

—Eso no tiene nada que ver con lo que está pasando ahora.

—¿Y qué está pasando?

Me siento como si estuviera conduciendo un tren a punto de descarrilar y en vez de buscar el freno estoy pisando el acelerador.

—Que estamos discutiendo por una estupidez, Candela. Tú y yo no somos así.

—¿Y cómo somos? —Lanzo la servilleta encima de la mesa—. Dímelo. Hace unos segundos me has dicho que no te importa que me vaya a pasar el mes siguiente a otra ciudad con otro chico.

—Y no me importa.

—Lo sé. Ya me lo has dicho. Y por eso te he pedido que me dejases probar la pasta, porque quería dar por concluida esta maldita conversación y ahora voy a beber un poco más de vino por el mismo motivo. No quiero seguir hablando de esto, Salvador. Déjalo.

Bebo el vino y él me observa entre confuso y enfadado. Yo también lo estoy, más aún que él. Estoy enfadada con él y conmigo, más conmigo porque he permitido que esta conversación me alterase incluso a sabiendas que iba a terminar así. Pero esta vez, Candela, me digo a mí misma, esta vez, con él, has dicho todo lo que querías.

—Solo quería hablar de *Los chicos del calendario*. Lo demás...

—Ahora somos «lo demás», hasta aquí podíamos llegar. Hoy Salvador se está comportando como ese soldado malherido en una película que insiste en levantarse cuando tendría que quedarse en el suelo haciéndose el muerto—. Este no es ni el lugar ni el momento para hablarlo. Sabía que nos estábamos precipitando.

—Mira, guárdate tus frases místicas, por favor. No pasa nada, de verdad —miento. Pasa todo. «Hazte la muerta. Déjalo»—. Cuando vuelva al despacho revisaré la lista de candidatos y elegiré a dos. Tú puedes elegir otros dos y así vemos si coincidimos. Aún faltan unos cuantos días para que acabe el mes.

¿Qué clase de chico elegirá Salvador?

¿Estoy metiéndome en una situación que acabará haciéndome daño?

Por supuesto que sí y me lanzo a ella de cabeza.

—De acuerdo. Siento que hayamos discutido, Candela.

—Yo también.

Consigo acabar la comida sin ponerme a llorar ni a gritarle. Pasados unos minutos, durante los cuales me termino el plato que tengo delante sin notar ningún sabor excepto el de la amargura, le pregunto si ha visto a su hermano Pablo y después él me cuenta una anécdota sobre la primera vez que los dos salieron juntos a navegar. De vuelta a Olimpo, Salvador vuelve a cogerme de la mano, la suya está tensa durante unos segundos, dispuesta a cerrarse alrededor de la mía si intento soltarme, o eso es lo que yo creo. No me suelto y a medida que vamos caminando la postura de Salvador se relaja y la mía también.

Me estoy haciendo la muerta, es una excelente táctica de supervivencia. Vive para luchar otro día, Candela, o para salir corriendo tras decirle que es un idiota, un cobarde y un mentiroso.

—*Los chicos del calendario* es un gran proyecto —rompe el silencio cuando faltan pocos metros para llegar a nuestro destino—, una gran oportunidad para ti y para la revista. No haré nada que pueda echártela a perder.

¿Esa es su justificación, su disculpa? ¿Se me acelera el pulso solo con esto? No, voy a necesitar algo más. Mucho más.

—No mezcles el trabajo con *lo demás* que está sucediendo. —Seguro que nota mi sarcasmo.

—Y tú no esperes a que yo responda a preguntas que solo tú puedes responder.

Le suelto la mano y me detengo, la puerta de Olimpo está a cuatro metros de donde estamos.

—¿Qué quieres decir?

—Deja de ser una cobarde, Candela.

Abro la boca y no sale nada de mis labios. ¿Quién se cree que es para juzgarme tan duramente? ¡Él, precisamente él!

—Yo no soy cobarde.

—Quieres que te diga que odio que te vayas a otra ciudad para pasar un mes con otro chico porque así tendrás una excusa para no seguir adelante con esto. No es a mí a quien quieres, quieres la excusa y no voy a dártela.

—Eres un engreído y estás muy equivocado.

—Tal vez, pero tú sigues siendo una cobarde. —Me sujeta el rostro con las manos—. Y la verdad es que no lo entiendo, he visto lo valiente que eres cuando dejas de tener miedo de ti misma.

—¿Y tú? ¿A qué vienen todas esas frases sobre que no estamos preparados? Si tan valiente eres, dime la verdad. Deja de decir estupideces y de referirte a esto como *lo demás* o como no sé que narices. Dime la verdad.

—Sabes toda la verdad que soy capaz de contarte.

—Suéltame. No te creo.

Salvador me suelta y yo me tambaleo durante un segundo, él intenta sujetarme pero recupero el equilibrio a tiempo y me aparto.

—Lamento haber discutido contigo, Candela, de verdad. —Camina hasta mi lado de nuevo sin tocarme—. Será mejor que entremos.

—Ve tú, yo subiré enseguida.

Veo en sus ojos que quiere quedarse o insistir para que entre con él aunque asiente y se dirige al interior del edificio. Respiro profundamente y me seco la única lágrima que me resbala por la mejilla una vez Salvador ya no está cerca para verla. No entiendo lo que ha pasado, no voy a negarlo, pero ha bastado para que sepa que si quiero sobrevivir a este año, con o sin Salvador en él, tengo que estar preparada.

Doce meses, doce chicos, doce ciudades.

Él ha decidido ser solo el primer mes, el primer chico, la primera ciudad.

Yo decido seguir adelante, si más tarde él quiere alcanzarme, quizá no me encuentre.

Subo al despacho y encuentro a Salvador de pie frente a su ordenador con Sergio al lado.

—Buenas tardes, Sergio.

—Hola, Cande.

Salvador asiente y me sigue con la mirada mientras cuelgo el abrigo y la bufanda, su bufanda.

—Mi padre está aquí, Candela —dice al cabo de unos segundos—. Tengo que reunirme con él en su despacho. Quizá salga muy tarde, no hace falta que me esperes.

Eso es un «no me esperes».

—De acuerdo.

—Creo que está todo aquí. —Sergio se dirige a Salvador—. Si necesitas algo más, llámame al despacho o mándame un mensaje y te lo llevo.

—Gracias, Sergio. Estoy seguro de que no hará falta.

Salvador abandona el despacho con una carpeta bajo el brazo y sin dirigirme la mirada. Sergio se queda allí conmigo.

—Esto no acabará bien.

Me tenso durante unos segundos porque creo que está hablando de Salvador y de mí, hasta que veo que tiene la mirada fija en la puerta.

—¿Te refieres a la reunión con el señor Barver?

Hasta ahora no sabía que el antiguo gerente seguía en activo y había dado por hecho que padre e hijo no coincidían nunca en el trabajo.

—Sí. —Dirige la atención hacia mí—. En fin, espero que Salva sepa lo que hace.

—¿Sobre qué? ¿Sabes de qué trata esta reunión? —Mi curiosidad se ha desatado y no atino a mostrarme comedida. Creo que con Sergio estoy a salvo de no quedar como una chismosa.

—La verdad es que no lo sé exactamente, lo único que sé es qué documentación me ha pedido Salva y que el señor Barver no está tan jubilado como todo el mundo cree.

Vaya, veo que no soy la única a la que Salvador no le cuenta lo que pasa y me entristece, y preocupa, comprobar que él no confía en nadie.

—¿Estás muy ocupado esta tarde, Sergio?

Tengo el presentimiento de que tanto él como yo necesitamos una distracción de inmediato.

—Siempre, pero dime qué necesitas.

—Quiero repasar la lista de candidatos que me ha mandado el departamento de *marketing* y me preguntaba si podías ayudarme. Sé que ellos han buscado información sobre todos los chicos, pero me quedaré más tranquila si la busco por mí misma.

—Es comprensible. Mira, deja que vaya a mi despacho y solucione unos cuantos asuntos que tengo pendientes. Después vendré a ayudarte a investigar.

—Gracias.

Una hora más tarde, Sergio y yo desmenuzamos los currículos de los candidatos que ha elegido el departamento de *marketing*. Tres horas después, Sergio declara que ya no distingue un Facebook de otro y que necesita irse a casa a descansar. Ha sido agotador, pero nos hemos reído trabajando juntos.

—Yo me quedaré un rato más. Muchas gracias por tu ayuda, Sergio. Nos vemos mañana.

Mientras se abriga me mira intrigado.

—¿Ya sabes cuál vas a escoger? Creo que en ninguno de los debates que hemos mantenido hasta ahora me ha quedado claro. Insisto en que descartes a los que comparten fotos y vídeos de gatos y a los fantasmas.

—Estoy de acuerdo, nada de fantasmas, lo de los gatos ya veremos. No, no sé cuál voy a escoger, de momento elegiré un par y los comentaré con Salvador. Se supone que él elegirá a otros dos y veremos si coincidimos con alguno.

—¿Crees que cambiarás de opinión?

—¿Respecto a qué?

—Respecto a los hombres de este país.

—No lo sé.

Es la pura verdad. Salvador ha conseguido sacudirme por dentro, con él he descubierto un aspecto (o varios) del sexo y de la sensualidad que no conocía, pero no ha logrado hacerme cambiar de opinión sobre los hombres porque, aunque él es completamente distinto a Rubén, sigo creyendo que ninguno está dispuesto a, no sé, a todo por hacer feliz a otra persona.

Sergio me sonríe y me da las buenas noches. Yo también debería irme, estoy cansada y tengo ganas de quitarme los zapatos. Esto último lo hago y me siento en el sofá con el cuaderno, trabajaré un poco en el artículo y me iré.

No estoy esperando a que Salvador regrese, tal vez por eso me sorprendo tanto cuando me despierto y lo veo sentado a mi lado acariciándome el pelo.

—Hola —le saludo con la voz ronca.

—Te has quedado dormida.

—Lo siento.

—No lo sientas. —Ahora me acaricia la mejilla—. Cuando he entrado aquí y te he visto...

—¿Qué? —Él no ha terminado la frase y quiero saber qué iba a decir.

—¿Aún estás enfadada conmigo?

Suelto el aliento, no estoy enfadada. El rato que he pasado eligiendo a mis candidatos para el mes de febrero ha servido para que recuerde cómo empezó esto. Salvador es el chico de enero, ha sido desde el principio un chico del calendario fantástico, ha cumplido con las normas casi al pie de la letra, después vendrán otros. Once más. Ninguno como él, pero con ellos yo tampoco seré la misma Candela que soy con Salvador.

Quizá en esto consiste la vida, en descubrir quién eres en realidad estés con quien estés, en encontrar esa persona con la que siempre puedes ser tú y solo tú. Sería pedirle mucho al destino que bastase con un mes para conseguirlo.

—No.

—Gracias a Dios.

Se agacha y me besa. Yo estaba inclinada en el sofá en una postura bastante incómoda, pero Salvador me mueve en cuestión de segundos y quedo tumbada con él encima sin apoyar su peso en mí. Salvador tiene las manos a ambos lados de mi cabeza y las rodillas en el sofá. Sigue besándome, separa mis labios como si llevase años sin besarlos y no pudiese aguantar ni un segundo más sin hacerlo. Le acaricio el pelo, el gesto va cargado de ternura y él no parece soportarla.

Me muerde el labio hasta hacerme daño.

—Salvador, ¿qué te pasa?

—Lo siento. —Me toca la pequeña herida con cuidado, uno de sus dientes me ha cortado—. Es que me haces perder la cabeza.

—Y eso no te gusta.

—No, no me gusta. Gustar es el verbo que utilizo para el mar. —Se sienta a horcajadas encima de mí y lleva las manos a los botones de mi camisa—. Gustar es el verbo que utilizo para alguna montaña, quizá para algún libro o para una botella de vino. Usar ese verbo contigo sería inadecuado.

Solo me queda un botón abrochado. El modo en que Salvador me mira es muy excitante, eso debo confesarlo, pero hay algo en esa mirada, en la comisura de sus labios, en el modo en que sus dedos se deslizan ahora por mi piel, que me inquieta.

—¿Qué ha pasado, Salvador? — No sé si estos besos son una disculpa por la discusión de antes o consecuencia de la reunión con su padre. O ninguna de las dos cosas. Y necesito saberlo.

—Te deseo, Candela. Mucho. Odio haberte hecho daño.

Aunque pasa el dedo por la herida del labio tengo la sensación que no se refiere solo a eso. Agacha la cabeza y empieza a besarme de nuevo borrando las preguntas que sé que debo hacerle. Yo también le desabrocho la camisa, cuando suelto el último botón él se la quita y la lanza al suelo.

—Dime que puedo desnudarte aquí y ahora. Dime que puedo tocarte —dice mientras me besa el cuello y desliza una mano bajo la falda.

—Puedes. Tócame.

—He cerrado la puerta —susurra.

—¿Tan seguro estabas de mí? —bromeo antes de besarle el pecho.

—No, tan seguro estaba de que iba a necesitarte. Te necesito. Joder—. Casi parece sorprendido consigo mismo—. Te necesito.

Se pone en pie y se desnuda. La luz de la ciudad lo ilumina desde la espalda y de repente tengo una horrible sensación que intento sacudirme de encima antes de que él se dé cuenta. No lo consigo.

—Jamás he estado aquí con otra mujer, Candela —adivina—. Jamás.

—Yo... —carraspeo y sigo adelante—, no todo el mundo tiene un sofá tan grande como este en su despacho.

—Es por las migrañas, Candela. —Se pasa las manos por el pelo—. A veces lo único que consigue calmármelas es tumbarme un rato.

Aún desnudo se sienta a la altura de mis piernas y me acaricia el estómago. Está esperando, si me levanto y me abrocho la camisa él volverá a vestirse y será como si nada de esto hubiese sucedido. No estoy dispuesta a correr ese riesgo. Busco su mano, él cree que voy a apartársela, pero cuando la tengo la guío hasta mi entrepierna.

—Quiero que me toques, Salvador.

Él se pone de rodillas en el suelo y me desnuda despacio, me siento como si fuera un regalo y él estuviese desenvolviéndolo con caricias y besos. Cuando estoy completamente desnuda vuelve a colocarse encima de mí apoyando el peso de la parte posterior de los muslos en las pantorrillas.

—¿Confías en mí? —me pregunta.

—Sí.

Sonríe y me besa, es un beso tierno y corto que después inicia el descenso hacia mis pechos, sigue en mi ombligo y se detiene en mi sexo. Me besa allí, tan despacio que mis dedos se enredan en su pelo para exigirle que haga algo, lo que sea, para que mi cuerpo alcance el orgasmo.

—Tranquila, Candela.

Aparta los labios, quiero gritarle que no lo haga, pero entonces su erección presiona mi sexo.

—Solo quiero acariciarte. No voy a hacer nada más.

Tardo unos segundos en entenderlo, su miembro está recorriendo los labios de mi sexo, atormentándome, haciéndolos temblar y llorar de placer.

—Salvador...

Él me silencia con una mano, lamo la palma y él se estremece.

—No lo digas, Candela. Por lo que más quieras, no lo digas.

Sabe que iba a decirle que confío en él lo bastante como para hacer el amor sin preservativos y me lo ha impedido. No tendría que ofenderme, en realidad es la postura más sensata, no hace ni un mes que nos conocemos y aunque yo tomo pastillas anticonceptivas, no tengo ni idea de cuál es su historial.

Salvador aparta la mano, me besa frenéticamente y su erección se mueve encima de mí. Noto lo excitado que está, lo mucho que le tiemblan los brazos, las gotas de sudor que caen de su torso. El motivo por el que me ha tapado la boca es más complejo de lo que puedo imaginarme, él no ha dicho que no, ha dicho: «No lo digas, Candela. Por lo que más quieras».

—Salvador —pronuncio su nombre y le acaricio el pelo. Él gime y se aparta para colocarse el condón que está en el suelo.

No dice nada, entra en mi cuerpo y suelta el aliento. Tiembla de la cabeza a los pies cuando busca mis labios para besarlos.

—Cada vez te necesito más, Candela. Más. —Me sujeta por los hombros y empuja mi cuerpo hacia el suyo—. Más.

Levanto las rodillas para acunar sus piernas, le acaricio la espalda y el pelo y no dejo de besarlo. El orgasmo de Salvador lo sacude, lo derriba y él intenta retenerlo tensionando el cuerpo. El mío le obliga a perder la batalla, a rendirse... yo ni siquiera he intentado oponer resistencia. Mi cuerpo sabe que no serviría de nada y en realidad quiere perderse en ese abismo de placer que parece infinito cuando Salvador está así conmigo.

Los besos son violentos durante unos segundos, furiosos incluso, pero a medida que el orgasmo retrocede se vuelven dulces y tiernos y Salvador acaba repitiendo mi nombre una y otra vez.

—Estoy aquí —le digo yo. Él me lo dijo hace días y creo que ahora necesita oírlo— Estoy aquí.

Salvador suspira y me besa antes de quedarse abrazado encima de mí y aunque la postura pueda parecer absurda, pues Salvador es como mínimo treinta centímetros más alto que yo y pesa muchísimo más, tengo la sensación de que esta vez soy yo la que lo está abrazando y cuidando a él.

Me gusta. Me gusta mucho y creo que a él también.

Unos minutos más tarde nos vestimos y Salvador me acompaña a casa. Cuando detiene el coche en la calle solo puedo ser sincera:

—Quiero que subas.

— Yo también quiero subir.

Los dos sonreímos y lo acompaño a aparcar en el garaje que hay en la esquina. Quizá podríamos haber venido andando. Salvador me besa en la escalera y después en la entrada y cuando estamos dentro me mira a los ojos:

—¿Alguna vez has estado con algún hombre en tu bañera?

—No.

—¿De verdad?

—De verdad.

—Pues vamos a solucionarlo.

Las preguntas, la discusión de antes, los chicos del calendario y casi el mundo entero se convierten en burbujas que él besa en mi piel.

15

Una semana.

Una semana para que termine el mes de enero y desde que Salvador pasó esa noche en mi piso mi corazón se ha atrincherado detrás de mis costillas mientras el resto de mi cuerpo flota en una nube permanente de orgasmos inacabables.

Estos siete días la web de *Los chicos del calendario* ha estado imparable, hemos aparecido en la prensa extranjera, otros países están intentando comprarnos la idea y adaptarla allí, al parecer es verdad que los hombres son pésimos en todas partes. Eso o todos tienen mucho sentido del humor y no les importa reírse de sí mismos. He seguido la pauta de Sofía y la he adaptado a mi forma de ser; ahora, cuando veo las fotos o leo lo que escribo, me siento cómoda. He compartido fotos de los sitios donde hemos ido a comer, nos hicimos un *selfie* en la puerta del cine al que fuimos a ver la reposición de una película de los ochenta (le conté a Salvador que mi hermana me obligaba a verlas), y otro esa tarde que le acompañé al muelle y le ayudé, más o menos, a restaurar una parte del velero. Lo que sucedió en el camarote no lo fotografié, aunque él insistió en que lo hiciera. Me vengué del ataque de cosquillas, y de lo de después, con unos *hasthtags* bajo la foto del móvil de Salvador en el que se leían los títulos de varias canciones de su última lista de reproducción: #ChicoDeEnero #TieneUnaEdad #YGustosRaros #NoSeLoTengáisEnCuenta #LosChicosDelCalendario.

Salvador insiste en que Bowie, One Direction, Adele y Rocío Jurado pueden sonar el uno detrás del otro sin problema.

No hemos vuelto a hablar del chico de febrero, los dos hemos esquivado el tema como si se tratase de una bomba a punto de explotar y hoy ha explotado.

Jan, el jefe de *marketing*, la ha detonado:

—Necesitamos tener a un candidato para mañana. Tenemos que avisarlo con tiempo para que pueda, si quiere, rechazar la candidatura y nosotros podamos comunicárselo al siguiente de la lista —le dice Jan a Salvador en nuestro despacho, su despacho, quiero decir.

—Te dije que Candela y yo teníamos la última palabra.

—Y la tenéis, muy a mi pesar. Si dependiera de nosotros, ya habríamos anunciado al candidato hace días. Los anunciantes están locos por pagar más anuncios. Creía que jamás llegaría el día en que sería yo el que les diría que no a ellos. No podemos esperar más, Salva.

—Sabes perfectamente que no me gusta que me presionen, Jan.

—Este proyecto fue idea tuya. A mí al principio me pareció una idea descabellada y lo sabes. Estoy dispuesto a decir que me equivoqué, tú tenías razón. Es una idea magnífica. La revista está a punto de ser rentable y si seguimos a este ritmo tendremos que ampliar la plantilla. Todo el jodido grupo Olimpo quiere invertir en *Los chicos del calendario*, están hablando de hacer un libro, una película, una serie de la tele y no sé cuántas cosas más. Pero necesitamos al chico de febrero *ya*.

—Está bien.

Jan se gira entonces hacia mí

—Y también necesitamos tu artículo y el nuevo vídeo.

—Creía que no íbamos a colgarlo hasta el día treintaiuno y que el artículo saldría en la revista del mes que viene.

—Falta una semana, Cande. Una semana. No un mes, ni quince días. Una semana. Lo necesitamos ya.

—De acuerdo.

Jan desvía la mirada de mí a Salvador y vuelta otra vez y después se va del despacho repitiendo en voz alta:

—Una semana. Una semana.

La puerta se cierra y el clic me hace soltar el lápiz que he estrangulado entre los dedos todo este rato.

—Jan tiene razón —dice Salvador—. Tenemos que elegir un candidato.

—Lo sé. —Respiro profundamente, no tenía previsto mantener hoy esta conversación pero la verdad es que ya no puedo seguir retrasándola—. He estado pensando...

—No, no sigas, Candela.

Salvador sale de detrás de su escritorio y se acerca al mío.

—No sabes qué iba a decir —me defiendo.

—Cierto, pero creo que antes debo hablar yo.

—¿Por qué?

Ahora es él el que respira.

—Porque creo que lo que yo diga puede hacerte cambiar de opinión.

—No quiero dejar *Los chicos del calendario*.

Lo he sorprendido, lo sé porque empiezo a conocerlo y porque levanta una ceja.

—Me alegro. No creo que debas dejarlos, es tu proyecto. No puede funcionar sin ti.

Ahora soy yo la que se levanta, no puedo mantener esta charla con él de pie y yo sentada, tenemos que estar en igualdad de condiciones. En todos los sentidos. Me detengo a pocos centímetros de Salvador y le cojo la mano.

—Quiero seguir con *Los chicos del calendario* y quiero estar contigo. Sé que hace poco que nos conocemos y no te estoy pidiendo nada excepto que nos des una oportunidad. —Hablo más rápido de lo que me gustaría, presiento que Salvador está a punto de decirme, otra vez, que me detenga—. No seremos ni la primera pareja ni la última que están separados durante un tiempo y seguro que encontraremos la manera de vernos. Sea cual sea la próxima ciudad que visite estará en España, tú puedes venir a verme o yo puedo venir a Barcelona de vez en cuando.

—No.

Aprieta los dedos de mi mano y lo miro confusa.

—¿No?

Levanta la otra mano y la acerca a mi rostro al mismo tiempo que sus labios se depositan en los míos. Me besa, su respiración se cuela en mi interior y mis pies eliminan el paso que nos separa. Me acaricia la mejilla y termina el beso que de tan dulce me asusta.

—No —repite—. No podemos estar juntos.

Me digo que ya sabía que iba a decirme esto, que estoy preparada para rebatir uno a uno los argumentos que va a darme, aunque una voz en mi cabeza, la misma que lleva días hablándome cuando él se va de mi apartamento asegurándose de no dejarse nunca nada o que está ofendida porque Salvador no me ha llevado nunca a su casa, me recuerda que no tendría que convencerlo de nada si él de verdad quisiera estar conmigo.

La cuestión es que él no ha dicho que no quiera, ni siquiera ha dicho que no pueda. Ha dicho «no podemos».

—¿Por qué?

—Por *Los chicos del calendario*, tú vas a pasarte los próximos doce...

—Once —le corrijo. No voy a dejar que insinúe que su mes no cuenta.

—Once meses viajando por el país, conociendo lugares y personas probablemente increíbles. No puedes estar atada aquí. No voy a permitirlo. Apenas hace un mes de lo de Rubén.

—Así que lo que pretendes es comportarte como un héroe, como un mártir. Y no vuelvas a meter a Rubén en esto. Él no tiene nada que ver. Nada.

No le ha gustado que le eche en cara lo que probablemente él considera que es un acto honrado y generoso, ha apretado la mandíbula y levantado una ceja, pero sigue cerca de mí y ha vuelto a acariciarme la cara.

—No soy un mártir —sonríe— y no se me ocurre un hombre menos heroico que yo. Sencillamente acabamos de conocernos y no creo que esto pueda funcionar.

—Eso no lo sabes, nadie lo sabe. Hay parejas que funcionan y se pasan meses separados y otras que no a pesar de que nunca han tenido que enfrentarse a la menor dificultad.

—Tú y yo no somos una pareja.

Me suelta la mano y da un paso hacia atrás.

—Tú y tus palabras.

—Tú y tus miedos —me mira a los ojos.

—¿Miedo? ¿Me estás acusando de tener miedo a mí? —Le devuelvo la mirada—. Al menos yo me he atrevido a decirte de verdad lo que quiero de ti. Tú solo me has dado un montón de excusas y de mentiras.

—¿Eso crees? ¿Crees que te he mentido?

—Sí.

—¿Ah, sí?

—Sí.

Llaman a la puerta y por el modo en que Salvador la mira diría que se plantea la posibilidad de gritarle a la persona que esté al otro lado que se largue. Parece estar librando una batalla y no pienso ayudarlo, de esta puede salir solo.

—Adelante.

Se aparta de mí y camina hasta la ventana. Allí es donde lo encuentra Sergio que permanece ajeno a la tensión que hace apenas unos segundos vibraba en el aire.

—El señor Riego ha llamado, Salvador.

—¿Martín?

—Sí, dice que ha estado llamándote al móvil y que no consigue hablar contigo, afirma que es importante. Y urgente.

Salvador se dirige al escritorio y levanta el teléfono móvil.

—Me he quedado sin batería. Mierda. —Descuelga el teléfono fijo y marca el número. Sergio sigue aquí y yo aún tiemblo por la discusión que nos hemos visto obligados a dejar a medias. No voy a fingir que no ha pasado—. Martín, sí, soy yo, Salva. ¿Qué sucede? No, has hecho bien en llamarme. Voy para allá.

—¿Los del banco han amenazado con ejecutar? —intenta adivinar Sergio quien evidentemente está al corriente de la situación de la editorial Napbuf, la empresa de Martín Riego.

—Peor, uno de sus abogados está allí exigiéndole que desaloje el piso y le entregue las llaves. No pueden hacerlo, saben que no pueden hacerlo, si David... Mierda. —Salvador se pone el abrigo y se acerca a mí—. ¿Vienes? No pienses en lo de antes —me dice mirándome a los ojos adivinando los motivos de mi reticencia—. ¿Quieres venir o no?

Él tiene la mano tendida hacia mí y me fijo solo en eso al aceptar.

—Sí.

Salvador estrecha los dedos atrapando los míos dentro y le dice a Sergio que lo llamará si necesita algo.

Bajamos al garaje del edificio y, a pesar de las prisas y de la preocupación que recorre el rostro y los movimientos de Salvador, él se detiene y me enrosca su bufanda alrededor del cuello antes de ponerme y abrocharme el maldito casco con el cierre estropeado. Me pone furiosa, quiero gritarle que no puede hacer estas cosas después de decirme que no quiere tener nada conmigo y acusarme de ser una cobarde. No le digo nada, él no para de apretar los dedos alrededor del manillar de la moto cuando nos detenemos en los semáforos. Le doy una tregua, o quizá nos la doy a los dos, y lo abrazo por la cintura y lo estrecho entre mis brazos.

Llegamos al edificio donde se encuentra Napbuf y bajamos de la moto tan rápido como podemos. Salvador sube los escalones de dos en dos y gira la cabeza de vez en cuando para asegurarse que estoy detrás. Al llegar al rellano se detiene y consciente de que va a tener que representar un papel se coloca bien el pelo y la americana. Parece frío y calculador y me pregunto cuánta gente cree que esta imagen es todo lo que hay y no sabe qué clase de hombre es Salvador de verdad. Hay momentos en los que yo también dudo que haya algo más, como hace una semana en ese restaurante, cuando habló de nosotros como si fuésemos un mes más de *Los chicos del calendario*. Luego hay instantes en los que siento que la parte visible de Salvador solo es la punta de un iceberg y bajo la superficie del mar se esconde un hombre que podría demostrarme que existen algunos por los que vale la pena arriesgarse. La cuestión es que un iceberg hundió el *Titanic* y yo de momento soy una balsa. En diciembre, ya veremos.

—Gracias por venir, Salva. —Martín lo saluda aliviado.

—No hay de qué. —Tras darle un apretón en el hombro, se dirige al abogado del banco—. Soy Salvador Barver, ¿puede explicarme qué está haciendo aquí?

—Tal como le he dicho al señor Riego, el banco tiene derecho a ejecutar la hipoteca y a quedarse con los activos de la empresa Napbuf. La cantidad que el señor Riego adeuda a la entidad que represento...

—Será satisfecha con creces cuando el señor Riego firme la venta de su empresa a finales de este mes. El plazo para la ejecución de la deuda no prescribe hasta entonces, así que le agradecería que se marchase de aquí cuanto antes y que no volviese.

El abogado se sonroja, probablemente porque ha reconocido el apellido de Salvador y no puede decirle lo que piensa de él y de su intromisión.

—Dicha compraventa no existe y el banco está en su derecho de...

—Largarse de aquí antes de que llame a la policía o mucho peor, al director general de su entidad financiera. ¿Dónde me ha dicho que trabajaba? Estoy convencido que al director de su sucursal le gustará mucho que su máximo superior lo llame, ¿no cree?

El abogado levanta el maletín que hay encima de una mesa y se dirige ofendido a Martín:

—Tiene hasta finales de mes.

—Lárguese de aquí —le ordena Salvador al límite de su paciencia.

El tipo se escurre por la puerta igual que un esbirro tras cometer un crimen. No tengo nada en contra de los abogados, pero hombres como ese justifican la mala fama de la profesión. El muy maleducado ha cerrado de un portazo como si fuese un niño de cinco años. Ignoro el sobresalto y me acerco a Martín.

—¿Estás bien?

—Sí. —Coloca una mano encima de la mía—. Me siento como un idiota por haberos molestado. Sé que tengo hasta finales de mes, pero ese hombre ha empezado a utilizar jerga legal y he pensado que David siempre se ocupaba de estas cosas y... —Sacude la cabeza resignado—. Estoy mayor para todo esto y cansado, muy cansado.

—Deja que yo compre la editorial. —Salvador aparece a mi lado y apoya una mano en el hombro de Martín.

—El grupo Olimpo, tu padre —sigue sacudiendo la cabeza—. Napbuf no encaja allí, desaparecerá.

—No, deja que la compre yo. Yo.

—Estás loco —afirma Martín—. Eso es una estupidez.

—Quiero hacerlo. Candela se está leyendo los manuscritos que estabas considerando, hay uno que le ha gustado. —Asiento para darle la razón a Salvador aunque no tenía ni idea que estuviese al corriente o que le importase—. No seas cabezota, no dejes que tu orgullo te impida tomar la decisión más acertada.

—Está bien —acepta Martín tras unos segundos.

—¿En serio?

A Salvador el cambio de actitud del otro hombre le ha sorprendido tanto como a mí, quizá más porque es evidente que ellos se conocen desde hace tiempo y no es la primera, ni la segunda, ni la décima vez que mantienen esta conversación.

—Completamente en serio. Dile a tu abogado que prepare el contrato y me lo mande —continúa Martín que parece haber recuperado las fuerzas—. Lo leeré y pondré mis condiciones.

—No esperaría menos de ti. Vamos, ¿qué te parece si vamos a tu despacho y nos invitas a Candela y a mí a una copa?

—¿Una copa? Hace años que dejé de tener whisky en el despacho, ahora como mucho puedo ofrecerte una infusión.

Salvador sonríe y acompañamos a Martín a su despacho donde este se sienta y descansa un poco. La fragilidad que lo rodeaba cuando hemos llegado ha desaparecido, aunque queda algún resquicio.

—¿De verdad te has leído un manuscrito?

Martín me está mirando a mí mientras Salvador se sienta y lee los documentos que el abogado del banco ha dejado tras él de recuerdo.

—Sí, casi lo he acabado. Me ha gustado mucho, se titula *El hueco del tiempo*. La protagonista es una chica que puede viajar al pasado, nunca hacia el futuro, pero que una vez está allí, cambie lo que cambie, la persona que resulte afectada por ese cambio desaparecerá de su futuro y la olvidará por completo. Lo utiliza para ayudar a gente, a desconocidos básicamente, pero un día su padre muere en un accidente y sabe que si viaja al pasado podrá salvarlo, pero entonces dejará de ser su padre y nunca formará parte de su vida.

—Sí, ya sé cuál es. A mí también me gustó mucho, aunque me angustió a partes iguales.

—¿Puedo preguntar por qué?

—Porque no se puede viajar en el tiempo y leer sobre un mundo en el que es posible, en el que puedes retroceder y hacer algo para evitar perder lo que más quieres, me dolió.

—¿Vas a publicarlo?

Quiero cambiar de tema, no hace falta ser un genio para deducir que está pensando en la muerte de su hijo y me siento muy mal por no haberlo previsto antes de hacer esa estúpida pregunta.

—Esa decisión no tendré que tomarla yo, pero sí, lo publicaría.

Desvío la conversación hacia mi miedo a las paradojas temporales y los líos que me hago con ellas cuando aparecen en un libro o en una película. Martín sabe mucho de cine y ahora que está relajado compruebo que posee un agudo sentido del humor.

—Me gustaría enseñarle estos papeles a mi abogado, ¿puedo llevármelos, Martín?

—Por supuesto, Salva.

—Entonces será mejor que nos vayamos cuanto antes. —Se guarda los papeles en el bolsillo interior de la americana—. Candela, tú, si quieres, puedes quedarte.

—En realidad, Cande —Martín se interpone a mi respuesta—, si no te importa, preferiría estar solo un rato.

Estoy segura de que sea cuál sea el acuerdo al que lleguen Salvador y Martín este no tendrá que dejar la editorial infantil si no lo desea, pero puedo entender que después del altercado con ese abogado y de nuestra llegada en plan séptimo de caballería quiera un poco de soledad.

—No me importa, yo también tengo algo importante que hacer antes de que termine el mes.

—Ah, sí, ya he visto los vídeos. El otro día no sabía que eras famosa —me guiña el ojo y la tensión desaparece levemente de su rostro—. Estás por todas partes. ¿Adónde irás el mes que viene?

—Aún no lo sé.

—¿De verdad crees que encontrarás un hombre que valga la pena? En mi opinión, tendrías más posibilidades de encontrarlo en Marte que aquí, solo tienes que fijarte en Salva.

—¿Acabas de decir que yo tengo menos posibilidades que un marciano? ¿Una criatura que ni siquiera existe? —Salvador se añade a la conversación—. Tú tendrías que estar de nuestra parte.

—¿De cuál? ¿De la de los hombres? Pero si somos todos unos impresentables.

—No me desanimes, Martín —bromeo—. No puedo perder la esperanza.

—En eso tienes razón, a lo mejor sucede un milagro. Tú avísame si lo encuentras.

—Te avisaré.

—Te avisará a ti y a todo el mundo. En eso consiste *Los chicos del calendario*. Tenemos que irnos —añade Salvador—. Te llamo en cuanto tenga el contrato listo, Martín.

—Aquí estaré —responde Martín arrugando las cejas. Después se dirige a mí y me sonríe— Buena suerte en tu aventura, Cande.

—Gracias. —Cedo al impulso de abrazarlo.

De nuevo en la calle, Salvador sigue preocupado y conduce muy concentrado; soy consciente de que siempre está pendiente del tráfico, pero hoy es distinto, como si utilizase la conducción para alejar la mente de otras cosas. No toma el camino de regreso a Olimpo, gira una calle tras otra hasta llegar a la carretera que conduce a la montaña del Tibidabo. Me sujeto fuerte a su cintura y apoyo el casco en su espalda. Pasamos de largo la entrada del parque de atracciones y llegamos al observatorio Fabra donde detiene la moto. Baja y me ayuda.

—¿Qué hacemos aquí?

—A veces vengo aquí a pensar.

Deja los cascos encima de la moto como si nada y entrelaza nuestros dedos para tirar de mí hacia un pequeño montículo. La vista de la ciudad es espectacular. El observatorio aún funciona y se puede visitar, pero nosotros no estamos aquí por eso. No sé si Salvador ha llegado a entrar nunca, tengo la sensación de que a él esta montaña le gusta por otros motivos. Nos sentamos y durante unos segundos la vista del mar, el horizonte y la ciudad es abrumadora.

—Voy a comprar Napbuf —dice Salvador con la vista hacia el frente. Nuestras manos siguen entrelazadas, es el único vínculo que nos une y que evita que él se distancie del todo—. A mi padre no va a gustarle.

—¿Lo dices porque Olimpo también quería comprar la editorial? Estoy segura de que...

—No conoces a mi padre.

—No.

—No le gustará que compre la editorial, pero ya no hay vuelta atrás.

Me suelta la mano y la entrelaza con la suya. Estamos sentados en el suelo, rodeados de hierba, rocas y el cielo. Salvador tiene las piernas separadas y las rodillas levantadas, apoya los codos en ellas y deja las manos en medio. El viento lo despeina y me gustaría pasarle los dedos por los mechones que el aire ha levantado y devolverlos a su lugar.

—¿Puedo preguntarte por qué quieres comprar Napbuf?

—No sé si puedo responderte, Candela. Va a ser un año complicado, ¿ya has decidido quién será el chico de febrero? Es imposible que sea tan desastre como el de enero.

—No... —Me trago las lágrimas—. ¿Me has traído aquí para burlarte de mí?

Él gira el rostro de inmediato.

—No, por Dios, no. Te he traído aquí porque es mi lugar preferido de la ciudad y quería compartirlo contigo. Lo descubrí hace años y he venido cientos de veces, a veces en moto otras incluso a pie. He escalado esas vertientes —señala lo que a mí me parecen unos precipicios—. Este lugar es especial para mí.

—¿Por qué me haces esto, Salvador?

—¿El qué?

—No puedes ser tan idiota o tan cruel —suspiro exasperada y me dispongo a correr el mayor riesgo de mi vida—. No puedes traerme aquí y decirme que es tu lugar preferido de la ciudad después de haberme dicho que no quieres tener nada conmigo.

—Yo no he dicho eso. He dicho que no podemos estar juntos, Candela, y es la verdad.

—¿Por qué?

—Porque no podemos. No voy a decirte que tienes que ser valiente o que tienes que ocuparte de *Los chicos del calendario*, no quiero volver a discutirme contigo.

—¿Entonces?

—Entonces nada, se acabó. El año continúa, el proyecto sigue adelante, tú tienes tus artículos, tus vídeos y tus meses en otras ciudades, y yo seguiré con Olimpo, con la compra de Napbuf y con todo lo demás.

El «todo lo demás» son demasiadas incógnitas.

—Te comportas como si el mes de enero no hubiese existido, como si no hubiese pasado nada.

—Claro que ha existido, sin el mes de enero, sin las cosas que han pasado, que nos han pasado, tú no serías la que eres ahora y yo tampoco. Ahora tenemos que seguir adelante.

—¿Me estás diciendo que todo esto ha sido solo una experiencia más y que ahora los dos vamos a seguir nuestros caminos por separado como si nada? —Me levanto del suelo y lo miro atónita—. ¿Me estás tomando el pelo?

—No, Candela. —Él también se levanta del suelo—. Te estoy diciendo que te vayas de aquí sin pensar en mí porque yo no pensaré en ti. A partir de ahora seremos amigos, espero, y compañeros de trabajo, al fin y al cabo tú y yo somos los encargados de elegir a *Los chicos del calendario* de cada mes, pero nada más. Yo no estoy hecho para esta clase de relaciones y tú, aunque tienes miedo de reconocerlo, tampoco.

—Tú no me quieres —me tiembla la voz.

—Y tú a mí tampoco.

Quiero gritarle que no se atreva a decirme lo que siento o exigirle que deje de mentirme porque sé que me está mintiendo. Lo sé. Lo que no sé es por qué lo hace y ese secreto, y que él llegue hasta tales extremos para protegerlo, me asusta. Quizá tenga razón y no podamos estar juntos, pero no por los motivos que está diciendo.

Quiero gritarle que deje el numerito para otras, para esas chicas idiotas que solo se acercan a él por quien es o por su cuerpo, quiero recordarle que yo soy Candela. Pero Salvador está decidido, puedo

267

verlo, incluso puedo tocarlo, estoy segura de que si alargo una mano y le toco el brazo, él se apartará.

—Tienes razón —le digo y la sorpresa de él es tan evidente que casi me entran ganas de reír. Salvador sonríe y tengo que morderme la lengua para no decirle: «¿Lo ves? Te estás marcando un farol y lo sé; yo estoy haciendo lo mismo, ¿por qué no probamos a decirnos la verdad?»

—Me alegra ver que los dos pensamos igual.

—Sí, completamente.

Mi cambio de actitud lo tiene tan perplejo que lamento que no se me haya ocurrido antes.

—¿Nos vamos? Quiero llevarle los papeles de Martín a mi abogado.

—Claro, ¿te importa acercarme a Olimpo? Si no te va bien, déjame en algún lado y buscaré un taxi.

—Te llevo a Olimpo.

Se está enfadando por momentos y yo cada vez estoy más contenta.

En el trayecto de vuelta a la ciudad me dedico a provocar a Salvador para ver si es capaz de mantenerse tan indiferente y distante como ha intentado hacerme creer. Cada vez que nos detenemos en un semáforo muevo los dedos por encima de su abrigo, no es un movimiento brusco ni descarado, pero sé que él los nota y sabe que me estoy imaginando que lo estoy acariciando desnudo porque Salvador coloca las manos encima de las mías y las detiene. Cada vez. También me pego tanto como puedo a su espalda y presiono con el interior de mis muslos los suyos.

En el último semáforo antes de llegar a Olimpo por fin pierde la compostura y gira la cabeza hacia mí con la visera del casco levantada.

—¿Puede saberse qué estás haciendo, Candela?

Lo miro a través de la visera, no pienso levantármela, y me encojo de hombros haciéndome la inocente. Él se baja la visera furioso (y excitado) y pone la moto en marcha porque el coche de atrás está pitando.

En cuanto pongo ambos pies en el suelo frente al edificio de Olimpo, Salvador da gas y se aleja. No podría estar más contenta conmigo misma.

Salvador está en lo cierto, este mes de enero me ha cambiado o me ha hecho ver cómo soy en realidad y la Candela de ahora no va a dejar que le mientan y no va a rendirse tan fácilmente.

Subo al despacho, dejo el casco en el sofá —por fin le he cogido el truco al cierre—, y empiezo a escribir el artículo del chico de enero. Jan tiene razón, no podemos dejarlo para última hora. Acabaré el primer borrador entre hoy y mañana y después llamaré a Abril. Necesito que me ayude a grabar el vídeo y que busquemos un día para reunirnos los tres —Salvador, Abril y yo— y hacer las fotos del artículo. Él no se ha cansado de recordarme que es el chico de enero, así que va a tener que llegar hasta el final, sesión de fotos incluida. Unas horas más tarde apago el ordenador y elijo uno de los dosieres que tengo en la mesa.

—Hola, chico de febrero.

Dejo el dosier encima del escritorio de Salvador con un pósit encima donde escribo: «ESTE ES EL CHICO DE FEBRERO».

Y si a él no le gusta, puede irse al infierno.

16

Estoy leyendo cuando llaman al timbre. Dejo el libro encima de la mesa del comedor y contesto con el corazón a mil por hora.

—¿Sí?

—Soy yo, Salvador, ábreme.

Sonrío, por su voz adivino que está enfadado y confuso. Quizá más lo segundo que lo primero. Debería arrepentirme de haberlo provocado, pero la verdad es que de lo único que me arrepiento es de no haberlo hecho antes.

—Di «por favor».

—Mira, Candela, si no quieres abrirme, genial, no me abras, pero deja de...

—Di «por favor» y te abro.

—Joder, Candela. —Lo oigo apretar los dientes—. Está bien. Por favor, ábreme de una...

El zumbido del timbre no le deja terminar la frase. Lo oigo subir corriendo los escalones, está lloviendo y el agua de los zapatos cambia el sonido de las pisadas. No entro en casa, lo espero en la puerta y me sujeto a ella de lo nerviosa que estoy a pesar de que intento disimularlo.

—Hola, Salvador.

Él está ahora de pie frente a mí, completamente empapado, con los ojos negros y la mandíbula apretada. Da un paso y yo otro caminando de espaldas. Echa un brazo hacia atrás para cerrar la puerta y no se detiene hasta llegar adonde yo estoy. Sonrío y él entrecierra aún más los párpados.

—Hola, Candela.

—Estás empapado. —Me humedezco el labio—. Tendrías que quitarte esta ropa.

—Si quieres que me desnude, dímelo.

—Quiero que te desnudes.

El abrigo cae al suelo dejando un pequeño charco, los zapatos lo siguen después y encima va a parar el jersey negro. Salvador no deja de mirarme a medida que las prendas van llegando al suelo y desapareciendo de su cuerpo.

Desnudo, está completamente desnudo delante de mí y mis ojos no saben dónde detenerse. Es tan guapo, tan perfectamente imperfecto, tan duro y cálido al mismo tiempo. Tan complicado, obstinado, fuerte, sensible y tan... él. Solo Salvador puede ser Salvador.

—¿Qué más, Candela?

Sigue enfadado y excitado, muy excitado. Yo tengo que parpadear un par de veces porque sigo mareada por las palabras que elige mi mente al pensar en Salvador. Camino hasta él, apenas hay un paso de distancia y coloco una mano en su mejilla. Él gira el rostro hacia mí.

—¿Qué más quieres tú?

Él lleva las manos a mi cintura y las coloca bajo el jersey para acariciarme la espalda unos segundos antes de guiarlas hacia delante y capturar mis pechos.

—Quiero toda la noche. Esta noche. Quiero follarte, Candela. —Me pellizca los pechos por encima del sujetador—. Quiero hacerte cosas que no te han hecho nunca y que tú nunca te has atrevido a soñar. Quiero marcar una parte de ti para que no puedas olvidarte de esto por muchos meses que pasen. —Me lame el cuello hasta llegar al oído—. ¿Te he asustado? —Me muerde el lóbulo.

—No.

Lo lleva claro si lo que pretendía era asustarme, oírlo hablar así es una de las cosas más eróticas que me han sucedido nunca y sé que Salvador se pondría en peligro a sí mismo antes que hacerme daño.

—Si no me empujas ahora mismo y me abofeteas y me exiges

que me largue de aquí y no vuelva nunca, voy a hacer todo lo que te he dicho y más —me dice al oído, su erección está encima de mi camiseta y aun así puedo sentir el calor de su piel, las manos siguen pellizcándome los pechos—. Voy a follarte ahora mismo. Aquí. Ahora. Toda la noche.

—¿Pues a qué estás esperando?

Salvador se aparta y me besa, sujeta mi rostro y me besa frenéticamente mientras con una mano me quita las mallas negras. Durante un segundo pienso, o intento pensar, que vamos a hacerlo allí mismo, pero él me coge en brazos y me lleva al dormitorio. Me tumba en la cama y me echo hacia atrás para mirarlo. Tiene aspecto de pirata o de hombre que ha perdido todo el control. Me paso la lengua por los labios, quiero decirle que yo también deseo lo mismo que él, eso y mucho más, pero él se lleva un dedo a la boca y me indica que me calle.

Sonrío y él sacude la cabeza.

—No vas a decir nada, Candela, porque si lo haces perderé el poco control que me queda.

—Salvador...

—Nadie dice mi nombre como tú.

Es lo último que le he oído decir antes de besarme y de tumbarse encima de mí. Lleva una mano hacia mi entrepierna y desliza dos dedos en mi interior. Los dos gemimos, esa caricia aunque es perfecta no basta para lo que sentimos ahora. Él aparta la mano y me penetra.

—Joder, Candela. Joder. —Apoya las manos a ambos lados de mi cabeza y la frente en la mía—. Es... eres... joder, Candela.

Le acaricio el pelo y lo aparto para besarle los labios y después repartir besos por el rostro. Él empieza a moverse muy despacio. No hay nada entre nosotros, es la primera vez que él está dentro de mí sin la distancia del preservativo y ese detalle parece destrozarnos a ambos. Es mi primera vez, nunca había sentido esto por nadie, y creo que para él también.

—Salvador...

—No, no digas nada. —Me besa con rudeza—. Es demasiado. Joder, Candela. No puedo. Es demasiado.

Las caderas de Salvador se mueven más rápido, el sudor le resbala por el torso y por la espalda, los besos pasan de frenéticos y violentos a suaves y lentos. Mi cuerpo está atrapado en medio de una tormenta eléctrica, me tiemblan los brazos y las piernas y jamás me había sentido tan unida y tan necesitada por otra persona. Sé que este momento es especial y quiero que dure para siempre, pero al mismo tiempo necesito que termine porque me volveré loca si este placer va en aumento.

Él se mueve dentro de mí, cada caricia parece sorprenderlo y llevarlo un paso más hacia la locura. Parece enfadado, confuso, quiero decirle que yo también lo estoy. Levanto las piernas y le rodeo la cintura. El gesto hace que me penetre aún más.

—Joder, Candela. No puedo más. Joder, es perfecto. Es... —grita mi nombre y sale de mi cuerpo. Apoya la parte posterior de los muslos en las pantorrillas y sujeta la erección aún húmeda con la mano. Se masturba sin pericia, aprieta los dientes un segundo y cuando alcanza el clímax echa la cabeza hacia atrás pronunciando mi nombre una y otra vez. Noto el semen caliente encima de mi estómago y perpleja acaricio el brazo de Salvador, la única parte que puedo alcanzarle. De repente, él se coloca a mi lado y empieza a besarme, a acariciarme, su lengua se mueve desesperada en mi boca y mi cuerpo recuerda que está al borde del precipicio.

Sollozo su nombre, le acaricio el pelo con una mano y con la otra me sujeto a él porque sé que voy a desaparecer si él deja de besarme y de tocarme. Una mano de Salvador me acaricia los pechos y la otra pasa suavemente por mi estómago, dibuja por encima del semen y me penetra.

Me pego a él, necesito tenerlo cerca, lo más cerca posible, y Salvador mueve los dedos dentro de mí. El orgasmo me sacude, no puedo dejar de temblar y él no deja de besarme ni de tocarme. Al terminar mis brazos caen pesados sobre la cama y Salvador me acaricia durante largos y lentos minutos. Me besa una última vez y va al baño, cuando vuelve limpia la marca que él ha dejado en mi cuerpo en silencio. Abro los ojos y lo veo observándome, y lo que más me sorprende es que le tiembla la mano. Muchísimo.

Lanza la toalla al suelo, me separa las piernas con sumo cuidado, como si estuviera hecha de cristal cuando él sabe perfectamente que no es así, y se coloca entre ellas. Agacha la cabeza y empieza a besarme. No se detiene hasta que mi cuerpo exhausto y ebrio de tanto placer vuelve a alcanzar un segundo orgasmo, este más lento y quizá por eso más doloroso y maravilloso que el anterior. Me pesan los párpados, quiero mantenerlos abiertos, pero no puedo, las emociones del día, Salvador, mi mente se está apagando.

—Candela, aún quiero más.

—No puedo, Salvador. —Le acaricio el pelo y la mejilla, él tiene la cabeza entre mis piernas y lo veo sonreír.

—Claro que puedes. Uno más, cariño.

Me besa el interior de los muslos y me acaricia los pechos con cuidado hasta que mi cuerpo me demuestra que está loco y dispuesto a todo para estar con Salvador. Arqueo la espalda y gimo su nombre.

—Dios mío, Salvador, haz algo.

Él se aparta y oigo el ruido de un paquete de preservativos al romperse. Salvador entra en mi cuerpo al cabo de unos segundos y los dos nos tensamos y alcanzamos el orgasmo. Él tiene razón, es demasiado.

No decimos nada, Salvador se acerca a mí y no deja de besarme hasta que alcanzamos el orgasmo el uno en brazos del otro.

¿Qué podemos decir?

Cuando despierto Salvador no está en la cama. A lo largo de la noche he sentido su presencia y nos hemos besado y acariciado, pero ahora ya no está. Y lo cierto es que aunque una parte de mí se negaba a creerlo, ya me lo había imaginado.

Me visto y voy a Olimpo, aunque estoy nerviosa también estoy preparada para seguir adelante y luchar por lo que quiero. Llego al despacho y veo que soy la primera, bien, señal que a Salvador lo de anoche le ha afectado lo suficiente como para llegar tarde al trabajo. Sonrío y decido que volveré a salir a la calle en busca de un café. Busco el móvil y llamo a Abril.

—Buenos días, Cande —me contesta con voz de dormida.

—¿Te he despertado?

—No, bueno, más o menos. ¿Qué pasa?

—¿Te acuerdas de que quedamos en que tú harías las fotos para los artículos de los chicos del calendario?

—Sí, me acuerdo, ¿por?

—Porque estamos a finales de enero y ya casi tengo el artículo listo. —No me gusta mentirle a mi mejor amiga, me digo que solo estoy exagerando un poco—. ¿Crees que podrías llamar a Salvador y concertar una cita? Organizaos vosotros, yo me adapto.

—Buf, le llamaré ahora mismo. Esta semana estoy muy liada.

—Genial, eres la mejor.

—Ya, seguro que eso se lo dices a todas. Te dejo, voy a llamar a Barver.

Diez minutos más tarde, cuando estoy pagando el café para llevar en una de las cafeterías que hay cerca del trabajo, recibo un mensaje de texto de Abril:

«Haremos las fotos hoy. Barver se va de viaje. Espérame en la puerta de Olimpo a las diez. Besos.»

¿Cómo que se va de viaje? ¿Otra vez? ¿Tenía intención de decírmelo o iba a darme una sorpresa? Me quemo con el café y estoy a punto de escupirlo en plena calle. Solo me habría faltado eso, mancharme y quedar como una loca en medio del Paseo de Gracia.

Subo al despacho y me pongo a escribir, voy a aprovechar la inspiración que me ha dado el ponerme furiosa. Ese tío es increíble, ¿acaso desaparece siempre que las cosas se complican? ¡Y después de anoche! ¡Y de ayer!

Solo le falta colgar una foto en Instagram con unas maletas y quedará a la altura de Rubén.

A las diez menos cuarto voy al baño para cepillarme el pelo y ponerme un poco de pintalabios. Salvador no ha aparecido, así que deduzco que Abril también le ha citado en la puerta del edificio. Bajo y su moto negra se detiene frente a mí apenas un minuto más tarde.

Él pone el caballete, baja y se acerca.

—Hola.

—Hola.

—Abril me ha dicho que vamos a hacernos las fotos para el artículo —me dice mirándome a los ojos mientras se quita el casco. Veo que lleva el otro y me pregunto, igual que la primera vez que lo vi, qué piensa hacer con él. ¿Acaso cree que me iré con él antes de aclarar qué está pasando?

—A mí me ha dicho que te vas de viaje.

Aprieta los dientes unos segundos y deja el casco encima del sillín de la motocicleta.

—Sí, ha surgido un imprevisto.

—¿Otro? Caray, qué casualidad.

—Sí, otro imprevisto, Candela. Me voy esta tarde.

—¿Ibas a decírmelo? —No me gusta, pero tengo que reconocer que me flaquea un poco la voz—. ¿Ibas a decírmelo o ibas a desaparecer sin más? Porque ni ayer por la noche ni esta madrugada, cuando te has escabullido de mi piso, estabas muy hablador.

—Iba a decírtelo, iba a decirte que le he dado mi visto bueno al chico de febrero y que volveré dentro de unas semanas. Pero tienes razón; hablar no es precisamente lo que hicimos anoche. Ninguno de los dos.

Abril llega entonces, nos saluda cuando está a unos metros de distancia y evita que yo conteste a Salvador, o que le diga que es un cobarde por hablar solo de *Los chicos del calendario*.

—¡Hola, pareja!

Genial, mi amiga no podría haber elegido peor palabra para describirnos. Lleva un abrigo color mostaza, que no debería quedarle bien siendo como es rubia, pero le queda genial, y la cámara colgando en el cuello.

—Buenos días, Abril —la saludo.

—Hola, Cande. Barver.

—Buenos días —responde él lacónico.

—Había pensado que podíamos ir a pasear por la playa —empieza Abril y Salvador coge el casco, mi casco, y me lo pone y empieza a abrochármelo. Creo ver destellar la cámara, pero estoy tan enfadada con el chico que está levantándome el cuello del abrigo que no estoy segura. Abril sigue hablando—: Pero he cambiado de opinión. Iremos paseando hasta María del Mar y os haré fotos andando con la ciudad de fondo. Así será menos postizo.

Salvador me quita el casco. Lo hace todo sin hablar, como si estuviera conteniéndose.

—Esperadme aquí —nos dice, o medio ordena, mientras entra en el vestíbulo de Olimpo para dejar los dos cascos. Deduzco que la moto va a quedarse aquí en la calle. Está bien aparcada, aunque él suele estacionarla dentro del *parking* del edificio.

—No parece estar de muy buen humor —sugiere Abril mirándome.

—No, no lo parece.

—Santa María del Mar has dicho, ¿no? —dice Salvador al volver con nosotras—. Pues vamos.

Empieza a caminar, casi a correr, y Abril y yo le seguimos a trompicones.

—¿Qué diablos le pasa? —me pregunta mi amiga en voz baja.

—Que está impaciente por largarse.

Bajamos dos calles, esquivamos un grupo de japoneses que se han quedado embobados fotografiando las farolas modernistas y una clase de un colegio cuyo profesor les pide a gritos que vigilen por dónde van. El semáforo de la calle Aragó nos detiene y podemos recuperar el aliento.

—Esto no va a funcionar, Barver —le dice Abril—. ¿Qué coño te pasa? Si hoy no estás de humor para las fotos, podemos quedar otro día, pero no me hagas perder el tiempo y no me hagas correr como una posesa por la ciudad. Si quiero sudar voy a clase de *spinning* y no cruzo Paseo de Gracia con tacones a las diez de la mañana con mi cámara más pesada colgando del brazo.

Salvador lleva las manos en los bolsillos y pasa la mirada de Abril a mí un par de veces. Abril no oculta lo cabreada que está y yo, aunque no he dicho nada, tampoco.

—Está bien. Lo siento —reconoce a regañadientes—. Pasearemos.

Saca una mano del bolsillo y la extiende hacia mí. Yo no la acepto, pero doy un paso y me coloco a su lado. Al menos así parecerá que caminamos juntos y no que le voy persiguiendo con la lengua fuera.

El semáforo se pone verde y cruzamos. Seguimos en silencio unos segundos, hasta que Abril carraspea y nos riñe:

—Me siento como si fuera una jodida fotógrafa de bodas, bautizos y comuniones. Haced algo de una vez, joder. Prácticamente lleváis un mes juntos, comportaos con naturalidad.

Me entra la risa tonta y veo que Abril aprieta el disparador de la cámara.

—Lo siento —me disculpo—, no sé qué me ha pasado.

Abril no me hace caso y sigue enfocándonos, Salvador me coge de la mano para apartarme del camino de un par de turistas que están tan concentrados con su mapa que están a punto de chocar conmigo.

—El chico de febrero —empieza él—, ¿cómo lo has elegido? No era de los primeros de la lista.

—Lo sé. Me gusta su historia. —Giro la cabeza y le descubro mirándome—. Su prometida lo dejó plantado en el altar. Creo que eso es casi peor a que te dejen por Instagram. Quizá somos almas gemelas.

Me aprieta la mano y yo finjo no darme cuenta. Lo de las almas gemelas es una tontería, pero no he podido evitar añadirlo. Reanudamos la marcha, el silencio parece molestarle al cabo de pocos metros:

—¿Has terminado el artículo?

—Aún no, ¿quieres que te lo envíe para que puedas leerlo antes de que se publique?

—No hace falta. Confío en ti.

—Ojalá fuese cierto. Anoche no hablamos, pero podemos hacerlo ahora.

No me contesta, aunque sé que me ha escuchado y casi puedo oírle pensar. Estoy harta de intentar ser razonable. Si él se comporta como un imbécil, allá él.

Hace unos minutos hemos pasado Plaza Catalunya y nos estamos adentrando en las pequeñas calles del barrio Gótico de Barcelona. Las paredes parecen húmedas y aunque no hay demasiada gente, Salvador y yo prácticamente caminamos el uno pegado al otro. Abril parece una libélula, ahora si sitúa delante de nosotros y después se coloca detrás o al lado sin decirnos nada.

Salvador se detiene en seco y me mira. Me mira fijamente a los ojos y todo lo que sucede a mi alrededor va a cámara lenta. Estoy enfadada, mucho, tanto que incluso siento cómo me hierve la sangre. Quiero gritarle que si de verdad confiase en mí no se largaría adonde sea que vaya sin decirme nada, fingiendo que le basta con dejar solucionados los temas del trabajo. Separo los labios para empezar a hablar, pero las manos de él aparecen en mis mejillas y empieza a besarme.

De repente tengo un muro medieval a mi espalda, las piedras de la pared son rugosas y frías bajo mi pelo, aunque Salvador me sujeta el rostro y evita que me golpee y haga daño. Separa mis labios con la lengua, entra y sale de mi boca con desesperación, no sé si suya o mía. Está furioso, alterado, no es un beso de esos que se dan las parejas de enamorados que suelen acudir a estas calles. Yo imito la postura de sus manos, le acaricio las mejillas y detecto que no se ha afeitado. Llevo los dedos al pelo, me alegro muchísimo de no llevar guantes y de poder sentir el tacto. Los labios de Salvador no se apartan, los míos los persiguen si lo intentan aunque sea solo para respirar.

Quizá en este beso podemos decirnos lo que nos pasa y si seguimos besándonos encontraremos la manera de dejar de comportarnos como idiotas.

Solo tenemos que seguir besándonos.

Suenan las campanas de la basílica y Salvador se aparta. Me mira durante unos segundos, los mismos que duran las campanadas, y me coloca un mechón de pelo detrás de la oreja.

—Hasta luego, Candela.

Se da media vuelta, le oigo decirle adiós a Abril, y empieza a caminar en dirección a las Ramblas. Yo no puedo apartarme de la pared.

—Joder —exclama Abril atónita—, creo que se me han caído las bragas.

No puedo evitar sonrojarme y reírme un poco.

—No seas bruta, Abril.

—Lo digo en serio, creo que ha sido el beso más sexy que he visto en toda mi vida. Lo he fotografiado.

Me acerco a ella precipitadamente.

—Abril, no puedes...

—No, por supuesto que no. Tranquila. La foto del beso no irá a ninguna parte. Te lo prometo. Te la mandaré a ti y después la borraré, ¿de acuerdo?

—Gracias —suspiro aliviada. Me gustaría decirle que puede borrarla directamente, que no quiero ningún recuerdo de ese beso porque jamás podré quitármelo de la cabeza, pero sé que en el fondo quiero tenerla.

—No tienes por qué dármelas. Aunque me gusta mucho lo que estás haciendo con *Los chicos del calendario,* lamento haber subido ese vídeo sin haberte pedido permiso.

—Lo sé.

Abril me rodea los hombros con un brazo y tira de mí hacia una chocolatería que hay cerca de donde estamos. En diciembre fueron *gin-tonics,* me imagino que esta vez va a intentar lo mismo con chocolate. Quizá funcione.

—¿Qué coño ha pasado este mes, Cande?

—Enero, ha pasado enero, y es el mes más intenso que he vivido nunca. No sé si quiero hablarte de ello ahora, ¿vale? No sé si puedo.

—No te preocupes. Ya me lo contarás cuando puedas. Aquí estaré. Siento haber estado tan ausente este mes.

—No pasa nada. Todo está bien, de verdad. Y no has estado ausente. Sencillamente me han sucedido muchas cosas y creo que no he tenido tiempo de procesarlas.

—Y ese beso, ¿ese beso es una de las cosas que no has procesado?

Estamos en la cafetería, a esta hora no está llena y hemos conseguido una mesa en la que ya hay dos tazas de chocolate caliente.

—Ese beso lo he procesado. Salvador se me ha metido aquí dentro —me llevo una mano al esternón—. Pero no te preocupes, no ha llegado al corazón.

—A alguna parte ha llegado. —Levanta una ceja.

—A muchas, pero da igual. Ahora mismo está de camino a un aeropuerto, creo que voy a tener que pedir comisión a alguna compañía aérea —me burlo de mí misma y Abril me sonríe—. Y yo estoy bien, hecha un lío en algunas partes de mi cuerpo, pero bien. A este mes tan intenso solo le quedan unos días y después viene el resto del año. Estoy impaciente por continuar.

—Bueno, confieso que aunque no acabo de entenderte, y que me muero porque me cuentes más detalles de Barver, me gusta verte así, Cande.

Pagamos la cuenta y salimos a la calle, no hemos dado ni dos pasos cuando Abril se detiene frente al escaparate de una pequeña tienda de regalos.

—Voy a entrar un momento —me dice.

La espero en la calle, cierro los ojos y respiro profundamente. La imagen de Salvador levantándose el cuello del abrigo al alejarse se cuela bajo mis párpados y la echo al instante.

«Hasta luego, Candela». No me ha dicho adiós, aunque yo lo he sentido así. Y lo prefiero. Este año es mi año, el año Candela, Candela de verdad, no el año de una chica que cede y se deja llevar.

—Ya estoy aquí. Toma.

Abro los ojos y veo que Abril sujeta un paquete en la mano.

—¿Es para mí? ¿Por qué?

—Ábrelo. Considéralo como mi regalo de Reyes atrasado.

Rompo el papel y no puedo evitar sonreír. Es un neceser brillante con una frase escrita. La frase perfecta:

—¿Preparada para vivir el año más excitante de tu vida? —leo en voz alta—. Gracias, Abril. Es perfecto.

La rodeo con los brazos y ella también me abraza.

—Lo es, lo he visto y he tenido que entrar y comprártelo. Va a ser tu año, Cande, lo presiento.

—Y si no lo es, da igual, lo que sé es que será excitante, mucho. —La suelto—. Vamos, creo que ya podemos volver a Olimpo. Las dos tenemos mucho que hacer.

Salvador no está, su mesa, aunque sigue igual que siempre, parece muy vacía. En la mía, mi gato blanco de la suerte tiene ahora una maqueta diminuta de un velero haciéndole compañía. Miro el velero y doy un golpecito a la patita del gato, y mientras se balancea asumo que Salvador no volverá antes de que termine el mes y que esta vez no habrá llamadas de teléfono durante su ausencia.

Suena el móvil y me sobresalto. No es él, pero el nombre que aparece en la pantalla me hace sonreír.

—¿Pablo?

—Hola, Cande. Perdona que te moleste.

—Tú no molestas —afirmo, aunque tengo el corazón en un puño—. ¿Qué puedo hacer por ti?

—Sé que me dijiste que entre mi hermano y tú no hay nada, pero no sabía a quién llamar.

—No te preocupes, puedes llamarme siempre que quieras.

Pase lo que pase entre Salvador y yo a lo largo de este año, espero que Pablo se convierta en mi amigo.

—Se ha ido, me ha llamado hace un rato para decirme que cogía un vuelo a Canadá y volvería en unos días. ¿Sabes si le ha sucedido algo?

—No, no tengo ni idea. Le he visto esta mañana y no me ha dicho nada. Me imagino que será por temas de trabajo. —O ha creído que tenía que irse a otro continente para no tener que volver a verme. Sofía y Jan aparecen en la puerta y me hacen señas, hemos quedado para repasar lo que vamos a decirle al chico de febrero cuando le comuniquemos que ha resultado elegido—. Tengo que dejarte, Pablo. Me están esperando.

—Oh, sí, lo siento. No te preocupes. Avísame si sabes algo de Salva. Tengo la tentación de subirme al próximo avión rumbo Ontario y matarlo con mis propias manos. Me prometió que no volvería a hacer esto.

Quiero preguntarle a qué se refiere, qué cree que está haciendo Salvador en Canadá y por qué tiene miedo, pero no lo hago. No voy a hacerlo. Salvador se ha largado porque ha querido y yo voy a seguir adelante con o sin él.

—Te llamaré si sé algo, aunque no lo creo. Lo más probable es que cuando él vuelva yo ya no esté aquí, tengo que ir a la ciudad del chico de febrero.

—¡Sí, es verdad, que tengas mucha suerte! Estoy impaciente por leer el artículo de enero.

—Y yo estoy impaciente por escribirlo.

Cuelgo el teléfono y voy al encuentro de Jan y Sofía. Estoy impaciente por seguir con mi vida y con *Los chicos del calendario*. Y cuando Salvador regrese, ya veremos qué pasa. Una hora más tarde, y después de hablar con el chico de febrero y de saber que acepta, vuelvo a mi mesa y empiezo a escribir:

«Supongo que te preguntas si el chico de enero me ha hecho cambiar de opinión sobre los hombres. Pues bien, la respuesta es no. Pero me ha llevado a ver las estrellas...»

LOS CHICOS DEL CALENDARIO

El chico de febrero es Jorge Agreste, entrenador de un equipo de futbol infantil de Granada, ex jugador de futbol profesional y al que la dirección de la revista *Gea* ha elegido después de leer la candidatura propuesta por los jugadores de su equipo.

En el número de febrero podrás leer el artículo sobre el chico de enero, te adelantamos que Candela ha visto el mar, las montañas y las estrellas con él, ¿qué crees que hará febrero?

¿Crees que alguno logrará convencer a nuestra Candela de que hay hombres que valen la pena?

No te pierdas la revista y no te olvides que el vídeo del chico de enero estará colgado en nuestra web y en todas las redes sociales a partir de mañana. Deja tus comentarios y propón a tus candidatos para los próximos chicos del calendario.

Recuerda, doce meses, doce chicos, ¿cuántas veces serás capaz de enamorarte?

ECOSISTEMA DIGITAL

NUESTRO PUNTO DE ENCUENTRO

www.edicionesurano.com

2 AMABOOK
Disfruta de tu rincón de lectura
y accede a todas nuestras **novedades**
en modo compra.
www.amabook.com

3 SUSCRIBOOKS
El límite lo pones tú,
lectura sin freno,
en modo suscripción.
www.suscribooks.com

DISFRUTA DE 1 MES
DE LECTURA GRATIS

1 REDES SOCIALES:
Amplio abanico
de redes para que
participes activamente.

4 APPS Y DESCARGAS
Apps que te
permitirán leer e
interactuar con
otros lectores.